書下ろし

強欲

新・悪漢刑事（わるデカ）

安達 瑶

祥伝社文庫

目次

プロローグ

鉄道の駅には風情がある。

この町を後にする者に訪れる者。さまざまな人生と感情が交差するステージだ。

旅情とは無縁の通勤通学のための駅にさえ、出会いと別れ、それぞれの賑わいがある。

だが……バスターミナルにはそれが乏しい。主として近距離路線ばかりのせいか、生活に密着した光景があるだけだ。

正午を少し過ぎた頃。

何台ものバスが間をあけず出入りするバスターミナルに、山間部からバスが到着した。

降りてきた乗客の中には老婆がいた。野良着そのもの、という恰好で日焼けした丸っこい高齢の女性。すっかり白髪になった縮れっ毛はゴム止めで、その手には使い古された巾着袋がある。

杖はつかずカクシャクとした足取りでバスから降り立った老婆を、二人のスーツ姿の若者が出迎えた。どちらも一見、就活生のように見える。一人は黒縁の眼鏡をかけている。

「ご苦労様です。堀江(ほりえ)様ですよね？」

「そうやけど」

辺(あた)りを見回しながら老婆が答えた。

「私たちはお孫さんの同僚です。お孫さんに成り代わってお迎えに来ました」

「ああそう」

老婆はつっけんどんな口ぶりで応じる。

一人の若者が話しかけ、もう一人は周囲を警戒(けいかい)するように窺(うかが)っている。

「では堀江様、電話でお伝えした金額、ご用意いただけましたよね？　現金三百万」

「それはここにある」

老婆は巾着袋を揺らして見せた。

「けんど、大事なカネを持ってきてやったのに、どうして孫がおらんの？」

「お孫さんは今、後始末で手が離せませんので……代わりに私たちがお預かりします。お孫さんは会社ではとても忙しくていろんな案件を抱えているので」

「ほたらどうするの？」

「ですから、私たちが代わりにお金を受けとって、お孫さんにお渡しします。電話でそうご説明しましたよね？」

「そうやったな」

老婆は巾着袋から、ＪＡバンクの分厚い封筒を取り出して、若者に手渡した、その時。

「ちょっと待ちな」

野太い声が傍（かたわ）らのベンチから聞こえた。

そこに座っているのは風采（ふうさい）の上がらないムサいオヤジだ。髭（ひげ）はあちこち剃（そ）り残してあるし、髪も整っているとは言いがたい。安物のスーツにこれまた安物のダスターコートをだらしなく羽織（はお）っている。景気の悪い借金取りみたいな中年男だ。

「婆さん、そいつらに金を渡さんほうがいい」

その男はゆっくりと立ち上がった。

「おれが見たところ、コイツらは『呼び出し詐欺（さぎ）』だ。知ってるだろ？　オレオレ詐欺の新パターン。カモを呼び出してカネを奪う」

「何言ってるんだ、オッサン」

婆さんに話しかけていた方の男が、ケンのある声を出した。

「おれをオッサンと言うな。ナイスミドルと言え」

「『オードリー』の前の芸名かよ」

若い男は吐き棄（す）てた。

「こっちは頼まれて来てるんだ。こっちの用事の邪魔をしないでくれるか？」

「いいや。犯罪を見て見ぬフリは出来ねえな」

中年男がそう言うと、さっきから黙って周囲を窺っていた男がさっと近づき、拳を振り上げた。

だが中年男はその手首を摑み、合気道の要領ですかさず腕をねじった。若い男の身体は一回転して宙を舞い、道路に叩きつけられた。

「答えろ。その婆さんの孫の名前はなんだ？ お前ら、婆さんの孫に頼まれて来たんだよな？ だったら名前くらい言えるだろ」

「修造……堀江修造だ」

中年男は、うめくように答える男の背中を足で踏み、なおも男の腕を捩じ上げている。

「離せよ！ 言っただろ、名前を！」

「その堀江修造のトシは？ 勤め先は？ お前の同僚なんだろ？ 好物は？ 好きなアイドルは誰だ？」

「ええと……」

男は必死で答えようとしているが、中年男は容赦なく腕を捻った。

「言えよ、ほら」

老婆が代わりに答えようとしたので、中年男は手で制した。

「婆さんは黙ってな。お前が言え」

そう言いながら中年男は、呆然と立っているほうの男から眼鏡をむしり取った。

「やっぱり。度が入ってねえな。格好つけか。キングスマンかお前は」

そこで若い男は逃げ出した。

中年男は、道路に転がっている男の脇腹を思い切り蹴(け)って動きを封じてから、素早い動きで逃げる男の背中に飛びつくや否や、ヘッドロックをがっちりと掛けた。

「な、なんなんだオッサン……」

「おれか？　おれは正義と真実のヒト……」

と言いかけた中年男は、彼らを遠巻きにして見ている通行人に怒鳴(どな)った。

「誰か、一一〇番してくれ！　バスターミナルで詐欺の受け子を現行犯逮捕(たいほ)したってな！」

一番近くに居た通行人が、慌ててスマホを取り出した。

「ずっとこうしてるのも面倒だな」

中年男はブツブツ言うと、若い男の首に掛けている腕を思い切り強く締めた。

男はそのまま崩れ落ちた。

「心配するな。柔道で言えば、オチたってヤツだ」

中年男は、呆然と立っている老婆に近寄り、落ちている現金の封筒を拾って渡した。

「ほらしっかり持っとけ、婆さん。こう見えて、おれは刑事だ。つーか、刑事だったんだがまた刑事にしてくれるかどうか」

「よう判らんけど、お礼申します。この人ら、詐欺なんやて？ そう言えば、孫の名前は言うたけど、なんや妙に話を変えるし、とにかくお金持って鳴海のバスターミナルに来いと繰り返すだけやったし……」

「間一髪でしたな。おれが居なかったら今ごろあんた、老後の虎の子を盗られて死ぬに死にきれんとか泣いてたはずだ」

中年男が自慢げに話していると、道路に倒れていた最初の男がモゾモゾと動いた。

「動くなオラ」

中年男は乱暴にまた蹴ったが、足元が狂って相手の頰に蹴りが入ってしまった。

「動かねえよもう……」

男は血と折れた歯を吐き出した。

「あんた……もしかして、最悪の刑事と言われた、あの」

「だから言ってるだろ。おれは正義と真実のヒト」

それを聞くと、口許を血だらけにした男は啞然として目を見張った。

「お前……東京にいるはずじゃ？」

「帰ってきたんだよ。お前らみたいな半端者をパクるためにな」

「違うだろ。東京から追い出されたんだろ」

中年男がまた相手の顔を蹴ろうとしたとき、遠くからパトカーのサイレンが聞こえてきた。老婆が見かねて止めた。

「あんたもうエエやろ。そういうのんは無益な殺生や」

「仕方がない。婆さんの顔を立てるとするか」

中年男はそれ以上の暴行を止めて、パトカーの到着を待った。

降りてきた制服警官は、中年男の顔を見ると目を丸くして驚いた。

「さ、佐脇さん！　どうしてまたここに？　東京に居たんでは？」

「コイツと同じ事を言うなよ。東京をクビになって出戻ってきたんだよ」

佐脇と呼ばれた中年男は自嘲気味に笑みを浮かべた。

「また鳴海署に世話になるぜ。よろしくな！」

第一章　再捜査

「あいつらは関西系の、かつての北村グループの一員で、特殊詐欺のメンバーだな」

鳴海署の食堂でうどんを啜りながら、佐脇は話を聞いていた。その後判ったことを佐脇に報告しているのは旧知の刑事の光田だ。

「お前が助けた婆さんは堀江千代、七十四歳だが、婆さんは孫の修造と名乗る男から電話を受けた。『会社の仕事で大穴を開けてしまった、今日中に埋めないとクビになる、現金三百万がどうしても必要だ』と、お約束の泣き落としだ。言われるままに近所の農協で現金を下ろしてバスに乗って駆けつけた。婆さんの孫の修造二十七歳は、婆さんの住まいから山を下りた、この鳴海にある会社に勤めていて自宅も鳴海にある」

「典型的『呼び出し詐欺』の手口だな。婆さんが住んでるのはどこの山奥だ?」

「鳴海からバスで二時間ほどの、上川町だ」

上川町は港のある鳴海市とは違って、山深い山岳地帯にある。地理的に上川町の住人はどこに行くにもまず鳴海を経由しなければならない。海岸から内陸深くに延びた鳴海市に隣接していることもあり、上川町は鳴海署の管内になっている。

「お前がボコボコにした二人はいわゆる『受け子』だ。組織の末端だから、おそらく何も知らされてないだろう。詐欺グループのトップに辿り着くのは難しいが、この辺にアジトなり本拠があるんじゃないかとみて、まあ余罪とともに背後関係を追及してるってとこだ」

光田は新聞記事を朗読するように喋った。

「……今、この鳴海でこの手の悪事を働いてるのは関西系の旧北村グループだ。鳴龍会なきあと鳴海に入り込んできた大阪系の半グレと、元鳴龍会の北村グループが合体して」

「そのへんのいきさつは知ってるよ。釈迦に説法だ。鳴龍会が潰れてからしばらくはおれ、ここにいたの忘れたのか？」

「そうだったか。お前が東京に行ったのはもう随分前のように感じてな。面倒な御仁が居なくなって鳴海署も平和、管内もまあ平和でのんびりしてたんだ」

「そうだろうな。お前の顔もかなり弛んでる」

佐脇は光田の頬を摘んで引っ張った。

「やめろ。お前がいない間におれもエラくなったんだ」

「まさか署長になったわけじゃねえだろ？　それとも刑事課長か？」

「課長代理だけどよ」

「じゃあ、前と同じじゃねえか。全然エラくなってねえ」

「年取って、その分、扱いが良くなったんだよ。万年課長代理とか言われてな」

「その代理はいつ取れるんだ？」

光田を揶揄うちに昔の呼吸が戻ってくる。

「それはまあ、無理かもな。所轄署の刑事課長はおれたちにとっちゃアガリのポジションだっての、お前も知ってるだろ」

「さっき、署長サマ以外は一通り挨拶はしたけどよ、おれの留守中に一体何があった？大粛清か？お前くらいしか知った顔がいねえ。おれの忠実な部下だった可愛い水野クンはどうした？クビになったのか？」

久方ぶりに復帰した鳴海署は、様変わりしていた。

なにより、佐脇の馴染みの面々がほぼ一掃されていた。

長年、佐脇の蛮行に耐えていた刑事課長も、刑事課の面々もここまで入れ替わるかと驚くほど知った顔がいない。その中で唯一、昔馴染みなのが光田だ。

「水野はお前というお荷物がなくなって、すぐに県警刑事部に転属したよ。捜査一課だ。お前のお守りが務まったからには、さぞや柔軟で忍耐強い人材だと判断されたんだろう。実際、水野は良くやってる」

「それは、おれの教育が良かったからだ。世に言う薫陶を受けた、ってやつだろう」

自画自賛する佐脇に光田はうんざりした様子を隠そうともしない。

「勘違いもそこまで行くと立派なもんだ。佐脇。お前が便秘の原因の硬いウンコみたいになっていて、鳴海署の人事が停滞していたんだ。お前が鳴海署から異動しなかったのは、お偉いさん多数の弱味を握っていたからだが他の人事にも影響が出てたんだ。物凄くな」

「意味が判らんね。おれと鳴海署の人事は関係ないだろ」

「あるんだよそれが」

光田はテーブルの上のタダの番茶をがぶ飲みした。

「県警本部（ホンシャ）はお前を怖がってた。それが昂（こう）じて鳴海署に関すること一切に触れなくなっていた。お前の逆鱗（げきりん）に触れるんじゃないかってな」

「それにしちゃ署長は毎年代わってたじゃないか」

「お前が不祥事を起こすんだから、署長が責任取るしかないだろ。ここの署長はお前の責任をとって辞めるために来てたんだから。鳴海署長を辞めることが最大の任務だったんだ。事実上な」

刑事課長が辞めるくらいじゃ追っつかない不祥事を何度も起こしてたからな、と光田はぶっきらぼうに言ってからニヤリとした。

「お前の言うとおりなんだろうな」

佐脇はうどんを食べ終えて、爪楊枝（つまようじ）で歯をせせりながら言った。

「おれがほんの少し留守にしただけで、人事だけじゃなくて雰囲気も変わったな。このうどんも不味くなったし……町だってそうだ」

「お前がいた頃、あのバスターミナルの傍には鳴海で一番のデパートが建っていたんだよな」

「嘘つきは泥棒の始まりだぞ。おれが高校生の頃にもう、デパートは潰れてた」

「判ってるよ。ボケにマジツッコミするな」

そして光田は真顔になって言った。

「だけどな、せっかく鳴海の中心部に出てきても肝心の店が減って用も足せないというんで、バスターミナルと市役所を、町の郊外にできた、ほれ、あの大型ショッピングセンターの隣に移そうって話が湧いてるの、知ってるか？」

それは知らん、と佐脇は首を横に振った。

「町の中心までが移動するってことか。どうなるんだよ、鳴海は」

佐脇は番茶をグイと飲み干すと、別のテーブルで書類を見ている女性警官に怒鳴った。

「おいネエちゃん。茶を淹れてくれ」

「あ、いや。おれが淹れる」

光田が慌てて立ち上がった。

「なんだよお前。前はお前も婦警さんをアゴで使ってたじゃねえか」

イヤイヤ時代が違うんだよ、と光田は焦って湯飲みを持って立ち上がろうとしたが、一瞬早くその女性警官がお茶のサーバーに到達し、新しい湯飲みにお茶を淹れて運んで来た。

年の頃なら三十くらい。まだ初々しさが残り、生真面目そうな美人だ。

昔、婦人警官と呼ばれていた時代は、いかつくて男勝りの女性警官が多かった。だが最近は違う。女子スポーツ選手と同じで、みんな美人になってきた。

佐脇の前にいる女性警官もショートカットの髪がボーイッシュな美貌を引き立てて「元気印のスポーツ女子」という印象だ。きっと子供には優しく老人にも親切に違いない、と思わせる、女性警官の理想像みたいな風貌だ。

「どうぞ」

にこやかにお茶を勧める彼女は制服姿だが、どうも交通課とか少年課の女性警官と違う。しかし階級章を見れば巡査部長だ。

「スマンな、巡査部長。昼飯でも食い損ねたのか？」

佐脇はそう言って、悠然と茶を飲んだ。

「違うぞ、佐脇」

まだ湯飲みを持っている光田は顔を真っ赤にして慌てている。

「どうした？　彼女は内勤だろ。事務とか？」

「まあ、事務みたいなモノですけど」

当の女性警官は少し微笑んだ。

「そうか、ねえちゃん。ヒマだったらこっちでちょっと駄弁ろうや」

佐脇は全館禁煙の署内で堂々とタバコに火をつけた。

「あの、タバコはダメですよ」

女性警官が遠慮がちに窘めたのを、佐脇は受け流した。

「そうなの？　前は黙認つーか、おれが吸ってたら誰もナニも言わなかったけどな」

「おい佐脇！　この方は……」

光田の顔色は赤から青に変わり始めていた。

「光田。お前は信号か？　止まれから進めになったぞ」

佐脇はそう言って大笑いした。

「佐脇さん……ですね？　こちらは久しぶりと聞いていますが」

「そうだ。佐脇。佐脇巡査長。東京に出向して帰ってきたってのに全然昇進しねえ」

佐脇は自己紹介した。

「それはお前が昇進試験を受けないからで……」

そう言う光田の顔は引き攣っている。

「面倒だからな、試験勉強は。だいたいイイトシしたおっさんに受験勉強する暇があったら、一人でも多くの悪党を捕まえるべきだろ？」

「そういう考え方もありますね」

女性警官は如才なく同意した。光田は黙ってしまったが、額には汗が滲んでいる。

「で、佐脇巡査長は、東京ではどういう？」

「なあ光田、このヒト、誰？」

だが光田は固まったまま声が出ない。

「まあいいや。だけどなアンタ、人に名前を訊いといて自分が名乗らないのはどうなんだ？　社会人として失敬だぞ。いい大学出てるのかもしれねえが、この社会でのキャリアはおれの方が長いんだからな」

「これは失礼しました。私、皆川と申します」

「あっそ。ミナちゃんね」

佐脇は上機嫌でタバコの灰を光田から奪った湯飲みに落として話し続けた。

「警察庁の入江。あいつがどうしてもこっちに来て助けてくれと言うんで、仕方なくアイツの下に付いたんだ」

「入江警察庁官房参事官ですね？」

「そう、その入江。断るのも大人げないと思ってよ。けどなあ、東京での暮らしはどうにも窮屈でなあ。これが警視庁に出向だったら捜査権も逮捕権もあるし悪党を殴る蹴る撃つ、なんでもやり放題なのに、あいにくと警察庁だったもんでなーんにも出来やしねえ。刑事で鳴らしたおれがよ、なーんにも出来ねえで霞ヶ関つーか警視庁のウラで皇居のお堀を眺めて鼻くそほじって暇つぶししてるのは結構辛かったぜ」

そうですか、と皆川と名乗った女性警官は頷いた。

「で、もう我慢も限界にきたんで、入江に直訴したんだよ。そろそろ鳴海に帰してくれってな。おれほどの腕利きを小役人の溜まり場で飼い殺しにするのは日本の警察機構にとって重大な損失だってな。それで入江も、そうか、そこまで言うのなら仕方がない、手放すのは極めて惜しいが、特別に許可しようと……」

「そうじゃないだろ佐脇」

光田は裏返りそうな声で言った。

「新大久保で女と焼肉デートをしてブラブラしてたらヘイトデモがやって来て、そのデモ隊の男をいきなりぶちのめして入院させたんだろ?」

「それはごく一面の真実でしかないな」

いいか？　と佐脇は得意げに話を続けた。

「おれたちはたらふく焼肉を食ったんで、ニンニク臭かったんだ。しかも連れていた女が相当いい女でな。それをあの連中がやっかんで、差別的な言葉で罵り始めてな。半島に帰れとか。半島ってどこだ、紀伊半島か能登半島か房総半島か三浦半島か？　と訊いてやったらコノヤローとか言いやがったから……気がついたら相手が口から泡を吹いて倒れてた」

「そういうのもごく一面というか、お前に都合の良すぎる真実だろうが？」

光田は処置なしだと首を振った。

「男としてはだ、ツレの女の前で、日本から出て行けと言われて黙ってられるか？　光田、お前みたいな腰抜けなら我慢できるのかもしれないが、おれには無理だね」

「当然、デモの警備に当たっていた警官が制止したはずですが、それを振り切って……」

「いや」

女性警官の言葉を佐脇は否定した。

「正確に言えば、『警備の警官がとめる暇もなく』だな。でまあ、その後、入江が凄く困った顔をして、『あなたには東京の水が合わないことはよく判りました』って言うから、だから早く鳴海に帰せって言ったろうが？　と突っ込んだら、『どうせ戻るなら、多少エラくなって戻りますか？　県警本部長とか鳴海署長とか？』とかふざけたことを言うんで、巡査長のママで結構と」

いつのまにか彼らの周りには人垣が出来ていた。副署長以下、各課の課長がわらわらと集まって、佐脇の独演会を聞いている恰好だ。

「……なんだ、お前らは？　見世物じゃねえぞ！」

そこで女性警官が立ち上がり、佐脇に軽く一礼した。

「申し遅れましたが、私、この鳴海署で署長を拝命しております、皆川成美（なるみ）警視です」

ギャラリーは、佐脇の反応に注目して、息をのんだ。

「……いや参ったねどうも。前から思ってたんだが、どうして巡査部長と警視って、階級章が同じなんだ？」

光田と皆川署長以外の全員が能面のように無表情だ。光田は泣きそうな顔になっていて、皆川署長はニッコリと微笑んだ。

「私も人が悪いですね。今名乗ろう、名乗らなくては、と思いながら、ついつい面白くて」

「いや、いいのよおれは」

佐脇は足を投げ出してだらしなく座ったまま、手を振った。

「そういうの気にするのは出世したいヤツだけ。おれはもう一生、今のままでいいと思ってるんでね。生涯（しょうがい）一巡査長。で、上司に対する不敬行為って懲罰（ちょうばつ）の対象になるんだっけ？」

光田は周囲の目を気にして困惑するばかりだ。

「しかし、署長が女だってのは、意外だったな。しかも、この鳴海でな。しかし若いねアンタ。若すぎて署長だけにまだ初潮も……」

「そこまでだ、佐脇！」

村役場の会計課長という方が似合うヒョロッとして風采の上がらない初老の副署長が声を張り上げた。

「この御方をなんと心得る！　ってか？」

佐脇はパイプ椅子（いす）から立ち上がると一呼吸置き、いきなり直立不動になって敬礼をした。

「佐脇巡査長であります。本日付で警察庁官房参事官付きの任を解かれ、T県警鳴海署刑事課一係に復籍帰任致しました！」

「よろしい」

皆川署長は、キャリアとしての威厳を示そうとしたが、エリートの牙城である霞ヶ関でキャリアを飽きるほど見た佐脇には通じない。それを皆川署長はすぐに感じとったようで、あっさり敬礼を返すにとどめた。

「では、佐脇巡査長、気を引き締めて、鳴海署管内の安全を守り、市民が安心して暮らせるよう、職務に励（はげ）むように」

この場を締めようとした時に、署長はふと何かを思い出したような顔になった。

「ところで、ちょっと言っておきたいことがあります」

皆川署長の口調が変わった。

「佐脇巡査長は、さきほどの鳴海バスターミナルで『呼び出し詐欺』の受け子を捕らえるとき、『正義と真実の人』を自称したそうですが、それは間違いです。正しくは『正義と真実の使徒』です。『使徒』とは一般的な意味では、『神聖な仕事に献身的な努力をする人』のことです。片岡千恵蔵が『し』と『ひ』を間違えたのではありませんから」

その指摘には、さすがの佐脇も苦笑した。

「多羅尾伴内を持ち出すとは、お若いのに古いことをよくご存じですな」

「たいしたことではありません」

署長は軽く受け流した。


「しかし参ったね」

佐脇は、鳴海の「悪の巣窟」と呼ばれる二条町の飲み屋でクダを巻いていた。

「古巣に知った顔がいなくなったのはまだしも、ボスが女だとよ。しかも若いキャリアかよ。やってらんないね」

そう言ってぐい、とチューハイを呷った。

「鳴海も町の真ん中がどんどん寂れていくしどの店でもタダ酒の飲み放題、いい女もより取りみどりだったあの頃が懐かしいぜ。いっそショッピングセンターを郊外からマチナカに移せばいいじゃねえか！」

「まあねえ、このへんも少しずつ変わってきたけどねえ」

カウンターの向こうにいるのはオネエのマスターだ。少し前までは厚化粧でトシを隠していたが、もうそういう気遣いは止めたらしい。見た目は爺さんか婆さんかよく判らない。

「最近の若い連中は酒も飲まなけりゃスケベもしない。ナニが楽しくて生きてるのか判らないねえ。アニオタとかゲーマーばっかじゃないだろうに」

「しかし、こんな田舎の鳴海署に、女の署長だぜ。もっと都会の目立つ署ならまだしも」

佐脇は繰り返し同じ愚痴を言っている。

「だけど佐脇ちゃん。あんた、女の署長だと腹が立つわけ？　それって女性差別なんじゃないの？」

「馬鹿言うなよ。部下が上司を差別出来るか？」

「あんたはどうせ上司を上司と思ってないんでしょ？」

「上司の言うことだからって盲従しねえだけだよ、おれは」

そう言って佐脇はグラスを空けてお代わりを頼んだ。

「スダチを絞ってくれ。いや、別に女がボスでもいいんだよ。おれはそこまで頑固なクソオヤジじゃないつもりだし。おれが言ってるのは、どうしてこんな鳴海みたいな田舎の警察署のボスが女なんだって事だよ。新しいことは都会の署でやればいいんじゃねえのか？」

　それを聞いたオネエのマスターは大笑いした。

「結局、佐脇ちゃんは女のボスがイヤだって事じゃないよ！　やっぱりあんた、男尊女卑なの？」

「そうじゃねえよ。おれは女性を心から敬ってるんだぜ」

「それはセックスの相手として、じゃないの？　ボスとしたらまた別なんでしょ？」

　そうじゃねえって、と言いながら、佐脇にもこだわる理由がよく判っていない。

「もしかして、その女ボスが結構美人で、いつもなら速攻で手を出すところなのに、それが出来ないからアンタ、調子狂ってイラついてるんじゃないの？」

　オネエのマスターにズバッと言われて、佐脇は思わず「あ」と言ってしまった。

「……そうなのかもな」

　モヤモヤをズバリと言い当てられたような佐脇は、顔を赤くした。しかし、酔っているので判らない。

「山と女は征服が難しいほど燃えると言うじゃない？」

　オネエのマスターはしてやったりというような顔になった。

　でもな、と佐脇は反論を試みた。

「そういう中学生みたいな問題でもないんだよな。おれとしては、東京が嫌になって古巣に戻ってヤレヤレと思ったら、その古巣も変わってしまってオイオイと言いたい訳よ」

判ってくれよと佐脇は寂しげな顔になったが、すぐに笑いに紛らわせた。

「ま、おれの不在が大きかったんだろう。おれが鳴海に戻ってきたからには、また時計の針を戻してやるぜ！」

「時計の針と言えば……今、まだ夕方の五時じゃないのよ！ あんたさっきからここで飲んだくれてるけど、まだ仕事の時間じゃないの？ ナニ勝手に時計の針を進めてんのよ！」

オネエのマスターはそう言いつつニンニクのホイル焼きを出した。

「なんだ？ 頼んでねえぞ」

「アタシからのサービス。これで精を付けて昔の鳴海に戻してよね！」

合点だと言いながら、佐脇はニンニクを食べ、チューハイをさらにお代わりした。

と、その時。二条町の狭い路地が騒がしくなった。野太い声の怒声とドスッと肉を叩く鈍い音が響いてきた。

喧嘩だ。

以前なら、二条町を仕切っていた鳴龍会のチンピラが出てきてマアマアと割って入るか、トラブルを起こした張本人をボコボコにするかで、いずれもすぐに収めてしまったのだが。

ちょっと見てくるわ、と佐脇は店を出た。

二条町のメインストリートは狭い。大人が四人並べば道幅いっぱいになるから、酔客はみんな器用に体(たい)をかわしてすれ違っている。多少ぶつかっても「ども！」と言えばそれでおしまいなのだ。

しかし、今、その狭い道の真ん中で、ガタイがよくて太い首に高そうな金鎖をこれ見よがしに光らせたヤクザがもう一人の若い男と睨(にら)み合っている。男はまだ若い。少年と言っていいほどの若さで、痩(や)せぎすで小柄だ。だが、その分ナイフのような鋭さが目つきにも、全身にも漂(ただよ)っている。こっちもどう見ても素人(しろうと)ではない。

「挨拶せえ言うとるんじゃ。新顔やの、お前」

そう怒鳴っているガタイのいいヤクザも、そのヤクザにつき従う子分たちも佐脇にとっては見覚えがない新顔だ。鳴海の裏の世界も警察署と同じく総入れ替えがあったのか？

ガタイのいい方が痩せぎすを煽(あお)っているが、うら若い痩せぎすは応じない。かと言って逃げるわけでもない。相手の視線を正面から受けとめ、不敵な笑いを浮かべている。明らかに相手を刺激し、挑発している。

「スマンくらい言えんのんかい。口利けんのかワレ」

「は？　どうしておれがお前にスマンと言わんといけないんだよ？」

双方、一歩も引く様子がない。一触即発の危険で不穏(ふおん)な空気が漂っている。

　そこでふいに若い男が一歩踏み出した。ガタイのいいヤクザが反射的に攻め込む。その手には匕首があった。

　だが若い男は軽々とかわすと、逆に相手に襲いかかった。目にも留まらぬ素早さだ。鈍重なヤクザはその動きに対応できず、次の瞬間、股間に前蹴りを受けていた。

　思わず身体をくの字に曲げて前屈みになったヤクザの顔面に、若い男の右、ついで左フックが炸裂する。相手の顔を連打した若い男は、最後に顎を膝で蹴り上げた。

「止めろ！」

　ヤクザの手下が動く前に佐脇が二人の間に割って入った。

「そのくらいにしとけ。意地の張りあいはバカバカしいぞ、お前ら」

「うるさいわ！　オッサンは引っ込んどれ。こんなチビ、おれ一人で片付けてやる！」

　蹴られて倒れるかと思ったガタイのデカいヤクザは踏ん張って持ちこたえ、佐脇に襲いかかってきた。

「バカ野郎。おれを舐めるな！」

　ガタイのデカい男だけを相手には出来ない。とにかく手早く片付けなければ。

　咄嗟に身体を低くすると、相手の両脚めがけて思い切りタックルした。ガタイのいい男は大きくバランスをくずし、飲み屋の店頭に積んであったビールケースの上に後ろざまに倒れ、後頭部を打ってそのまま失神した。

ヤクザの手下たちは、二人のバトルの激しさにビビッてしまったのか、棒立ちのままだ。

立ち上がった佐脇が振り向くと、若い男はなぜか逃げようともせず、こちらをじっと見ている。その首根っこを掴み、背負い投げを食らわせつつ、腕を捻り上げた。さらに倒れ込んだ男の身体に膝を載せ、なおも腕を捩じ上げた。

「痛い痛い痛い！」

寡黙(かもく)でクールに見えた男は派手(はで)に痛がって喚(わめ)いたが、佐脇は力を緩(ゆる)めない。

「そうやっておれを油断させる気だろ。ヤクザの十八番(おはこ)だ」

「おっさん、誰だよ？」

男の捩じ上げられた腕は軋(きし)んで、今にも折れそうだ。

「鳴海のヤクザのくせしておれを知らねえのか。このモグリ野郎が！」

「知らねえよ！　そのへんのおっさんの癖(くせ)して」

痩せぎすの男はそう言うや否や、いきなり反動をつけて自由なほうの手で地面を押した。信じられないほどの背筋力で下から持ち上げられ、佐脇はバランスをくずした。

道路に倒れ込み、頭部をぶつける寸前に、受け身を取ったが、その一瞬、相手の腕を摑んでいた手を緩めた。

その僅(わず)かな隙(すき)に乗じて、若い男は佐脇から逃れ、脱兎(だっと)のように駆け出した。

すぐ追いかけようとしたが、起き上がったときには男の姿はすでに見えなくなっていた。

「なんやお前……関係ないのに首突っ込むなやワレ！」

手下に助け起こされて意識を取り戻したガタイのデカい男が、佐脇に怒鳴った。

「そんな大声を出す元気があるなら、自分で起き上がれ！」

デカい男は手下の手を振り払ってゆっくりと起き上がると、しばらく佐脇の顔を眺めていた。

「思い出したワ。あんた、佐脇やろ？　最悪のデカの。帰って来とったんか」

デカい男は佐脇を見て、馴れ馴れしい笑みを浮かべた。

「誰だよ、お前は？」

佐脇は、今にも握手しようと手を差し出しかねない相手をしげしげと見た。

「おれはお前を知らんのだが」

「忘れたんならええワ。そんな程度の存在や」

「とりあえず往来の真ん中で喧嘩はよせ。お前らの大切な客の邪魔になる」

「うるさい。いくら昔のカオでも時代が違うどワレ！　エラそうにすんなやこのタコ！」

ふたたびキレた。佐脇が鳴海を不在にしている間にノシてきた元チンピラか。

「エラそうなのはお前だ。ノサれたくせに。このドジ野郎！」

咄嗟に怒鳴り返し、デカい男の顔の真ん中を殴りつけると、男は鼻血を噴き、またも派手にひっくり返った。

「何すんのや！　おい、刑事が市民に暴力を振るっとるぞ〜！　誰か通報して！」

誰かがすでに一一〇番通報をしていたのだろう。タイミングよくパトカーのサイレンが聞こえてきた。

「ヤクザ同士の揉め事でも一般市民に影響が出そうな場合は警察は口を出す。判ったか」

「うるさいわ、このポリコ」

ガタイのいい男のデカい顔はすでに流血で真っ赤だ。

やがて制服警官二人が駆けつけて、手下どももガタイのいい男に手錠をかけ、佐脇も被疑者のように引っ立てようとした。

「こらお前ら。所轄の刑事の顔くらい覚えとけ！　バスターミナルにいた制服はおれを知ってたぞ！」

佐脇が警察手帳の記章を見せて一喝すると、制服警官は即座に敬礼した。

「佐脇……佐脇巡査長でありますか？」

こんな乱暴な警官を初めて見たという顔で制服警官二人は、驚きの表情を隠せない。

「ええと、通報によると……酔っ払いの喧嘩ですよね？」

「バカかお前は。ヤクザ同士の喧嘩だ」

「ヤクザ同士……ヤクザとヤクザの喧嘩で、もう一方というのは……佐脇さん？」

「バカか。もう片方がトンズラしたんだよ！」

制服警官と話が噛み合わない。佐脇の人となりを全然知らないのだ。

「アイツは逃がしておれだけ逮捕か。言い分も聞かずによ」

ガタイのいい男が毒づいた。

「心配するな。アイツもいずれ捕まえる。お前は粗暴なだけでアホだが、アイツはどうもヤバそうで宜しくない」

佐脇は、若い男のナイフのように鋭い目つきを思い出していた。


「佐脇。のっけから騒ぎは困るよ。しかも立て続けに」

署に戻り廊下を歩く佐脇に、困り顔の光田が寄ってきた。

「歴代刑事課長の苦労が偲ばれる」

そう言ったあと、光田と佐脇が口にした言葉は偶然にも同じだった。

「刑事課長じゃないけどよ」

光田が苦笑して続けた。

「とにかくおれは課長に、この処理を任された。まあ言うなれば、おれはお前のお守役だ。そのお守役として言う。酒を飲むなとは言わないが、せめて勤務時間が終わってからにしろ。お前、飲み始めたのはまだ五時前だったろ」

「いいじゃねえかそんなチマチマしたことは！」

なぜか苛立ち、声が大きくなる。

「おれは二条町でヤクザの喧嘩を止めたんだ。仕事をしたんだよ。背後関係を教えろ」

二人は刑事課に入った。刑事課員はほとんど出払っていて、室内に響くのはパソコンのキーボードを打つ音だけだ。

「ここはホントに刑事課か？　どっかの小洒落たオフィスみたいじゃねえか。BGMにモーツァルトでも流すか？」

佐脇は悪態をつきながら応接コーナーにどっかと座り、光田は四係のデスクから分厚い暴力団関係者のファイルホルダーを取ってきて、顔写真付きの書類を佐脇に見せた。

「お前が逮捕した男は大貫達夫、三十四歳。元鳴龍会の組員だった西島の舎弟で、大阪から流れてきて西島に拾われて、今は建設会社の社長をしてる。大阪時代にも暴力行為で逮捕歴があるな。大貫のアニキ分の西島は鳴龍会時代、北村の下にいた。で、逃げた若い男だが……」

ページを捲った光田が示したのは、まさしくあの男のファイルだった。しかし大貫のように正面から撮った写真はなく、明らかに盗み撮りしたものだ。

「島津治郎十九歳。経歴は不詳。犯罪歴なし。とりあえずウチのデータベースにはない。

普通免許の所持あり。住民票と本籍は神戸にある。ウチの四係の見立てでは、北村系もしくは北村グループではないかと」

北村グループは組織としてのナリは小さいが、地元の半グレとの繋がりがある。若い人材の調達には困らない。関西の巨大暴力団とも繋がっている。鳴龍会なきあとの空白を埋めるのは北村グループしかない。しかし、鳴海というシマが北村系の支配下に収まったともいえない。他の旧鳴龍会系の小グループとの小競り合いや、既存の暴力団とはまったく無関係の半グレ集団との勢力争いの中、警察の厳しい監視もあるので、思う存分ドンパチがやれないせいだろう。

「島津も大貫も北村グループか。おかしいじゃねえか。同じ系列のヤクザがなぜ揉める？」

島津の写真をしげしげと見ている佐脇に、光田が説明した。

「今の鳴海は他所の組の草刈り場だからな。北村系と言ってもいろいろ新顔が入り乱れていてお互い知らないか、同じグループでも序列争いがあるのかもしれん。暴力団だけじゃなく半グレの連中も来てる。こんな寂れた田舎町を取り合いしてもさほど儲かるわけでもないから、表面上は大人しくしてるが、何かあると、ヤクザ同士がツノ突き合わせる」

「だから地元にはまともなヤクザが一つはあった方がいいんだ。二つあると面倒だが」

「そういうことは、オトモダチの入江サンに言ってくれよ」

光田はイヤミを言った。

「そもそも入江サンが、暴力団壊滅作戦の勧進元（かんじんもと）だったんだから。あの人をコンコンと説教すべきだったろ?」

「説教はした。しましたよ。だけどな、警察官僚という人種は、数字しか見ないんだ。検挙率に犯罪率、虞犯（ぐはん）率に再犯率。指定暴力団の増減に暴力団構成員の推移。みんな数字だ。連中にとって警察行政ってのは数字で表されるものなんだよ。それもあって、おれは東京がイヤになった」

そう言うと佐脇はタバコを取り出して火をつけ、深く吸い込んだ。

「おい、署は全館禁煙!」

「お構いなく」

佐脇はポケット灰皿を取り出して、灰をポンポンと入れた。

「そういうことじゃない。吸ったらダメなんだよ!」

「大貫は何と言ってる? 島津と揉めた理由は何だ」

佐脇はタバコを吸うなという光田の言葉を完全に無視した。

「肩が触れた触れないっていう、例のやりとりだ。ようするに虚勢（きょせい）の張り合いだな」

たぶんガタイのデカい大貫が、小柄なくせに抜き身のナイフみたいな島津にムカついたのだ。因縁（いんねん）を付けたのはいいが、島津が全然恐れ入らないので大貫も子分の手前引くに引けず、睨み合いになったに決まっている。大貫はバカだから相手のヤバさを計り損ねたのだ。

「あの島津って若いヤツは、相当ヤバい感じがするぞ」

そう言った佐脇は首を捻った。

「殺気を感じるんだよ。あれで前科がないとは驚きだ」

タバコをスパスパ吸った佐脇は二本目に火をつけて、「そうそう」と光田に訊(たず)ねた。

「犯歴もないし捕まえてもいない島津の資料がどうしてウチにある？　何かの事件でマークしてたのか？」

「鳴海での何件かのヤマに絡んでる。正確に言えば、絡んでいるようだ。ああいう血の臭いに敏感(びんかん)な野良犬が吸い寄せられてくる町に成り下がっちまったんだよ、この鳴海は」

「じゃあおれが張り切らねえとな」

佐脇が胸を張って、三本目のタバコに火をつけようとした時。

刑事課のドアが開き、皆川署長が入ってきた。署長が直々に刑事課に来るのは異例中の異例のことだ。

光田は飛び上がって直立不動になったが、佐脇はゆっくりとタバコを消してポケット灰皿に入れ、それをスーツのポケットに入れて、立ち上がった。

「鳴海署は全館禁煙です。今回を最後ということで見逃しましょう。大事なお話があるので」

皆川署長は、佐脇の前に立った。

「佐脇巡査長。県警本部から特にあなたをご指名の依頼(いらい)があります」

どうぞと署長に呼び込まれて刑事課に入ってきた長身の男を見て、佐脇は声を上げた。

「これはこれは水野クン！　お前がここに居ないんで、おれは心細かったんだよ！」

今風に整った顔の、清潔感漂うイケメンで長身。それでいて熱血派の若手刑事だった水野は、僅かな空白の間に、そこそこオトナの渋さを兼(か)ね備えた男盛りになっていた。

「佐脇さん、お久しぶりです。空港にお迎えに行くべきでしたが……諸事多忙で」

「いやいいの。おれは夜行バスで帰ってきたから。大阪に寄り道してたら昼過ぎちまって」

ぺらぺらの安物スーツをくたくたにして着ている佐脇と違って、水野の紺(こん)色のスーツはサイズもピッタリで、オーダーメイドのように完全にフィットしている。

「いい背広じゃねえか。誰からワイロ取ってるんだ？」

「吊(つる)しですよ、安物の。きちんとクリーニングしてるんで、佐脇さんみたいにヨレヨレにならないんです」

「そうやって言外に、おれはスタイルが良いから何でも似合うんだってこと、匂わせるんじゃねえ」

佐脇が毒づくと、水野は苦笑いを浮かべた。

「佐脇さん。東京に行って、僻(ひが)みやすくなったんですか?」

ブランクを一気になくす、いつもの会話を続けようとしたら、横にいた皆川署長が咳払(せきばら)いをした。

「もう時間も遅いので、本題に入りましょう」

「これは失礼しました」

現在は県警刑事部の捜査一課に所属する水野は皆川に一礼すると、本題に入った。

「佐脇さんは小瀬(おぜ)郡上川町をご存じですよね? 鳴海湾にそそぐ上川の、上流にあるのが上川町で、この鳴海署の管内です」

水野は、壁に貼ってある地図を示した。鳴海署の所轄地域が色分けして表示されている。

「以前、別件で関わりのあった雎鳩山(みさごやま)と、勝俣(かつまた)川がこれです。この辺りは鳴海市と上川町の境界が複雑に入り組んでいます。鳴海市で勝俣川に合流しているのが上川で、その流域に上川町があります」

港のある港湾部・鳴海市から上川の源流がある山奥・小瀬郡まで、鳴海署の所轄する地域は広い。それだけ人口が少なくて事件もないので、山間部に独立した警察署を置く必要がないのだ。

「その上川町の一番山奥にあるのが大植地区です。人口三十人ほどの小さな集落ですが、この大植地区で昨年三月に起きた連続殺傷放火事件はご存じですよね?」

都会からUターンして故郷に戻ってきた男が、山奥の村落の閉鎖的な風土に馴染めず、精神の均衡を失って村落の老人たちを次々に殺害、家屋にも放火して、五人が死亡、三人が重傷を負った重大事件……そのことは佐脇も知っている。

犯人の男は既に逮捕されて起訴されている。

「例の、『大植八人殺傷事件』だろ? 犯人はもう逮捕されて、起訴もされていると思ったが。東京でもかなり話題になったしテレビでもばんばんやってた。田舎でド派手な事件が起きたってな。ひかるも駆り出されてお祭り騒ぎみたいに現地から中継してたぞ」

「ちなみに署長。『ひかる』というのは佐脇巡査長の特殊関係人で、ここの地元局から東京に行ったテレビレポーターの磯部ひかるのことです」

光田が皆川署長向けにレクチャーする。

「ひかるのことはいい。もうじき裁判が始まるんだろ?」

「それなんですが、地検から、追加捜査の依頼が来たんです。公判を維持するのに必要だということで」

「だったら追加捜査も地検がやればいいだろ。どうせいつものアレだ。適当に絵を描いて、それに沿った証拠だけいい加減に集めて、それでなんとかなると思ってたら、いろいろ穴があるのに気づいたんだろ。あいつら普段は偉そうにしてこっちをアゴで使うんだから、いいクスリだ。アイツらにやらせろ」

「佐脇さん、知ってるくせに。ここの地検には捜査能力は無いんですよ。ただでさえ人員が足りないから、独自捜査なんかしていたら裁判が渋滞して大変なことになります。だから証拠関係はウチがあげたものをそのまま使うだけで」

「じゃあ、その事件をやった刑事がやればいい。事情も判ってるんだし、そいつの捜査に手抜かりがあったんだから責任を取れって話だ」

それはそうなんですが、と水野はポケットに手を入れて、少し困った顔をして見せた。

「これ担当したの、自分なんです」

「あらま」

噴き出しそうになった佐脇は、光田に向かって言った。

「コイツ、ナリは立派になったけど、中身はまだまだだってことだ。ホンシャに行かすの早かったんじゃねえか？」

佐脇は水野に向き直った。

「なんでお前が自分でやらない？　テメエでテメエのケツ拭けないのか？」

「他の事件を担当しているということもありますが、先入観に囚われない新鮮な目で調べ直す方がいいだろうと、刑事部長が」

「と言うことですので、佐脇巡査長、よろしく」

皆川署長が引き取った。

「ちょっと待ってくださいよ。この追加捜査って、ホンシャの仕事でしょ？　どうしてウチが？　どうしておれが？」

「地検からのお願いだから、これは地検に恩を売るチャンスです。所轄としての意地もあります。この際、きっちり整合性のある証拠と証言を取って県警本部を唸らせましょう」

署長は柔らかな人当たりに似合わずぐいぐい来る。

隣にいる光田は、最初は真面目くさった顔をしていたが、次第にニヤつきを隠せなくなり、ついには爆笑し始めた。

「ダメだ佐脇。お前、受けるしかないよ」

「なんでだよ？　おれが元部下の尻ぬぐいするのか？」

「判らないか？『追加捜査』なんて手間ばっかりかかって手柄にもならないことに、人員を割けないって事だよ。タダでさえ人手が足りないってのに。そこで出戻り新人扱いのお前にお鉢が回ってきたわけだ」

「……そうか。おれは新人扱いなのか。まあ、落語家でも師匠を換えたらイチから出直しで前座に戻ったりするそうだからな」

佐脇は嘆いた。

「サッチョウにいる間に全然昇進しなかったのがマズかったな」

「試験受ける気なかったんだろ？　どうせ。準キャリになれたのに惜しかったな」

「おれはそういうササイな事には拘泥しない」

「昇進したいのかしたくないのか、どっちなんだよ？」

「受けていただけますね、佐脇さん？」

皆川署長がすかさず畳みかける。

「私としても、せっかく経験豊かで難事件を数々解決してきた佐脇さんに鳴海署で活躍していただけると期待するところ大だったのですが、地検と県警本部からの特別な依頼とあれば、致し方ありません」

女性署長はそう言って、残念そうな顔をしてみせた。

「まあそういうことなら、仕方ありませんな」

佐脇は応接セットの安物のソファにどっかと座ると、「頼まれた側の人間」らしく、エラそうな態度で堂々とタバコに火をつけた。

「外堀を埋められてしまった。で、一人でやれってか？　誰か相棒は付けてくれるの？」

「もちろん」

と言った署長だが、彼女も誰が佐脇と組むのか知らされていなかった。

「で、誰なの？」

急に振られた光田は「あの……刑事課長がいないのに、自分が決めていいものでしょうか?」と署長にお伺(うかが)いを立てた。

「結構です。私が許可します」

署長権限を使えるのが嬉(うれ)しいのか、皆川は誇らしげに微笑んだ。

なかなかの美人だ。

佐脇は皆川署長を眺めながら、ついついその裸身を想像してしまった。禁欲的な制服の下に隠された女体は……。

「じゃ、友成(ともなり)にしましょう」

「あら? 友成巡査は刑事課に配属されたばかりなのでは?」

そんな新人に癖のある佐脇の相棒が務まるのか? という疑念が言外に滲んでいる。

「いや、それは大丈夫でしょう。そこに居る水野クンも、そもそもはぴかぴかの新人の時に佐脇と組まされて、磨(みが)かれたというか成長したというかしっかりしなきゃと思ったのか、まあ反面教師ですな。オン・ザ・ジョブ・トレーニングのいい機会ですよこれは!」

首を傾げていた皆川署長は、それを聞いて判りましたと頷いた。

「では、友成巡査を呼び出してください」

会議室で待っていた一同の前に、若い男が息せき切って飛び込んできた。

「友成です。遅くなりました！」

そう名乗った若い男はくしゃくしゃのハンカチを出して汗を拭(ぬぐ)った。水野より長身で百九十センチはありそうなタッパに、最近の若者に共通するスッキリした優しげな顔立ち。海兵隊員のようなクルーカットでほどよく筋肉がついた容姿は、今どきの体育会系モテ男の王道を行く感じだ。

「現場から急いで戻りました」

「今、なんのヤマやってるんだっけ？」

水野の問いに友成は「二条町の暴行致傷事件であります」と答えた。

「さっき佐脇が騒ぎを大きくした一件とは別の、酔っぱらい同士のイザコザです」

光田が補足した。

「友成」

佐脇がキツい声で名前を呼んだので、彼は直立不動の姿勢で年上の巡査長に相対した。

「お前、モテるだろ」

「そんなことはありません」

佐脇とは初対面なので、友成は緊張している。なんせ、皆川署長に光田刑事課長代理、そして県警捜査一課から来た水野と並んで座って、一番態度がデカいのだから、佐脇を一番エライ人だと思い込むのも無理はない。その誤解を光田がすぐに正す。

「あ、紹介しとく。ここにいるオッサンが、佐脇巡査長。あの佐脇だ」

「え？　この人が、あの佐脇さんでありますか！」

友成は一瞬躊躇したが、佐脇に向かって敬礼した。

「何だ、その『あの』ってのは」

「伝説のって意味であります。いわゆるレジェンドというか」

「はい、では県警の水野さんから状況説明をして貰いましょう」

脱線しそうなところを皆川署長が仕切って先に進める。

「事件の概要については既にご承知かと思いますので、省きます」

立ち上がって前に出た水野は、書類も見ずにブリーフィングを開始した。

「自分は初動捜査から関わっているのですが、集落の老人ばかり八人を殺傷した被疑者・上島芳春について、地検から追加捜査の要請がありました。それは次の三点です」

水野は会議室のホワイトボードに楷書書きをした。

『動機が薄弱』

『常人にはほぼ不可能な暴力的犯行』

『犯行時の記憶の欠如』

「おいおい、動機・手段・自白みんな怪しいってか？　何やってたんだよ、お前らは？」

佐脇は呆れた。

「捜査のキモを全部外してるじゃねえか。犯人決め打ちで最初に筋書きを作って、それに沿った証拠を集めていたが、うまく集まらず、かといって引き返すことも出来ず、強行しちまったんだろう？　どうやって送検した？　上島に暴行を加えて自白させたとか」

「それはしてません。そんなことしたら公判で『警察の取り調べで暴力を受けた』とか言い出して自供をひっくり返しますよ。でも、誓って言いますが、被疑者に自供を強要していません」

「取り調べの録画は？」

「していませんが……だから肝心なところがハッキリしないまま、時間切れで送検するしかなかったんです」

「動機に関してはまあ、当人もハッキリ意識していないまま感情にまかせてやってしまう場合もあるからな……けど、生まれ育った村にUターンしてきた被疑者・上島が、地元のジジババと上手くやれなくて精神的に追い詰められて犯行に及んだってのは、それなりに根拠のある動機なんだろ？」

「はい。自宅に殴り書きのメモが多数ありまして、そのすべてが近隣住人への怨みつらみに満ちていましたし、上島は友人数人に電話して同じような不平不満を話していました」

「じゃあどうして地検は動機が薄弱と判断したんだ？」

「いくら怨みつらみ不平不満を抱いていたとしても、人口三十人の集落で五人殺して三人に重傷を負わせるという重大な犯行に及ぶには落差が大きすぎる、それ以上の動機、たとえば金銭的なトラブルなどの理由があるのではないか、と検事は言うんです」

「それを調べるのが検事だろ？」

佐脇は呆れた。

「それに、テレビ観てても犯人が凶行に及ぶ充分な理由つーか動機は判ったぞ。あの集落のジジババのイビリは相当なもんで、街暮らしが長い者にとってはひでえもんだぞ」

「その点につきましても、受け取り方には個人差が大きいと思いますので」

水野はあくまで検事側の立場で言った。

「次に殺しの手口についてだが、上島ってヤツはそんなにヒョロッとして力が無いのか？都会暮らしが長かったから非力に決まってるというのは偏見だぞ」

水野は写真をホワイトボードに貼った。

「上島芳春五十七歳。身長百七十二センチ体重五十二キロ。中肉中背というところですか」

写真は逮捕時に撮られたものなので、数日間山中に逃亡していた結果、髪はザンバラで無精髭、目つきも鋭く殺気がある。

水野は別の写真を貼った。こちらはスーツを着てネクタイを締めてキチンとした姿で微笑んでいる。普通の常識的な社会人にしか見えない。

「大植地区に戻る前の写真です。このように、ごく普通の男が行うには犯行があまりにも超人的で、被害者二人については棍棒の一撃で撲殺してる、という状況なんです。常人には中々できることではありません」

「怪力のレスラーか、ハルクみたいな超人かよ。共犯者が居るんじゃないのか？」

佐脇の当然の疑問に光田が答えた。

「それは捜査段階でみんな考えた。犯行時間はわずか三十分。その間に若くもない五十七歳の男が一人で八人を殺傷して山奥に逃走したんだ。これを単独で出来るのは米軍の特殊部隊で特別な訓練を受けるか、生来の殺しの天才か、計画を考え抜いて自分で訓練方法を編み出して、予行演習を重ねていたかのいずれかだ」

「都会に居るときにそういう訓練を受けていたかもしれんだろ」

「それはありません。里帰りする以前の上島は、工作機器メーカー・矢島製作所の東京蒲田工場に勤務していて工場近くのアパートで一人暮らしをしていました。里帰りする以外に旅行もせず、海外渡航歴もありません」

「秘密裏に、どこかに同好の士が集まって……いや、何かヤバいクスリをキメていたとか」

「そういうことも含めて、追加捜査しろって事だろ」

光田が引き取った。

「あと、『犯行時の記憶の欠如』ってのは?」

「上島は、犯行当時のことを『ほとんど覚えていない』と言うばかりです」

「精神鑑定は?」

「しておりません。何故ならば、取り調べの際の受け答えは正常で犯行前後の記憶も問題ありませんでした。犯行時の記憶が無いというのは、異常な興奮がもたらすもので、暴力的な犯罪の場合にはままあることですよね。それは佐脇さんの方が詳しいでしょう?」

「まあな」

たしかに、暴力は飲酒と似ている。人を血に酔わせ記憶を消してしまう。

「けど、よくあることなのに、どうして今回に限って地検が問題にするんだ?」

佐脇は水野を睨んだ。

「お前の捜査に手抜かりがあったからじゃねえのか? 基本が出来てなかったんじゃや?」

水野は、カバンから捜査資料のファイルを取り出すと、佐脇の目の前に突きつけた。

「おっしゃることはごもっともだと思いますが、捜査資料を読んでから言って貰えますか? 自分は、必要にして充分な捜査をした自信がありますし、地検とも通常の打ち合わせを重ねた末に送検しました。こちらに落ち度があるとは考えていません」

分厚いファイルを渡された佐脇は露骨(ろこつ)にウンザリした表情になった。

「おれがこういうの読むの大嫌いだって知ってるだろ? 口で説明しろよ口で……つー

か」

　佐脇は水野に喧嘩を売るように顔を近づけた。

「そんなに地検がうるさいこと言うんなら、どうして担当検事が来ないんだ？　そいつに説明させた方が話が早いだろ？　担当検事は誰だよ？」

「小曽根さんですが……」

「小曽根か。アイツは細かいことにうるさいんだ。なぜあいつ本人が来ない？」

「忙しいとのことで。自分がすべてを任されたので……すみません」

「どうせアイツはおれに説明するのを嫌がったんだろ。じゃあ水野、お前が調べ直せ」

「ですから自分は今、他のヤマを……」

「判ったよ。おれは明日から動く。この友成クンと一緒にな。じゃ、友成クン、よろしく頼む。これ、読んどいてくれ」

　佐脇は分厚いファイルを友成に押しつけると立ち上がり、会議室から出て行こうとする。

「おい佐脇、どこ行くんだ。まだ終わってないぞ」

　署長の手前、光田が厳しい声を上げたが、佐脇には馬耳東風だ。

「いいんだよ。あらましは判ったから。おれくらいになると、一を聞いて百を知るんだ。じゃ、これから酒飲んで英気を養って、明日からの激務に備えますよ」

振り返った佐脇は、色濃くなった無精髭を撫でながらニヤリとした。

＊

翌日。

佐脇と友成は、朝から上川町に出向いた。

「友成クン、スマンな」

友成が運転する車中で、佐脇はタバコを吹かしながら酒くさい息で話しかけた。

「おれはこういう曲がりくねった道を運転するの苦手でな」

佐脇が言うように、上川町に繋がる道は林道に毛の生えた程度の悪路だ。さすがに舗装はしてあるもののヘアピンカーブが連続して、道幅も大型バスならすれ違えないほどに狭い。これで県道だとは信じられない。

「こんな道でも一日五便のバスが走ってるんだからエラいもんだよな」

友成は運転に集中しているのか、返事をしない。

「まあ、おれにも判ってるんだ。鳴海署の連中は、おれが戻ってきて迷惑なんだよ。だから、追加捜査にかこつけて、おれを喜んで追い出したんだ。それに付き合わされるキミには迷惑この上ないことだが」

「いえ、そんなことは」

友成はマジメに返事した。

「自分はそんな風には思っておりませんから」

「まあ、肩の力抜けや。おれだっていたいけな新人のキミを取って食ったりはしねえ」

はい、と友成は前を向いたまま応じた。

「昨日のファイルを読んでみたのですが、特に追加捜査をしなければいけない必要は感じられませんでした」

「そうだろ？　あれはおれを追い出す口実なんだよ」

「とは言え、自分の読み方が浅いせいかもしれません」

友成はあくまで謙虚だ。

「集落の連中は協力してくれるかねえ？　なんせ大きく報道された事件だ。警察の捜査に並行して、テレビの連中が来て、インタビューしまくってたからな。マスコミがさんざん荒らし回ったあとだ。根掘り葉掘り訊かれるのはもうウンザリだとおれなら思う」

「まあ、我々は警察ですから……」

友成は当たり障りの無いことを言った。

「強いて言えば、被疑者の上島が犯行を認め、物的証拠も一応は揃っていたため、動機や犯行に至る状況についての解明がおざなりだった面はあったかもしれません」

「今は裁判員裁判だからな、動機とか犯行に至る心理の動きとか、そういった部分をきちんと押さえとかないとと思ったんだろう、小曽根は」

だったら自分で調べればいいのによ、と佐脇は苛立ちのあまり盛大にタバコを吹かし、車内は煙幕に包まれた。

「結局はおれに面倒な事を押しつければ、厄介者が鳴海署からは消えるし、証拠も揃うしで全員が幸せと検事も美人署長も光田も判断したんだろ。おれは可哀想な嫌われ者なのさ」

「そんなことはないですよ」

友成は前を見たまま、異議を唱えた。

「やっと佐脇さんが帰ってくるって、光田課長代理なんか喜んでたんですよ」

「形だけな。あいつの本心は判ってる」

と言いつつ、それでも佐脇の顔は綻んだ。

鳴海署から車で約二時間。

やっと到着した上川町の大植地区は驚くほどに美しい集落だった。

川魚の魚影がよぎる清流が流れ、青空に柿の実のオレンジ色が映えている。空気は澄んで吸い込むと美味い。

昔ながらの農家が点在し、収穫の済んだ畑には野焼きをする白い煙が立ちのぼっている。残虐な殺人があったとはとても信じられない、のどかとしか見えない集落だ。

「おやおや、殺伐としたクソ田舎かと思ったら、いいところじゃねえか」

実際、日本の農村百選に選ばれてもおかしくはない。

「まさに、『日本の原風景』とかって言われそうなところですね」

インテリみたいな事言うじゃねえかと佐脇に冷やかされつつ、友成も一応は同意した。

「でもね、うわべの平和さ、のどかさに惑わされちゃイカンですよ」

友成はなにやら含みのある物言いをした。

「水野さんがまとめた捜査資料によると、この大植地区は『山間にあり、昔から交通事情が悪かったため非常に閉鎖的』『土地は痩せていて、特産品もなく、棚田や段々畑が多くて、労多くして稼ぎが少なく、農業は厳しい』『過疎化が激しい。住人はほとんど老人。若年層は農業を嫌って集落を離れる』などなど、マイナスな事ばかりです」

「問題のある地域だけに凶悪犯罪が起きて当然ってか。水野の野郎、妙な手練手管を覚えやがったな」

佐脇は憤慨した。

「そんなありきたりの見方で説明がつく話でもないだろう。全国の過疎の村でこんな犯罪が起きているわけでもない。ま、改めて聞き込みをしようじゃないの」

たしかに、集落の中心にはＪＡの出張所と簡易郵便局があるだけで、消防署も駐在所もない。店も、昔ながらのよろず屋みたいなのが一軒あるだけだ。

「普段の買い物とか、どうしてるんだろうね？」

佐脇が首を傾げていると、軽トラに野菜や魚、肉類を載せた移動スーパーがゆっくりと走って行く。

「ま、野菜は自家製で充分なんでしょうけどね」

自然は豊かでも、住むのはなかなか大変そうだ。

二人は手初めに、八人殺傷事件で生き残った被害者に話を聞くことにした。

アポなしで突然やって来た中年ヤクザ風の男とシュッとした二枚目のコンビに、集落の老人は一様に驚き、それからうんざりした表情になった。

一人目の老人は、前庭の広い典型的農家に住む末長為造（すえながためぞう）・七十八歳。上島に鉄パイプで後頭部を殴られて二ヵ月間意識不明の重傷を負ったが、奇跡的に意識を取り戻した。しかし脳に損傷を受けて下半身に障害が残り、車椅子の生活になってしまった。

捜査資料によれば、この末長は殺された五人と同じくらいに上島の恨みを買っていたので、生き残ったのは奇跡とされている。

「もう、何もかも話しましたで。同じ事何度も喋らなアカンのか？」

玄関脇の茶の間で、末長老人は車椅子に座って二人に応対した。

「申し訳ありません。ご面倒でしょうが、裁判を控えておりまして……」

「いやあ、あの男にこんな目に遭わされる心当たりなんぞ、ありゃしません。あの男の親とは仲が良くてな、畑も隣同士だし、仲良うやっとったんや。殺された五人も同じです。みんなあの男と親密に、仲良うやっとったんです。それが、テレビではもうワシらがあの男を虐めたと、まるで鬼悪魔みたように言われて……街に住んどる娘から泣いて電話がかかってきましたわ……けどまあ、すべて済んだ話や。死んだモンは帰ってこん」

末長は話し好きの好々爺としか見えず、トラブルに巻き込まれそうな感じは、ない。

車椅子の老人の横では、疲れ切った老妻が黙って座っている。老老介護は大変だろう。

「この集落は、見ての通り若いのがおらん。みんなジジババや。そやから電球の取り替えやら井戸水のくみ上げポンプの修理やらなんやら、誰かの手を借りんとでけん。せやから、あの男にはいろいろ頼んだのやが……それが悪かったんやと言われても……のう」

老人は戸惑ったような表情のまま、話し続けた。

「このへんはみんなわしらみたよなジジババばかりでな。狭いムラん中で若いもんが年寄りの手助けするんは普通の事やろ？」

「つまり、このへんの人たちはみんな上島にいろいろ頼み事をしていたということですね？」

友成の問いに、末長老人は当然のように「そうや」と答えた。

「上島はいっつも機嫌よう『あいよ』ちゅーてやってくれよった。イヤやったらイヤやと言うやろ？　後にしてとか言うやろ？　こっちも、何でもかんでも今すぐにやってくれと頼んだわけやない。わしらにも常識ちゅうもんはある。それに、タダでやらせたわけでもない。しかるべき礼はしとる」

そう言って末長老人は大きく頷いて見せた。

「例えば？」

佐脇にそう訊かれて、老人は詰まった。

「例えば？　礼は礼じゃろう……まあ特別なことは……こっちはカネもない老人だで……」

末長老人は誤魔化そうとしたが突然、何かを思い出したようで、顔が輝いた。

「そうそう、あの男が戻ってきたとき、わしらが金を出しおうて耕耘機買うてやったんや。農業をやると言うから、プレゼントしたったんや。耕耘機、けっこうするデ」

農業経験のない佐脇には幾らするのか判らなかったが、けっして安くはないだろう。

「せやから、判らんのや。わしらはあの男にしてやることはしてやったし、ムラにも喜んで迎え入れてやった。なのにこのムラの人間を五人も殺して、このわしも殺そうとした言うことが……恩も忘れて、なんでや？　わしら、あの男に恩は売っても恨みを買うようなことした覚え、ないぞ！　なのに、あの男が、わしの頭を、思いっきり後ろからガーンと殴った言うんが今でも信じられんのや。ほんとにあの男がやったんかいな？　気がついたら病院で、頭は割れるように痛いし、身体は動かんしで。なんでこんな目に……」

末長老人はそこで急に震え始めたと思ったら胸を押さえて苦しみだした。

「きゅ、救急車呼びますか!?」

友成が慌ててスマホを取り出したが、佐脇は首を振った。

「救急車がここまで来るのに一時間はかかるぞ。奥さん、水をください。いや、台所はそっちですな?」

慌てて立ち上がろうとした老妻を制した佐脇は、奥の台所に行って勝手に湯飲みに水を入れると、末長老人の口にあてがった。

「ほら、飲んで！」

ほとんど無理矢理飲ませた水のせいで、末長老人は一息ついた。

「いや申し訳ない。辛いことを思い出させてしまいました。さぞやお辛かったでしょう」

「この歳になって、こんな目に遭うなんて……ちょっとしたことやったのに」

佐脇の言葉に、老人は泣き出した。

おいおいと声を出して泣き続けるので、佐脇と友成は早々に退散した。

二人目は、やはり上島の襲撃を受けて九死に一生を得た、鴨井竹子（かもいたけこ）・八十二歳だ。

「鴨居竹子は夫に先立たれて農業をやめて、田畑は荒れるに任せて自分も広い家のごく一部だけ使って暮らしていたところ、上島に襲われて家にも火をつけられて、手を骨折して火傷（やけど）も負い、自宅も半焼した、と」

目的の家は、集落の中の少し小高い場所にあった。

石段の脇には黄色のフォルクスワーゲン・ニュービートルが駐（と）まっていた。

ジジババばかりのこの集落で見かけるのは農作業に使う軽トラばかりだったので、違和感を覚えつつ石段を登った。

二人の目に入ってきたのは、まだ新しい建材で建てられた部分と昔からの部分が継ぎ接（は）ぎ状態の、フランケンシュタインの怪物の顔面みたいな家だった。

真新しい部分が、上島に放火されて建て直した部分なのだろう。庭に突き出したような玄関とその周辺だけが新しいので、なんだか犬の顔のようにも見える。

二人が近づくと、いきなり玄関の引き戸が凄い勢いで開いた。思わず後ずさると、怖い顔をした四十代の女性が出てきた。続いて同じく鬼の形相（ぎょうそう）の老婆が走り出て怒鳴った。

「なんやの！　この薄情者が！　人でなし！　親を親とも思わん恩知らず！」

「えらい大声やな。ちゃんと動けるし。そんなに元気やったら介護もなんも要（い）らんでしょう！」

「要るんや！　あんたが急に帰ろうとするから慌てて追いかけて……あ、イタタ」

玄関先で老婆は腰に手を当ててしゃがみ込んだ。

「知らんよ私は。大袈裟（おおげさ）やね。あんたが大好きな兄ちゃんの世話になりや」

「あの子は子供が受験で大変やし、嫁さんとのアレもあるから頼れんのアンタも判ってるやろ！」

老婆はそう言って何事もなかったように立ち上がった。

「女の子なんやから、もうちょっと親の心配するのんが人の道と違うんか？　子供は親の面倒を見る義務がある！」

「義務があるのは兄ちゃんも同じやろ？」

「だからあの子は仕事が忙しいて」

「忙しいのは私も同じや。知らんよ。兄ちゃんとこの出来の悪い子が受験で、兄ちゃんも会社の景気が悪くて給料も下がるし嫁は全然アンタの面倒見る気がないとか、関係ないわ。けどその皺（しわ）寄せが全部こっちに来てるよ。神戸からここに来るんだって大変なのに。兄ちゃんはT市に住んでて車ですぐ来れるのに」

「だからあの子は仕事が忙しいし嫁がキツい女だから」

「それはもう百万回聞きました。じゃあ伺いますけど、私がヒマやと思ってるの？　仕事と家族があるのは私も同じなんよ？　それを何？　毎週来てあんたの面倒見ろ？　それが大変なら家族を置いてお前だけこっちに帰ってこい？　言うことがバカ過ぎて涙出るわ」

「親にバカ言うな！」

大声で怒鳴った老婆は、今度は胸を押さえてしゃがみ込んだ。

「ハッ！　また心臓発作のフリかいな。お葬式には出てあげるよ。仕方ないから後始末にも来るけど、生きてるときにアンタに会うのは、これ限りやと思うとき！」

中年女性はそう言い放つと佐脇と友成の脇を走り抜けて石段を駆け下り、車に乗り込んだ。そしてニュービートル特有の乾いたエンジン音を響かせて、走り去ってしまった。

玄関口には胸が痛いはずの老婆がすっくと立って、車が走り去る音がする方を見ていた。

「いや鴨井さん。お達者なようで、何よりです」

佐脇が声をかけた。

「なに言うとる。あたしゃ上島に手の骨折られて大火傷もして、死にかけや」

「しかし、失礼ながら拝見してましたが、大きな声が出るしポンポン言い返すし、肺活量も充分だしアタマも冴えてるし、足腰もしっかりしてられるようで」

「あんた、娘と同じ事言いなさるな。元気やと心配もしてくれないと言うのんは、おかしいのと違うか？　あんた誰や？　テレビやったらもうゴメンやで！」

老婆と言うより猛婆と言うべき竹子は佐脇を誰何した。

これは失礼、と二人の刑事は警察手帳の記章を見せて名乗った。

「去年起きた、例の……」

友成がそう言いかけた時、竹子は「ああ」と悲鳴を上げてよろめいた。

「あの時のことが急に思い出されて……怖ろしゅうて腰が抜けた」

友成は仕方なく、竹子の背中と膝を支えて抱き上げた。いわゆる「お姫様抱っこ」だ。

「どちらにお連れすれば？」

「コタツのあるとこでエエ」

友成は言われたとおりにした。

「あれは……わたしらのような者にとっては、一生忘れることの出来ん、怖ろしい事件でな」

それはそうでしょう、と二人の刑事は殊勝（しゅしょう）な顔で話を聞いた。

「で、それをまた思い出させようとするの？　あの時、東京や大阪からテレビのヒトが仰山（ぎょうさん）来てな。なにか喋れともうしつこいんで正直に喋ったらアンタ、ネットで袋だたきや」

「おばあさん、ネットやるんですか？」

友成が思わず訊いた。

「娘が……さっきのあの女ですわ。アレが電話してきて、お母さん何テレビで恥ずかしいこと言ってるのよ、ここまで非常識とは思わなかったとかまあ、さんざん怒られましたわ」

友成は捜査資料を捲って、当該箇所を見つけた。

「集落のほぼ全員が集まった酒の席で、末長さんが上島の脇腹を刺したという件ですね？」

「そう。それ。酒の席やし、お互い酔っ払っとったし、農作業用のゴツイ刃物の、それもほんの先っちょが上島に刺さっただけやがな。それをあの男が大袈裟に騒ぎ立てて」

「この件は、上島が電話で被害届を出す相談を鳴海署にしていますが、その後連絡が無く、正式な被害届は出ていないままです」

友成が佐脇に補足説明をする。

「その時はカッカしとって警察沙汰にしたろ思うたけど、時間が経って冷静になったんですやろ。とにかく、酒の席のことやし」

「しかし、酒の席で刃物を出すなんて、物騒でしょう？」

友成が訊くと、竹子は「しゃらくさい」と手を振った。

「百姓仕事に使う道具でっせ？　みんな百姓なんやから道具の話になってなにがいかんの？　それに、ホントに先っちょが刺さっただけやし。酔っ払って手許がふらついただけですがな。けどその話をテレビにしたらもう、このムラは頭おかしい連中ばっかりやとかなんとか」

「それはまあ、強姦犯の、チンポの先がちょっと入っただけ、と言い訳するのと同じ論法ですな」

佐脇がサラッと言い放ったので、竹子もつい、「そうですな」と返事をしてしまった。

「で？　今更なんですのや？」

「申し訳ないです。上島の裁判が近づいておりまして、再捜査の必要が出てきました」

竹子が言うには、夜寝ていたら玄関をバットか何かで叩き壊す音で目が覚めた、起き出すと、上島がいて、棒を振り回すので避けようとしたら右手に当たったと。

「イヤな音がしたと思うたら、右手の指が……小指と薬指ですけど、折れとりました。単純骨折やったんで治りが早うて良かったですわ。それより、あの男は持ってきたガスタンクを振り回して」

「それ、ポリタンクですよね？」

友成の訂正に老婆は頷いた。

「そう、そのガスタンク。ガスタンクを振り回してガソリンを玄関口にまき散らして、火ぃ点けたんですわ。そしたらボン！　いうて爆発して、わたしもう夢中でそこの窓から飛び出して……近所の人が火ぃ消してくれたんで、丸焼けは免れましたけどな」

焼けてしまった部分は娘に金を出させて建て直した、と老婆は吐き棄てた。

「その入院中やら普請中やらは、さっきの娘が来て、何かと面倒を見てくれたんで、やっぱり持つべきものは娘やと思いましてな。なのにあの子はわたしが治ったと思うたら、ピタリと来んようになって……それからはこの通り、放りっぱなし。薄情なモンや」

竹子はその後二十分ほど娘の愚痴をこぼし悪口を言い続けた。

老人が骨折して寝たきり生活になると、一気に老化が進行することが多いが、鴨井竹子の場合は指の骨を折っただけなので、アタマも口も足腰も達者なままだ。

「で、鴨井さんと上島は、どういうお付き合いだったんですか？」

「それは……いろいろと老人が出来ん細々した事をな、お願いしたりな。他の人たちみたいに」

上島にはこの集落の雑用がすべて集中していたのだ。

「それから、田ん圃や畑を耕すの、頼んでたな。あの男、耕耘機持ってたから。土地を耕すのはチカラ仕事で大変なんや。他に若い人がおらんのやから、仕方ないやろ？　こういう事は持ちつ持たれつ、お互い様や」

「鴨井さんが上島にしてあげたことは、あるんですか？」

友成が訊くと、竹子は首を捻った。

「その耕耘機、みんなでお金出しおうて買うてあげたがな。それだけやとアカンのか？」

なるほどね、と佐脇は警察手帳にメモした。

「この事もテレビで喋ったで。あの時は4も6も8も10もエヌエッチケーもみんな来て、このあたりのみんなに同じ事を何度も訊いてたわ。その上に、警察までが何度も来て、同じ事をしつこく訊くからもう、頭痛うなってきてな」

そうですね、と友成と佐脇は如才なく相槌を打った。

「まあ、何度か、あの男にオカズをお裾分けしようとしたんやけどな、こっちは老人が食べるオカズ……野菜の煮たのとかで老人が好きな味付けやろ。せやけど向こうはまだ若いし、もっと都会の味付けがお好みで……」

「お中元やお歳暮のお裾分けとかは？」

「せんよ！　そういうのは」

老婆は反射的に言った。

「向こうはウチより金持ちやし、ウチはお歳暮なんか来てもお裾分けするものなんかないし、むしろあの男に何か分けて欲しいくらいやった。あの男は車で街に行って、幾らでも好きなモンを買うてきてたんやからな」

佐脇が隣にある台所を見ると、壁際には調味料やお菓子などの空き箱が積み上げられている。みんなお中元やお歳暮なのだろう。

要するに、このババアは、ケチなのだ。

自分のモノは自分のモノ、他人のモノも自分のモノ。

「とにかく、若いもんが年上の者を心配してなんやかやと手助けするのが人の道ですやろ？　それが日本人のエエトコロなんと違うの？」

　若い者がいないこの集落では、「持ちつ持たれつ」「お互い様」という便利な言葉の意味するところはひとつだ。一番若い上島は「持たされる」ばかりだったろう。

　もはや相槌を打つ気にもなれない。友成も同じ気持ちのようだ。

　反応が鈍くなった二人の刑事に、老婆の顔に少し心配そうな色がよぎった。

「なんか、わたし間違った事言うてますか？」

「まったく。胸くその悪いババアだったな」

　二時間ほど話を聞いたのに、その間お茶の一杯も出なかった。しかしこの集落には自動販売機はない。みんな自宅でお茶を飲むのだ。

「鴨井竹子が怪我だけで助かったのは、上島が竹子にあんまり恨みを抱いていなかったからでしょうか？　それとも幸運が作用して助かったんでしょうか？」

「それは判らんね。だが悪運が強かったことは間違いないな」

　佐脇は、沢の水を見つけて手で受けるとじゅるじゅると飲んだ。

「美味いぞ！　この辺の水は実に新鮮で美味い！」

　友成も並んで沢の水を飲んでいると、通りかかった老女に声をかけられた。

「おや刑事さん、こんなところで何をしておられるの？」

佐脇が振り返ると、見覚えのある婆さんが農作業から帰ってきたのか、野良着で日焼けした丸っこい顔でにこにこ笑っている。

「ほれ、鳴海のバスんところで助けてもろた、堀江ですがな」

「ああ、はいはい。お元気そうで」

佐脇は、白髪の縮れっ毛をゴム止めしているのを見て、思い出した。

「堀江さんですか？」

友成が声を上げた。

「今からお訪ねしようと思ってたんです。佐脇さん、堀江さんが三人目の」

上島に襲撃されて生き残った三人目が、堀江千代だった。

「上島さんは私には、なーんにもしてないんよ」

堀江の婆さんは上島に敬称を付けた。

「というか、上島さんとはなーんもお付き合い無うてね。あの人は目に険があって怖い感じがしたし……挨拶されれば返すけど、その程度やったねえ。頼み事もしたことないし……ほかのヒトは便利に上島さんを使うてたようやけどね」

堀江千代の家は、集落の外れの方にあった。

「せやから……あの晩、集落の中心の方で大きな声がして半鐘もがんがん鳴ってえらい騒ぎになったんで、夜中やけど何事やと外に出てみたら……真っ暗な道を走ってくる人が見えて……『邪魔だ！』言うて突き飛ばされて、私はそのまま畑に転がり落ちて、ちょうどそこにあった切り株で腕を切っただけで……もう痕も残ってない」

千代はお茶を淹れながら言った。

どうぞと出されたお茶は、水が良いのか、すこぶる美味かった。

「美味いです……景色も良いし空気も良いし、本当に良いところなのにねえ」

佐脇がしみじみと言うと、千代も「ほんにねえ」と相槌を打った。

「けど、こないに綺麗な村を産廃にする言う話もあるんで、先のことは判りませんけどね。うちは反対やけどそれも表立っては口に出来んのです。私は他所から嫁に来たからかもしれんがね、このムラは、けっこうアレですわ。何というか……面倒っちゅうか、嫌らしい。余所者が受け入れて貰えるまで十五年はかかるわなあ。それもかなり頑張って、言われることを全部、ハイハイ言うて聞いてね、昔からここに住んでる人たちを立てて立てて、立てまくってのことやからね」

苦労しましたわ、と千代は言った。

「でも、それは昔のことでは？　さすがに今は……」

佐脇が言いかけると、千代は首を横に振った。

「いいや。そのへんのことは全然変わってまへん！　むしろ、若い人がどんどん減って、年寄りばっかりになってしもうた分、おかしな事が増えてきたような。昔の方が、もう少し普通やった気がしますわ」

「そういうものですか」

詳しく教えてもらえれば、と思うが、堀江の婆さんには話す気はないようだ。

「今まで、末長さんと鴨井さんに話を伺っていたんですが」

友成が切り出した。

「みなさん口を揃えて『あの男に刃を向けられる理由がない』と、襲われた理由が判らないと言うのですが、その点、どうでしょう?」

「いやそれは、私も襲われる理由はないんやけど……」

「千代さんは、知らずに道を塞いだので、退かされただけでしょう? 他のヒトとはちょっと状況が違う」

佐脇が言った。

「ここの人たちは凄く便利に上島をコキ使ってたようですが」

友成は水野から渡された捜査資料を広げて、調書を確認している。

「そうやね。コキ使うと言うより、もっとひどくて、あの人を虐めてるん違うか、と思うこともあったわいね。耕耘機のこととか」

「それは、この集落のみんながお金を出し合って上島に買ってやった耕耘機の件ですか？」

「そう……買ってやったんだから、その耕耘機でウチの田ん圃耕せとかこっちの畑も耕せとか、耕耘機があるというだけでタダ働きさせられとりました。ウチは、自分の耕耘機があるし、上島さんが気の毒でね、お金は出したけど、耕して貰う事はなかったですんや」

「それだけですか？」

友成は捜査資料を捲りながら、訊いた。

「この調書には、上島の車が燃やされた件についても書かれていますが」

友成の言葉に、千代は頷いた。

「そうそう。それ。あれは可哀想やったわ。農道に駐めてあった上島さんの自慢の自家用車……４ＷＤとか言うの、そのゴツイ車のすぐ近くで藁を焼くんやから。普通、他人の車のそばで藁を焼く人はおらんでしょう？　絶対、判っててやったんやわ。引火っちゅうの？　どかーんってその車も燃えてしもて」

そう言った千代は声を潜めた。

「アレは絶対、わざとやった。焚き火が自然に燃え広がったんやない。焚き火が車を舐めはじめた時に消せば良かったのにやね。末長さんは黙って見てたんだからね」

調書に目を落としていた友成は、佐脇に首を振った。ここには書いていない、という意味だ。

「みなさん、自分らは上島の被害者だって言うとるんでしょうけど、違うと思うよ、私は」

どうやらこの集落には、調書に書かれていない奇怪な人間関係があったようだ。

そこに、玄関の扉が音を立てて開き、人が入ってきた。日焼けした精悍な老人だ。

「あ、あんた。こちら刑事さん。こっちのおじさんが鳴海で私を助けてくれた……」

「佐脇です」

堀江の婆さんの連れ合いらしい老人に、佐脇は名乗って頭を下げた。

「このカッコいい若い人が」

「鳴海署刑事課の友成です」

彼も頭を下げた。

「今、上島事件の裁判を控えて、もう一度皆さんに話を伺っているところで」

「ほうか」

千代の夫らしい男は、小さく頷いた。

「まあ、正直に話すのはエエが、あんまり身内の恥を曝すな。狭いところに住んどるんやから。他所の人に言うても、判ってもらえんこともあるしやな」

そう言うと、千代の夫はどっかと座り込んだ。

「なあ刑事さん。鳴海は港町や。昔から余所者も多い、人の出入りが激しいところや。しかしこの大植は違う。大植村言うとった昔から、ここは山ン中で孤立しとる。車に乗れるようになって、やっと鳴海に出て行けるようになったが、それまでは山を越えた隣村と行き来するのがやっとやった。そういうムラでな。いろいろアンタらには理解でけんことも多いと思うが……」

「ご主人、それはよく判ってます。その点は大丈夫ですから」

「こんな小さな狭いところに、テレビが大勢来てな。新聞も雑誌も来たが、テレビがもう派手やった。何台も車で乗り付けて、アナウンサーがデカい声で、如何にこの集落がひどいところか喋りまくって、わしらに無遠慮にマイクやらカメラを突き付けて……おかげでこのムラの評判はガタ落ちや。鬼みたようなジジババが余所者を食うてしもうたような」

それに対して何か言おうとした佐脇を制して、友成がお暇しましょうと佐脇を促した。

「自分は、この集落の裏のあれこれが、よく判りますよ」

堀江の家から出てきた二人は、佐脇が何故かわざと田ん圃の畦道を歩くので、友成も付いていくしかない。

「自分の実家がこういう村なんです。中学の頃は山猿だの田舎者だのとさんざん揶揄われて……だから自分には判るんです。こういう小さい集落のイヤらしさが」

友成は、なにか臭いものでも嗅いだような表情になっている。

「狭いところで、みんな丸裸同然に何もかも知ってる。あそこの子供は出来が悪くてテストで零点を取ったとかナントカちゃんが好きらしいとか、あそこの奥さんは浮気をしてるとかあの家のダンナは妾腹だとか、あそこは借金だらけで一家心中寸前だとか、もう、どうしてそこまで知ってるんだって感じで。だからそうなるともう、その集落特有の、物凄く独特な上下関係というかなんというか……変な人間関係が出来上がってしまうんです」

「要するに、この村もお前の実家がある村同様、胸くその悪い肥溜めだって話か？」

だったら、と佐脇は続けた。

「都会からUターンしてきた上島が、そういう閉鎖的でこの二十一世紀では考えられない特殊な人間関係に参ってしまい、精神を病んだ末の凶行と言うことでいいんじゃないのか？」

「一応、公判の準備書面によれば、上島は『犯行時の記憶が無い』ものの、犯行の動機については『集落の住民への恨みが重なってと言われればそんな気がする』と繰り返し供述しているので、それを自供として扱っていますが」

「それが弱いっテンで追加捜査になったんだろ？　けどそれでいいんじゃないのかねえ？　だって、八人も手に掛けりゃ、記憶が飛ぶほどの異常な興奮状態にあったのは間違いないわけだし」

佐脇は無責任な口調で言い放った。

「それに、このムラはかなり異常だよ。それはおれも感じる。だから、こんな糞溜めに、都会暮らしに慣れたオッサンが舞い戻って、適応しきれなくてアタマがおかしくなったんだよ。あ、それじゃ心神耗弱(しんしんこうじやく)になって有罪判決が取れないか」

佐脇は、タバコに火をつけた。

「どっちにしても追加捜査するほどのことじゃないだろ。そういう心神耗弱スレスレのヤツの動機なんて、きっちり説明できないだろうし、このムラの特殊性を検事が丁寧(ていねい)に説明すれば、裁判員も判るだろ。はい結論」

な? と佐脇は友成を丸め込みにかかった。鳴海の猥雑(わいざつ)さと酒と女がもう恋しくなったのだろうか。

「ニュースで言ってたが、上島って気が弱いんだろ? 気が弱い奴ほど、キレると無茶苦茶なことをするぞ。火事場の馬鹿力って言うだろ。人間、切羽(せっぱ)詰まったときには一気にアドレナリンが出て、想像もつかないような怪力を発揮した例はゴマンとある」

それはそうでしょうが、と友成は慎重さを捨てない。

「たとえば……たとえばですよ? 上島ではない真犯人が別にいて、上島の精神が不安定なことを利用して、罪をなすりつけたという可能性は?」

コイツは何を考えてるのだ、という顔になった佐脇は、友成をしげしげと見た。

「なあ、アンチャン。そんな事になったら、追加捜査どころか、再捜査して起訴取消しの再起訴の、かなり大変なことになるぞ。キチンと捜査しなかったってことで、水野はクビになるかもしれん」

「いや、中学時代、自分に罪をなすりつけたヤツがいまして。そのパターンになんか似てるなあって思えて。自分はあくまで可能性を口にしただけですんで」

「あんまり穏やかじゃないことを口走るな」

この新しい相棒は、どうやら「人生は中学校で習った」らしい。何かというと中坊時代のエピソードを当てはめて考える癖があるのか、と佐脇は目の前にいるイケメンを見た。

「いや、おれは、上島の単独犯行説を採るね」

佐脇は断言した。

「上島をそそのかしたヤツはいるかもしれないし、手伝ったヤツもいるかもしれない。そのへんは追加捜査の対象になるだろう。だが、証言と現場検証と司法解剖の結果を見る限り、犯行自体は上島の単独と見るしかないんじゃないか」

それを聞いた友成は驚いた。

「え？　佐脇さん、資料読んでたんですか？」

「そりゃ、全然読まないで追加捜査するバカはいねえだろ。おれくらいになると、斜め読みでも要点は頭に入ってくるのよ」

本当かどうか、佐脇は豪語した。

「そもそも上島の動機は、この集落の非常識で強欲なジジババに使用人か下男のようにコキ使われて『スマンな』の一言もないという『集落で一番若い男という理由で下僕扱いされた恨み』だろ？　元はここで生まれ育った者だからUターンでも受け入れられると思ったら、テイよく便利に使われて老人たちにせびられたかられ、耐えられなくなって逆らったらハブられて嫌がらせされて、あげく車まで燃やされて……誰だってキレるだろ」

佐脇はスーツのポケットから四つ折りにしたコピー綴じを取り出した。

「ネタをばらせば、水野がおれ用にあのクソ分厚い捜査資料の抜粋を作ってくれたんだ。本当の要点だけを抜き出したヤツをな。でまあ、肝心のところについては、さすがにきっちり押さえて調べ上げられている。水野ならではのソツのなさだ」

佐脇はコピーをぱんぱんと叩いた。

「心底強欲なくせに、おれたち警察にはことさらに『哀れな田舎の老人』ぶるジジババは、マジで食えないぜ。足腰が弱ってる心臓も弱ってると言いながら、みんな元気ハツラツだ。農作業で鍛えられてるからピンシャンしてる」

「……じゃあ、どうするんですか？」

友成は佐脇がタバコの吸い殻を農業用水路に弾き落としたのを目で追いながら訊いた。

「追加捜査の必要なし、と言うことにするんですか？」

「そうもいかんだろ。追加捜査をしろと言われた以上、なにか手土産を持ち帰らんとな」

じゃあ、と友成はここぞとばかりに佐脇に迫った。

「次は、この集落のボスに話を聞きましょう！」

「集落のボス？」

「ええ、大植地区の地区長という役職が付いている、事実上のこのへんのボスです。田村柳太郎という名前です」

田村柳太郎の屋敷は、集落の中心部から裏山にかけて、広大な敷地を有していた。典型的な豪農の屋敷の作りで、大きな門を抜けると広い作業場兼中庭がある。それを囲むように三つの建物が建っている。そのメインの屋敷は裏山を背負っていて、敷地の奥には大きな蔵が建ち、裏山には石段が刻まれ、昇ったところには小ぶりとはいえ神社もある。

「門の中、塀の中なんだから、敷地の中に神社があるってことでいいんだよな。マイ神社ってか？」

門は開けっ放しで、門番もいないしインターフォンもない。勝手に入っていくしかない。

中庭に面して正面に建つ、一番大きな屋敷が母屋だろう。

「ごめんくださぃ……」

昔ながらの紙張りの引き戸を開けて、二人は恐る恐る中を覗き込んだ。

奥に台所のある広い土間の横には、囲炉裏を囲んで板張りの一段上がった部屋があった。そこに男女十人ほどの村人が集まって飲み食いをしている。

昔からの村長で名主で、今もこの集落のボスの居宅なら、もっと格式のある構えの屋敷を想像していた佐脇は拍子抜けした。

「すみません。こちら、田村さんのお宅では？」

友成が訊ねると、「いかにも」という返事が返ってきた。

「どちらさん？」

囲炉裏を囲んでいる老人の一人が訊いてきた。

「鳴海署刑事課の友成と申します。こちらは……」

「佐脇といいます。なにかの寄り合いの最中ですか？」

佐脇は自己紹介もそこそこに、話に入った。

「こうして日頃から親睦を深めて仲よくしておけば、ムラに問題は起きませんのでなあ」

囲炉裏では川魚が焼かれ、自在鉤には鍋が吊るされていて、肉や野菜がぐつぐつ煮えている。囲炉裏端には大皿の料理が各種並べられている。巻き寿司から魚の煮付けまで、酒のつまみにも、ごはんのおかずにもなるようなご馳走だ。

各人の脇には、一升瓶とヤカンが置いてあって、お酒とお茶を自由に飲めるようになっている。酒は冷やのまま飲んでいる人も、徳利に移して燗にしている人もいる。

この集まりの中には、さっき話を聞いたばかりの鴨井竹子もまじっていて、先刻とは別人のような上機嫌さで飲み食いしている。

「昼間から豪勢ですな」

話の長い老人三人に話を聞いていると、もうお昼になっていた。

「刑事さん、あんたらもどうだね？　一杯やらんか？」

「いえ、職務中ですし、運転もありますから」

「運転は友成クン、キミがやればいい。じゃあおれは戴くよ」

佐脇はさっさと上がり込み、囲炉裏端の座の中に入った。

勧められる酒も料理も遠慮なくどんどん飲み食いする佐脇は、あっという間にこの会合の面々に溶け込んでしまった。

友成も遠慮しながら末席で、中肉中背の、オカッパ頭のようなヘアスタイルの男を相手に、巻き寿司を突つき始めた。その男が、この集落には珍しく三十代くらいの若さだったので、佐脇は意外に思った。その若い男は影が薄く、ほとんど存在感がない。

「いやしかし、田村さんと言えばこの辺の大の実力者、ムラオサでしょ？　そういうお方のお屋敷って、武家屋敷みたいな格式張った、ちょっと足を踏み入れるのに躊躇するようなところかと思ったんですがね」

昼の酒は回りが早い。佐脇も赤ら顔になり、ちょっと舌が回らない感じに酔っ払って、誰にともなく訊いた。

「いや、刑事さん。私はね、そういう格式張ったことが嫌いでね」

そう言ったのは、座の中で一番大柄で存在感のある老人だった。七十は超えているだろう。鶴のように痩せて、こけた頬には老人性のシミがたくさん浮いている。だが、炯々と(けいけい)した眼光はいかにも村の長老という感じの威圧感を放っている。昔は二枚目だったんじゃないかと思える程度に鼻が高く、目も大きい。しかし整った顔立ちに降り積もった年月は人格の豊かさというよりは、むしろ狷介(けんかい)さしか感じさせない。

「あなたが、田村……田村柳太郎さん?」

「いかにも」

そう答えた老人は、入口に対して反対側の「上座」に座っている。

「私が田村柳太郎です」

その老人の腹に響く厳(おごそ)かな低音を聞くと、さすがの佐脇も、あぐらから座り直して正座になった。

「いやいや、お楽にお楽に。私は、堅苦しいことが好かんのです。だから、昔の農家そのものの、ここに入り浸っておりましてな」

足を崩してと言われたので、佐脇はすぐにあぐらに戻った。

「刑事さんが来られたのは……またあの件ですか？　生き残ったお三人に話を聞いたとか」

こういう座を設けているのは集落の情報収集の為なのだろう。

「おっしゃるとおりです。近々裁判が始まりますので、いろいろと確認を」

「あの時は何度も何度も警察に呼ばれて事情聴取されましたぞ。その上、東京や大阪から来たマスコミに追いかけ回されて……ネットとやらではひどい中傷もされたらしい。被害者なのに、どうしてわしらが非難されんといかんのですか？　まだ足りませんか？」

「いや、私は充分だと思ってるんですがね、この若いのが、念には念を入れてと申しますものですから。なにしろ若いものだから自信がなくて、妙に慎重になってるんですな」

一同の目は友成に注がれた。彼は佐脇に反論も出来ず、苦笑するしかない。

「たった一人の、頭がおかしくなった男のために、五人ものムラ人が殺され、三人が怪我を負い、家を焼かれた」

田村が吐き棄て、この場の村人たち全員が真顔で頷いて、佐脇に険のある目を向けた。

「その上に、このムラの者全員が世間の好奇の目に晒されて、えらい迷惑を被った。あることないこと書き立てる週刊誌もあったし、東京から来たテレビがムラの者にぶしつけな質問をして、ちょっとしたことを針小棒大に報じて……わしらはそんなことに慣れておらんのです。まくし立てるように訊かれれば、妙な事も口走るだろう。ツジツマの合わないことも言う。そこをまた意地悪く突いてきて、それにムラの者が怒ると、それを面白がって撮影され、テレビで晒される。それでもう充分ではないのかな？」

田村柳太郎の顔は強ばっている。ムラ人全員を代表して、怒りを隠そうともしない。

「いやもう、おっしゃるとおりです。田村さんのお怒りにはまったく一言もありません」

佐脇は降参するように両手を挙げ、礼拝でもするように板の間に付けて頭を下げた。

「だいたい、上島という男は、このムラで育ったと言っても中学までだ。それからはずっと都会に居たんだから、このムラのアレコレなど完全に忘れていたんだ。親の面倒を見に時々帰ってきてたとは言っても、住み着くのとは別の話だ。なのに、ムラに帰ってきてやったとイッパシの顔をしてエラそうにアレコレ口を出す。我々老人の手助けをしてやるからと恩着せがましい態度だった。増長ぶりが目に余ったので、新参者の分というものを教えてやったりもしたが、それがいかんと言うのか？　わしらは、あの男がここに帰ってきたというので、金を出しあって耕耘機まで買うてやった。けっして安い買い物ではなかった」

「その耕耘機で、上島にみんなの田畑を耕させたんですよね？」

佐脇は軽い調子でツッコミを入れたが、それがあまりにさりげなかったので、田村を始め、この場の全員が、「それはそうだ」と事実を認めた。老人の一人が不平そうに言う。

「けどそんなんはお互い様で、持ちつ持たれつと違いますか？　助け合うという、このムラでは当たり前のことが、あの男にはまるで通じんかった。しかも何や知らんけど妙に被害妄想になってしもうて……あの、刃物の件も、酒の席でたまたまちょっと掠っただけやないですか。そのくらいで警察だなんだと喚くのは言語道断や！　自分さえよければいいと思うてる、そういう奴なんですよ、あの上島という男は！」

「そうや。普段の暮らしでも、百姓仕事でも、若い者が老人を労ってあれこれと世話を焼くのは当たり前やないですか。それをあれこれ不満そうに……しかも酒の席のことまで警察沙汰にしおってからに……とんでもない男や！」

　竹子はそう言って、どうだと言わんばかりに大きく頷いた。

「そうや。わしらの頑張りがあったればこそ、今の日本があるのやから！」

　別の老人が声を上げ、同時に拳を突き上げた。自分の前にいろんな皿からご馳走を搔き集めたように並べている。大声を出した後はコップの冷や酒をグビグビと飲み干した。

「なあマサヒコ！　お前はどう思う？」

　柳太郎からいきなり声をかけられたのは、友成と一緒にいる冴えないオカッパ頭のアラサー男だった。

「え？　ナントカ言え。こういう席で、わしの孫らしいこと言ってみろ！」

そう言われた影の薄い男は、何事かブツブツと小さな声で言ったが、誰も聞き取れない。

「あ？　今ナニ言うた？　わしの耳が遠くなったか？　あ？」

「……あ、いえ、別に、お耳に入れるようなことではないです」

マサヒコと呼ばれた男は消え入りそうな声で言い、柳太郎に頭を下げた。

「まったくな、頼りの孫がこんな調子では、わしはいつまで経っても死ぬに死ねませんわい。孫の代になったらこの田村家もおしまいじゃ！」

　そこで一同はわははは！　と大笑いになった。

「そんなことありゃせんじゃろ、御当主！」

「そうそう。マサヒコさんも地道によう頑張っとりますで」

　老人たちは口々にその場を収めるようなことを言ったが、孫をこき下ろすのが謙遜（けんそん）だとでも思っているのか、柳太郎は、まったくやめる様子がない。

「いやあ、駄目ですわ、こんなクソ孫は。そもそもコイツの父親にガクを付けさせたのが間違いやったのかもしれんな。田舎の百姓は百姓らしく、学問なんぞは無用だ。大人しく土を弄（いじ）っとれば良かったんじゃ」

「まあそれももっともや思いますけど……御当主さま、息子さんもきっといつかは戻って見えるやろうし、気長に待っとったらよろしいのでは？」

鴨井竹子がそう言い、柳太郎がぶつぶつと不満を述べる。

「まったく親不孝な息子や。こんな出来損ないの孫を残して、何処に行きよったんや」

「いやあみなさん、お盛んですな。結構結構。毎日の暮らしにハリがあることは元気の源ですからな」

佐脇が無責任に適当なことを言い、先刻拳を突き上げた強欲そうな老人は「あんたもそう思うか!」と悦に入った様子で、湯飲みにまた酒を注いだ。

「とにかく、誰が何と言おうと、わしらは被害者なんだ。生まれ育ったこのムラをわしらは守っていかねばならんのだ。余所者が思いつきでアレコレ言うのは大きなお世話で、迷惑この上ない。さっさとあの上島を死刑にして、きっちり終わらせてくれ!」

そう言った老人は、上目遣いに柳太郎を見て、「こんなもんでしょ?」とおもねるような表情になった。

「そうとも。そこの香田(こうだ)さんの言うとおりだ」

柳太郎もそう言って、ぐいと酒を飲んだ。

その反応を見て、香田と呼ばれた老人は役目を果たしたように、ほっとした顔をした。

「あ、ちょっと失礼……お手洗いを」

佐脇が腰を浮かせると、香田老人は「あっちや。廊下を右行って左」と指を差した。

友成は相変わらず黙って巻き寿司を突ついている。

言われたとおりに庭に面した廊下を右に行った、突き当たりを左に折れると厠があった。

こんな山奥の田舎の古い農家のトイレだ。くみ取り式の古色蒼然とした……と予想しつつ扉を開けると、そこには意外にも最新型の温水便座があった。もちろん水洗だ。

老人が多いから、結局このタイプが楽だし快適なのだ。

気持ちよく用を足して、佐脇がトイレから出て来ると、そのすぐそばの廊下……縁側と言ってもいい……に腰をおろし、タバコを吸っている若い男がいた。

この痩せぎすの体型と鋭い目つきは……北村グループ系のヤクザだという島津だった。

「おい。なんでお前が」

ここに居るんだ？ と佐脇が最後まで訊く暇もなく、島津は黙って縁側から庭に下りると、そのまま走って、どこかに姿を消してしまった。

「なんだありゃ……」

佐脇は靴を履いていないので、庭に下りて後を追うこともできない。

田舎の家は都会と違って鍵すら掛けないところが多いが、この屋敷も立派な塀をめぐらしてはいても、実際は敷地内への立ち入りは自由なのかもしれない。不用心なことだと佐脇は思った。

島津が消えた方を凝視していると、「どうかしましたか？」と背後から声がかかった。

佐脇が振り返ると、そこには若い女がいた。

ほぼジジババしか棲息していないこのムラで、まるで「紅一点」のような若い女。

若いと言っても、たぶん三十代くらいだろう……女盛りの、なかなかの美女だ。

「お絞りをお持ちしましょうか？」

と佐脇に問いかける声も魅力的で色っぽい。

「あ、いえ、今ここにいたヒト、誰なんです？」

「さあ？　私、奥にいて、今出てきたところなので……」

躰の線がハッキリ見えるニットのセーターにスカート。胸はかなり突き出ていて、セーターを押し上げている。スカートも丈は長いがぴっちりタイトで、着衣のエロを感じる。

そして、スッキリした美女顔に載った唇は厚めで、どうしてもフェラチオする姿を想像してしまう。きれいに手入れされたセミロングの髪が美しい。妖しく艶やかな女だ。

こういう刺激的な恰好はジイサンを刺激しないのだろうか？　今どきの老人はなかなか枯れなくて、老境もいいところのジジイなのに、レイプを試みるヤカラもいるのに……。

「弥生さん！」

囲炉裏の間から、柳太郎が呼ぶ声がした。

「はい、今参ります！」

弥生と呼ばれた彼女は、佐脇に小さく会釈すると行ってしまった。

ピッチリしたスカート越しに見る弥生のヒップはこんもりして、これまたなかなかにセクシーだ。

こんな山奥の、集落全体が老人ホームみたいなムラに、こんなフェロモン全開の、まさに「ヤリ盛り」のような女がいたとは！

佐脇は信じ難い思いで、弥生の後ろ姿に見惚れていた。

第二章　再びの凶行

「いや、それがいい女でな！　シワシワのジジババの中に突如降り立った、まさに天女だ。しかも色っぽい。女盛りの美女だ！　掃き溜めに鶴、猫砂にダイヤモンドだぜ」

夕刻、鳴海署に戻った佐脇は、食堂に腰を据えタダの番茶を啜りながら、光田を相手に熱く語った。

「三十サセ頃四十し頃って言うだろ、もうフェロモンムンムンで、こう、胸の膨らみがハッキリ見えるセーターを着て、スカートもピッチリしててケツの曲線なんかプリプリを見せびらかしてる……そう、アレは絶対に見せびらかしてるんだ！　誘ってるんだよ！」

佐脇は、彼女のぽってりした唇を思い出し、その唇にフェラチオされる情景を思い浮かべた。おれの肉棒をあのイヤらしい唇が咥え込み、おれの目の下で、あの女が、サラサラで艶やかなセミロングの髪を振り乱して……。

「おいエロオヤジ。友成にだけ仕事させて、お前はなにサボってるんだよ？」

光田はうんざりしている。

「ここは居酒屋じゃねえんだぞ」

「食堂だから似たようなもんだろ。しかしだな、ジジババばっかりの老人ホームみたいな集落に紅一点だ。どうしてそんなムラにフェロモンムンムンの美女がいるのか、興味ねえか？　いや、刑事としても」

佐脇は、安っぽいメラミン樹脂のテーブルに身を乗り出した。

「あの集落のボス・田村柳太郎の孫の嫁だ。と言うと、結構な暮らしをしてる若奥様かと思うだろうが、ところがどっこい、見ると聞くでは大違いでな」

「いいから普通に喋れ」

だが佐脇はとまらない。

「田舎の農家はケチだ。それもドがつくほどのケチだ。そもそも広い土地を持っていても売らなきゃカネにならねえ。しかも先祖代々のものだから売れねえ。つまり資産はあるようで、ない。おまけに村一番の名家ともなれば屋敷がデカい。その屋敷を維持しようにもケチだから使用人はいねえ。となれば、身内がコキ使われる。女盛りの若い身空で、あんな山ン中のど田舎で、ジジイどもにコキ使われてるんだぜ？　気の毒になあ」

「だから？　その女の亭主は何をしてる？　女房を女中代わりにされて知らん顔か？」

光田もやや興味を持ったようだ。

「それがまた頼りにならない亭主ときた。田村柳太郎の孫は雅彦（まさひこ）って名前で、まだ三十代だが見た目は冴えないし、カゲは薄いし、声は小さいし、じいさんにドヤされてもまともな返事一つできない。なんともパッとしない男なんだな、これが。断言してもいいが、あんな野郎にあの美人の女房は勿体ない。あれじゃきっと夜の方もご無沙汰だろうな」

「おいおい佐脇。勝手に盛り上がって人の女房に手を出すんじゃないぞ」

光田の抱いた危惧ももっともだと思えるほど、佐脇は弥生に興味を持ってしまった。

「水野がつくった捜査資料のダイジェストによると」

佐脇は何度も見返した書類を繰りながら説明した。

「そのパッとしない田村雅彦も、さすが名家の出だけあって一応は社長だ。田村の家の不動産の管理などをする『田村管財』って会社だ。昔から田村家は用水路や道路に自分の土地を提供したりして、今も県や市に土地を貸したりしている。だが賃料と言っても大したことはないし、売れる土地ではないから、これもカネにはならない」

「田村柳太郎はもういい歳なんだろ？　それでパッとしない孫が社長だと……じゃあ爺さんの息子はどうしてるんだ？」

「失踪して行方不明」

佐脇はプリントアウトを光田に見せた。

「田村柳一郎。平成十五年三月十四日に鳴海市役所に行くと言って家を出たきり、消息不明。利害関係者である親族の請求がないので失踪宣告はされていない。法律的には、すべての意味で生きていることになっている……これって面倒だよな?」

「まあな。死んだ事にした方が、いろいろ手続きとか省けたりするんだけどな」

「だろ。それに、柳太郎というのがまた嫌なジジイで、やたら威張り散らすんだ。まわりもヨイショするから、まるでお殿様だ。クソ田舎のジジイでしかないくせに、五百年続く名主の家柄を鼻にかけてる。まわりの連中も、このクソジジイにヘイコラしてればタダ酒は飲めるしメシは食えるしで、まあ、虫の好かねえ茶坊主どもばかりだ」

「お前の言わんとするところは判った」

光田はプリントアウトを子細に見ながら言った。佐脇はさらに説明する。

「息子の柳一郎は東京の大学を出た集落で一番のインテリで、東京で結婚し、一時就職したあとムラに帰ってきたんだが、帰ってきた当初は村おこしの積極的な提案をしたり組織作りをしていたそうだ。だが次第に柳太郎と意見が合わなくなり、まず最初に嫁が息子を連れて村を出て行った。それでも十年以上は我慢して一人、村で暮らしていたが、ある日、じいさんと決定的な衝突をして、その直後に失踪した。県外で暮らしていた孫が呼び戻されたのはその後だな」

「母親はどうした?」

「判らん。これには書いてないからな。孫の雅彦がもともとああいうハッキリしない人間だったのか、それとも村に戻ってきてからそうなったかは判らんが、ジイサンに楯(たて)突くとヤバい事は学習してるんだろう。逆鱗に触れないように、ひたすら低空飛行を続けてる感じだ。強大なボスの陰に隠れて息を潜めて暮らしているってことだ」

佐脇は禁煙を申し渡されている署内で、またも平気でタバコに火をつけた。

「雅彦のヨメも元々は両親が大植集落出身で、大阪で雅彦と出会ったというか、引き合わされたらしい。そうでもなければとっくに逃げ出しているだろうな。考えても見ろ。あんなクソ田舎でクソジジイの圧政のもと、若奥様とは名ばかりで、女中同然にコキ使われているんだぞ。化粧してもいい服を着ても、出かけるところもないクソ田舎だ。しかも亭主はジイサンの顔色を窺うばかりで、まったく頼りにならない……火照るカラダを持て余して、どうするんだよまったく！」

「あ〜、佐脇クン。お憤りのところ申し訳ないが、今の発言の、どの辺までが事実で、どこからがお前の想像だ？」

「ま、半分くらいはおれの想像だが、当たらずといえども遠からずだろ。若夫婦の間に子供でもいればまた話も違ってくるんだろうが、いない」

「じゃ、さっさと離婚して自由になればいいんじゃないの？」

「そう簡単に割り切れないところが、彼女もムラ出身の人間たるゆえんだ」

佐脇はまるで弥生の弁護士になったように熱弁を振るった。

「だいいち、あのクソジジイがケチだから、離婚すると言っても慰謝料はびた一文出さないぞ。無一文で放り出されるのがオチだ」

「それは、他人があれこれ考えてもなあ」

佐脇が「吸うか？」と差し出したタバコをつい取ろうとしかけた光田は、いかんいかんと手を引っ込めた。

「で、彼女、その田村弥生からは何か聞き出せたのか？」

佐脇は、禁煙という規程がこの世には無いかのように、堂々と煙害をまき散らしている。

「聞き出せねえよ。まだ艶姿を拝(おが)んだだけだ。話を聞くのはこれからだ」

それを口実に、佐脇は上川町の大植地区にますます足繁く通うつもりになっていた。あの集落の閉鎖性は嫌いだ。虫酸(むしず)が走るほどだ。しかし弥生の「抑圧されたむんむんフエロモン」を思い出すと、とても冷静ではいられない。

「ま、一回行ったくらいじゃ『追加捜査』のお役目は達成出来ないんでな。モノになるまで何度も通うさ」

「モノにするのはその女盛りのむんむん人妻か？」

図星を指されて佐脇が言葉に詰まっていると、それを助けるかのようにスマホが鳴った。

「おう。ずいぶん久しぶりじゃねえか。このところ全然連絡も寄越さねえで」

電話をかけてきたのは、磯部ひかるだった。佐脇の元愛人で夫婦同然のような関係だった彼女は、地元テレビ局のニュースキャスターだったが、今は東京のキー局に引き抜かれて、夕方のニュースで現地レポーターをやっている。

「あの巨乳のねえちゃんか？」

光田はすべてお見通しだ、という顔で言った。

「カンがいいな。ひかるがこっちに戻ってきてる」

通話を切った佐脇は光田にヤレヤレという顔をして見せた。

「まるでお前の浮気を阻止しに来たみたいだな」

「同じ件だよ。裁判が始まるってんで、『あの事件の現場は今』って取材だとよ」

そう言うと、佐脇は立ち上がった。

「どこに行くんだ？」

「決まってるだろ。東京のスターを空港にお出迎えするんだよ！」

友成に運転させたパトカーは、サイレンを鳴らして空港に急行した。

「ねえ佐脇さん。みだりにサイレンを鳴らすのバレたらマズいですよ。始末書じゃ済まないかもしれません」

そう言われた佐脇は助手席でタヌキ寝入りしている。

「そもそも私用にパトカー使うこと自体がマズいですよ」

「私用つうか、病院への足代わりに救急車を使うヤツもいるぞ」

「それは屁理屈(へりくつ)ってもんです。警察官がそういうことをしてはいけません」

「そう言ってるウチに着いたじゃないか」

自衛隊基地の滑走路を借用していた空港は、近年移転して自前の滑走路を持つまでに成長していた。

「しかし、こんな田舎に立派な空港があって、東京に一日十便も飛んでるのが信じられねえな。客がいるのか？」

おれは夜行バスしか乗れねえのにとボヤきつつ降りると、空港関係者がパトカーめがけてすっ飛んできた。

「何ですか？　事件ですか？　一体何が起きたんですか⁉」

「ああ、いや。特別なことはない。最近ちょっとサイレンの調子が悪かったんで、試験的に鳴らしただけだ」

佐脇がにこやかに答えると、関係者はそうですかとホッとした顔で引き揚げた。

空港ロビーには、大きなスーツケースを脇に置いた磯部ひかるがベンチに座っていた。

「何よ、サイレンなんか鳴らしちゃって。まるで私を逮捕しに来たみたいじゃないのよ」

「今空港に着いたっていうから、気を利かせて大急ぎで来てやったんだろ！」

スッピンにサングラスのひかるだが、胸の大きさは隠せない。

そもそも美人というより親しみやすいキャラで、巨乳っぷりを揶揄われても気にせず笑っているところが愛されてきたタイプだ。しかし、長年カメラの前に立って注目を浴び続けていると、一般人とはちょっと違う華やかな雰囲気が身につくものだ。

「サングラスなんか掛けてお忍びの芸能人か？　けど誰もお前のこと気がつかないな」

「だから、スッピンだからでしょ。女優さんだってメイク室に入る前と出てきた顔は全然違うんだからね」

それより、とひかるは早口で続けた。

「全然連絡も寄越さないでとか嘘言わないでよ。何度も留守電にメッセージ入れたわよ。オッチャンのほうが私を避けてたんじゃないの。ほかの女と遊ぶので忙しかったんでしょ」

「お前だってテレビで忙しかったんだろ。枕営業も大変だな」

「警察庁から返品されたヒトが、なにエラそうなこと言ってるのかしらねえ」

「返品じゃねえ。おん出てやったんだ。東京なんざこっちから願い下げだ」

「あの、お取り込み中失礼しますが」

痴話（ちわ）喧嘩のように喋っていた佐脇とひかるの間に、友成が割り込んだ。

「時間も時間ですし、とにかく移動しましょう」

佐脇は、ひかるに友成を紹介した。

「あ、これ、おれの新しい相棒。友成クン」

どうも、と挨拶した友成は顔を上げ、サングラスを外したひかるをしげしげと見た。

「いつもテレビで……見てる方ですよね?」

「良かったな。芸能人オーラはスッピンでも隠せないみたいだぞ」

「いろいろ訊きたいことがあるの。ホテルで話しましょう」

「コイツが居るのにか?」

佐脇は友成を見た。

「何考えてるのよ? 仕事の話だから。友成さんには居て貰った方がいいです」

ひかるはキッパリと言った。

県警本部や県庁に取材する関係で、ひかるは県庁所在地T市のホテルに部屋を取った。

「レストランではヒトの耳が気になるから、部屋で話しましょう」

と、三人は彼女の宿泊するセミ・スイートに入った。完全に別室ではないが、間仕切りがあり、応接セットがベッドとは隔(へだ)てられている。取材で人に会う都合があるからだろう。

「ベッドがツインじゃねえか。誰か引っ張り込むのか?」

「スイートルームにシングルはないの。今回は取材クルーは来ないから私だけ」

絡まれるのが面倒になったのか、ひかるは佐脇を突き放して冷蔵庫からペットボトルのドリンクを出した。

「閉鎖的な田舎の老人が新参者をいじめたあげくの犯行、という見方が東京では強いけど?」

「それはこっちでも同じだ。たしかに五人も人死にが出てるし、凶悪犯罪ではあるんだが、鳴海署の雰囲気も被害者側にあんまり同情的じゃない。事件が起きてすぐにテレビがわっと取材に行って、住民の声をいろいろ聞いて回ったろ。あれのせいでジジババの、いったいいつの時代だよ、というとんでもない常識が剝き出しになったからだな」

それには、と佐脇はひかるを指差した。

「お前も荷担してるんだぞ。ずいぶん現地から中継してたじゃねえか」

「ちょっと。ヒトを指差すの失礼よ!」

ひかるは佐脇の指を摑んで折る真似をした。

「私よりキツい事言ってたのはヨソの局のヒトだけどね」

「そもそもお前は今回、現地から何をレポートするんだよ? 訊きたいことって何だ?」

「追加捜査をしてるんでしょう? それは裁判にどう影響してくるの? 検察はこの裁判をどう考えてるの?」

「検察の考えがよく判らねえ。連中はこっちを手足みたいに考えてるんだが、あいにく、その手足の方が優秀でね。ここの地検はまあ、いわば事務屋にすぎなくて、警察があげた捜査資料をまんま右から左に使うだけだ。独自捜査で真相に迫る格好いい検事なんて、ドラマの中にしか存在しない」

存在はするかもしれないが、少なくともこの県にはいない。

「けど、そうは言っても、裁判を担当するのは検察でしょう？　追加捜査については何らかの考えがある筈よ」

「知らねえよ……おれたちは手足だぞ」

「警察庁も最高検もこの事件を注視しているのよ」

「だから、シモジモとしては、そんなの関係ねえんだよ。入江がどう思ってようと……って、入江が何か言ってたのか？」

「さあ？」

ひかるは、はぐらかした。

「会ってもいないから知らないし。それに私はもう一件、別の取材でも来てるのよ。鳴海界隈を拠点にしてるらしい特殊詐欺のグループがあるって」

「へえ。そいつは初耳だ。友成クン、知ってるか？」

佐脇が話を振ると、友成は微妙な顔になった。

「そういう話があることは事実で、ウチも摑んでいます。ただ、鳴海では被害はまだ……」

「出るところをおれが未然に防いだろ！」

吠える佐脇を友成は軽くいなした。

「ええ、それはそうですが、振り込めとか呼び出しなどの、いわば特殊詐欺の主戦場は都会です。ですが、その実行犯グループの中に、鳴海人脈があるらしいとのことで、内偵以前の段階ですが、二係が内々に調べはじめてはいるようです」

特定の地域が特殊詐欺の人材の供給源になるケースはいくつかある。

「鳴海人脈か。この県もついに東京都下のFグループとか、南日本のIグループ、Kグループと肩を並べる人材を輩出するってか。しかしそんな内偵以前の情報を、どうして東京の磯部ひかる先生がご存じなんだ？」

「それはたぶん……特殊詐欺などの捜査については全国の情報が警察庁に集約されているので、ひかるさんはそこから……」

「おい、ひかる」

佐脇はひかるを睨みつけた。

「お前、入江に会ってないって、ウソだろ」

「バレたか。ごめんね。でも、入江さんは重要な取材源だから。特殊詐欺の中の、特に

『呼び出し詐欺』では最近、鳴海出身者が検挙されることが多いって。もちろん末端よ。いわゆる『受け子』レベルの下っ端だけど」

「トカゲの尻尾から本体まではたどれねえ。しかし本体も鳴海人脈じゃないかと、そういうことだな?」

田舎から都会に出て、特殊詐欺に深く関わった人間、いわゆるプレーヤーや店長、番頭と呼ばれる人材だが、彼らは仲間を調達するのに、出身地の不良のネットワークを使うことが多い。

「だから鳴海で、そういうグループに所属している人を誰か知らない? 警察庁としては元締めを押さえたいんでしょう」

「具体的に、どこの誰とまでは……今言ったように、まだ内偵以前の段階で」

友成は首を捻った。

「それに自分は一係なので……」

「鳴海署は所帯が小さいから、同じ刑事課なら、昔は扱う事件はみんなツーカーだったんだがな。そんな空気も変わっちまったのか?」

佐脇にそう突っ込まれても、友成は困った顔をするばかりだ。

「で、私は、まあ、ハッキリ言ってしまえば、『呼び出し詐欺』の鳴海グループについても取材しようと思って。佐脇さんが未然に防いだ件も、後からじっくり教えてね」

「イッパツやらせてくれれば、出生の秘密まで話してやるぜ」

佐脇のオヤジ過ぎる物言いにひかるが黙ってしまい、ここで話が途切れた。

「……ところで、腹減らないか？　お前さんは東京から飛んできたんだし、おれは激務をこなして腹ペコだ。それで、メシ食って、酒でも飲んで、その……」

佐脇は邪魔そうな目で友成を見た。

当の友成は、捜査資料に目を落としていたが、視線を感じて「ん？」という顔で佐脇を見た。

「もういいからお前、帰れ」

「激務は自分も、ですが……」

「察しの悪いヤツだなお前」

「いえしかし、大植集落の件を東京がどう見ているか、もっと知っておきたいこともありますので」

「だから！　お前はＫＹかって言ってるの！」

佐脇がイラついて大声をあげると、すかさずひかるが突っ込んだ。

「今どきＫＹとか、どれだけオッサンなのよ」

何もかもお見通しという表情でひかるは笑っている。

「私と二人きりになりたいの？　オッサンの癖にカワイイって言われたい？」

友成がいるので悪さが出来ない佐脇は、ひかるに揶揄われても反撃できない。

「だけどまあ、お腹は減ったよね。この近くに昔よく行った店、あったよね」

「仏蘭西(ふらんす)亭か。あそこは潰れた」

佐脇がぶっきらぼうに言って立ち上がった。

「じゃ、帰るとするか」

「またすぐ拗(す)ねる。コドモみたい」

「うるさい。おい友成。察しの悪いお前が悪いんだぞ！」

佐脇の怒りの矛先(ほこさき)は、友成に向かった。何も悪くない相棒の後頭部を、漫才師がやるようにパシッと音を立てて叩いた。

いきなりド突かれた友成は驚いて目を丸くして、反射的に文句を言いかけた。

その時、彼の携帯電話が鳴った。

「友成です。はい……え！」

応答する顔がにわかに緊張した。

「佐脇さん。大植集落で事件です。鴨井竹子が死亡しました。一一〇番通報で最寄りの交番から巡査が現場保存に向かっています」

「コロシか事故か？」

にやけていた佐脇も、さすがに顔が引き締まった。

「何も判っていません」

「じゃあ友成。お前はコンビニに走っておにぎりとか買ってこい。あのムラに行くぞ！」

すでにひかるは立ち上がってバッグを摑んでいる。

「私も行く」

おいおいそれは、と佐脇が言いかけたのをひかるが制した。

「あの集落のボス……田村さんだっけ？　あの人と私、仲良しなんだけどな」

ひかるはそう言うと、曰(いわ)くありげな笑みを浮かべた。

「なんだ？　マクラ取材したのか？」

「まさか。そんなことする訳ないでしょ。バレたらコンプライアンス違反でクビだもの」

だけど、と彼女は言い添えた。

「覚えてる？　私はジジ殺しの異名をとってるんだよ」

ひかるのプロ根性は佐脇もよく知っている。

あの一筋縄ではいかない集落のジジババの本音を引き出すのに、磯部ひかるは最適だ。

「判った。一緒に行こう」

佐脇は、イヤしかしと言いかけた友成を睨みつけて黙らせると、先に立って部屋を出た。

＊

三人が大植集落に着いた時には、夜の九時を回っていた。

道中、運転は友成に任せ、佐脇は警察無線で状況を把握しようとしていたが、現場が鴨井竹子の自宅で、事件性があるかどうかは判断できず、救急車が来て心肺停止状態であるが医師の立ち会いがないので死亡判定が出来ない、死因は鑑識の到着を待って判断する、ということしか判らない。

要するに、まだ何も判らないと言うことだ。

「鴨井竹子の自宅に回してくれ」

現場である竹子の自宅前にはパトカー数台が赤いパトライトを回転させて停まっていて、佐脇たちを乗せたパトカーが着くのと入れ違いに救急車が出ていった。

佐脇たちがパトカーから降りると、制服警官たちが敬礼して出迎えた。

「鑑識は？」

「今、やっています」

「機動捜査隊は？」

ひかるが訊く。

「ウチは人手がないから、機動捜査隊なんて名ばかりだ。こんな山奥はカバーしてねえよ」

佐脇が妙に自慢げに言った。

「だから、おれたちが初動捜査を担当する」

「とりあえず状況の説明をお願いします」

友成が制服警官の一人に訊く。

「はい。死亡したのは鴨井竹子、八十二歳。自宅居間で突っ伏しているのを隣の貞山義造八十四歳が発見。揺さぶっても起きず、後頭部を触ったら血がべっとり付いていたため、その場で一一〇番通報。時間は十九時四十五分。通報を受けて、一番近い上川町交番から巡査が急行して臨場、上川町消防から救急車も出動、鳴海署に鑑識の出動を要請」

「で、現在に至ると言うことだな。さっき救急車が出て行ったが、あの中にホトケが乗ってたんだな？」

「はい。現場での検視では、死因は後頭部を鈍器で殴られたためではないかと」

その答えを聞いて、佐脇と友成、そしてひかるは顔を見合わせた。

「事故ではなく他殺だな……」

そう言いながら佐脇が家の中に入ると、鑑識の仕事はほぼ終わっていた。

「殴り殺されたって？」

「ああ。しかし物盗りではないようだ。室内は荒らされてなかったし、不審な足跡もない。防御創はないし……身内か知り合いの犯行かね？」

ベテラン鑑識官はそう言った。

「判った。とりあえず近隣で聞き込みをする」

おい行くぞ、と友成を振り返ると、その相棒の姿はなかった。ひかるの姿もない。

佐脇は現場に居る制服巡査に声をかけた。

「第一発見者の……貞山というジイサンはどこだ？」

「今、友成が事情聴取してますが」

巡査は佐脇の後ろを指差した。

居間に続く台所では、白髪白鬚の仙人のような老人に向かって友成が話を聞いている。下手（へた）に割り込んで話の腰を折らない方がいいだろう。

「周辺の聞き込みはしたか？」

制服巡査に訊くと、いいえ、まだ正式にはしておりませんとの返答があった。

佐脇は、隣の貞山家の玄関を開け、警察だと告げた。

「はい？　おじいちゃんが隣に行ったっきりですけんど？」

連れ合いらしい老婆が出てきて応対した。

「ええ、義造さんには今、別の者がお話を伺っておりますが……今夜、何か普段とは違う

物音を聞きませんでしたか？　話し声でも物音でも……または見慣れない車が駐まってい
たようなことでも、何でもいいんです」

老婆は考え込んだ。

「昼間に、黄色い外車が駐まってやったけど……あれは」

「鴨井さんとこの娘さんですよね。昼間に竹子さんと喧嘩して、すぐお帰りになった」

「そうですなあ。竹子さんは娘さんと仲が悪いんで」

「ほう？　ちょっと聞かせてもらえますか？」

たしかに昼間、佐脇自身が目撃した時も、竹子と娘は険悪な関係だとすぐ判った。

「隣はダンナが大人しいヒトでな。奥さんの竹子さんが何でも仕切って、まあ、そやさかい、だんだん口うるそうなって……ダンナは穏やかやが不甲斐ないお人やったんで、息子の秀俊に期待して、教育はずいぶん金かけて熱心にやっとったけど……秀俊はエエ子だったんですわ。素直でいつもニコニコしててね。でも、アタマは妹の富江の方がよかったようですな。秀俊は何浪かして大学は行ったものの、わしらは名も知らん三流で、こっちに帰ってきてT市の小さい会社に就職して……。ヨメが悪かったんですかな、そう遠くないところに住んどるのに、ロクに帰って来もせん」

老婆は立て板に水のように喋った。隣のアレコレを普段から喋り慣れているのだろう。

「富江がまた、アタマがいいのを鼻にかけて、ようまあ口が立つ子でね、頭の悪い兄さんをバカにして言い負かすし、竹子さんにも親を親とも思わんような態度で、平気で口答えしよりましたな。女が学校の成績がエエのはいかんですな。竹子さんも、女に教育は要らん、さっさと結婚してしまえとか言うてたのに、それに歯向かうように富江は奨学金取って、エライ有名な大学に入って留学までして……あれはアテツケですな。あげくに優秀なダンナさんと結婚して、神戸のええところに住んでるらしいんで、竹子サンは当然、老後は富江に面倒見て貰おうと思うておったのに……」

「なるほど。出来の悪い息子にはあれこれ手を掛けてお金も掛けたのに結局モノにならず、あげく女房の尻に敷かれた息子は親の面倒を見ようともしない、そこで今まで邪険にしていた娘のほうにスリ寄ろうとした、という話ですな。バカ息子を持つと苦労しますな」

貞山の老妻の言いぐさにムカついたので、佐脇は思わずツッコんでしまった。

「誰がバカ息子？　秀俊は、ニコニコしたエエ子やよ。人間、学校の成績よりも性根でしょうが？　アタマが良うても悪党にはなるが、心根が良ければ悪の道には走らんよ」

「心根が良い息子の秀俊さんは、しかし竹子さんの面倒はまるで見なかったんでしょう？」

「だからそれは秀俊のヨメが悪いに決まっとるやないの！」

貞山の老妻は声を荒らげた。自分の怒りも幾分、混ざっているようだ。

「ヨメのワガママに秀俊は言いなりになってしもうたんですよ。嘆かわしいことやが、秀俊にも家庭があるよって、仕方ないやろね」

「家庭があるのは娘さんも同じじゃないんですか？　結婚したら妻として母として、娘さんだって自分の家庭を守るのが一番でしょう？」

「あんた、何を言うてるんや！　子は親の面倒を見な、あかん！　これは道理や！　昔からの人の道や！　あんた、都会の絵の具に染まったな？　息子が面倒見んのなら、娘が見なあかんのは道理でしょうが！」

「不公平ですな」

「不公平なことなんぞありゃせん！　普通はみんな黙ってやることや。けんど富江は、性格はキツいし頭もエエし、アメリカかぶれやから、素直やないんですわ。兄さんばかり大事にしてワタシのことは放っておいた癖にって、えらい揉めてましたわ。去年のアレの時も、富江は竹子さんが入院から退院するまで面倒見てましたけどな、もう毎日のように竹子サンと喧嘩ですわ。年寄りにアソコまで口答えすることもないのに。聞いてて腹立ちましたよ、隣に住むものとしてはね」

なるほどと言いながら佐脇がふと後ろを振り返ると、友成とさっきの仙人のような老人が立っていた。友成が報告する。

「貞山さんにも同じ事を伺いました。鴨井竹子というヒトは、かなり……強烈な人物だったようですね」

「それもまあ、亭主がなあ」

貞山老人がふにゃふにゃした口調で言った。

「鴨井さんとこは代々、結構な金持ちでしたんや。鳴海にも土地やら貸家やら持ってて

な。それを、亭主がアホやからいいように騙されて盗られたりして、いよいよ生活に困っ

て田畑も売ったりしたけど、こんな田舎の田畑、売れても二束三文やがな。それでも、田

村の大将が気の毒がって、そこそこの値段で買い取ってやったんで……なんとか暮らせと

るが、亭主がもうちょっとシッカリしとったらな」

「つまりご亭主がダメだったから、竹子さんがシッカリしすぎてキツい性格になってしま

ったという事ですか？　息子がアカンのは父親の血、娘が優秀なのは母親の血を引いたか

らちゅうことですか？」

佐脇の単刀直入な問いに、貞山老人は「そや！」と即答した。

「ダメな子ほど可愛い、言うやろ？　だから竹子さんはダメ息子を溺愛しとりましたな

あ。亭主との仲が悪うなかったのも、他人にはよう判らんところですな。ダメ息子にダメ

亭主ですわ。けど、その分、娘に当たってね。娘も全然負けとらんからね」

「富江が間違ってるんや。娘は子ォとして、親に刃向こうたらいかんのや！」

老妻は、自分の鬱憤とだぶらせているかのように、キツい口調で断言した。

「上の学校に行って、妙に知恵を付けた富江が悪いんや！　刑事さんもそう思いますやろ」

佐脇が友成の反応を見ると、彼もさすがに首を傾げている。

貞山の家は、子供たちが独立したあと、他の家と同様に、老夫婦だけが暮らしている。事件や事故にはまったく無縁で、自然相手に農業を営んで年老いた、という穏やかな印象しかない。

だが、そのうわべに惑わされてはいけない。佐脇は自分に言い聞かせた。水野が作った捜査資料には、この貞山の名前は出て来ない。しかし、出て来ないからトラブルには無縁だったとは言えない。

この集落の老人は、一筋縄ではいかないことを肝に銘じておかなければ。

そう思いつつ、佐脇は丁重に礼を言って辞去し、反対側の隣家、こちらは篠原と表札の出ている家を訪問した。

「えらい大変なことになったようですなあ」

ここの家も年老いた夫と妻が玄関口に出てきた。年の頃ならやっぱり八十前後か。

「そうやねえ。寝とったらサイレンが聞こえて騒ぎになったんで、起きてしまいましたわ」

老夫婦は皺くちゃの顔を動かして、口々に言った。まったく何も知らないらしい。

「この辺は……みんな年寄りばかりやさかい、みーんな早寝しよりますわ。せやから……物音とかそういうの、判りまへんわ。耳も遠なっとるしね」

この老夫婦も、虫も殺さぬ善人という顔をしている。捜査資料に名前は出て来ないし、本当にトラブルにはまったく無縁な人物なのかもしれないが……。

「もうぐっすりとね、寝てましたんや。だから外がうるさいんで目を覚ましたわけですわ」

「耳がご不自由なのに、外がうるさいのは判ったんですね？」

ちょっと意地悪く友成が訊いたが、老夫婦は素直に頷いた。

「救急車がピーポーピーポー言うて来たり、パトカーがウーウー言いながら来たり、怒鳴り声がしたら、いくら耳が遠うても聞こえますがな」

疑い出したらキリがない。しかし、今ここで根掘り葉掘り訊くのもマズいだろう。

ひとまずここは出直すことにして、お邪魔しました、と篠原の家から出た。

「犯人は、娘ですよ。竹子の娘・富江が犯人です」

唐突に友成が言った。

「どうして？」

「だってそうじゃないですか。富江は母親の竹子と子供の頃から折り合いが悪かった。近年は介護まで押しつけられそうになり、鬱陶（うっとう）しくなって……口論の末、感情的になって、永年の怨みつらみを一気に……」

「怨んでいたのはバアさんのほうじゃねえのか？」

佐脇は若い友成に言って聞かせるように喋った。

「仮に富江の犯行だとして、その動機は、あの糞ババアが娘に物凄い勢いで食ってかかったからだろうな。貞山のバアサンの話でも、言葉の端々から竹子がかなり鬱陶しいババアだったと判る。手塩に掛けた息子一家がダメなので見切りを付けた竹子が、娘一家の羽振りがいいのに目をつけて、完全に厄介になる気マンマンだったのは明らかだ」

「しかし……仲が悪いのに、娘も言われるままに来てたのはおかしくないですか？」

と言った友成だが、そう言えばと思い出して、言った。

「貞山のジイサンの方の話では、竹子は毎日、一時間おきに娘の富江に電話をしていたそうです。その事を自慢げに喋っていたと」

「いやはや、とんでもねえババアだ。そうなったら、そんなクソ親に逆らう方が面倒になるのは自然だわな。あのバアサンはヒマだから、娘に面倒を見させるというか、何がなんでも言うことを聞かせるのがライフワークというか趣味になったんじゃねえのか？」

「精神的に支配する悦びを見いだしていた、というアレですか？」

「そう、そのアレだ」

と言いつつ、佐脇は首をひねった。

「しかしそれで、いい加減頭に来て殺したって言うのもなあ。昼間、おれたちが見た時はそこまで怒りは臨界点に達してなかったろ?」

「あれから何か急展開があったんじゃないですか? それで、堪忍袋の緒が切れた、と」

友成は何故か自信満々に言い切った。

「ともかく明日、電話の通話記録を取り寄せましょう」

二人が乗ってきたパトカーに戻ろうとした途端に携帯が鳴った。発信元はひかるだった。

『今、田村さんとこにいるんだけど。すぐこっち来て』

「何かあったのか?」

ひかるの声には切迫したものがあった。

『田村さん、ひどく怯(おび)えてるのよ。次はわしの番だって』

「なんだそりゃ」

とにかく二人は、田村の大豪邸にパトカーで乗りつけた。

広い中庭に乗り入れてパトカーを駐め、囲炉裏のある棟に入ると、柳太郎が蒼い顔でへたり込んでいた。その横にはひかるが座っている。彼女の手は柳太郎の肩に置かれて、老人を抱き寄せているような恰好だ。

昼間集まっていた「取り巻き」は、誰も居ない。

「大勢集まって酒盛りでもして、いろいろ語り合ってると思ったんですがね」

心細くなった住人たちが柳太郎を中心に肩寄せ合って集まっていると思ったのだ。

しかし、囲炉裏の周りはきれいに片付けられていて、柳太郎の湯飲みしか残っていない。

「そんなこと……せんよ。人が一人亡くなっとるんだぞ」

集まって気勢を上げる気力すらなくすほど、柳太郎とその周辺の人物は怯えていると言うことなのだろうか？

友成を見ると、首を傾げている。この男は竹子の件は娘が犯人だと思っているのだから、佐脇の考えには乗ってこないだろう。

「田村さん……この件、どうお考えです？」

丁寧な口調で訊ねてみたが、柳太郎は聞こえているのか無視したのか、答えなかった。

「……タケさんは、ちょっと前までここに居て、一緒に飲み食いしておったんや。で、さすがに夜も遅うなったんで、お邪魔しましたと言うて自分のウチに帰った……そうしたら、こんなことになってしもうて」

「という事は、宴会は今日の昼間からずーっとですか？」

佐脇は驚いた。

この集落の「柳太郎派」みたいな面々は、毎日集まっては柳太郎の奢りで、昼間から夜まで飲み食いしている、という事なのだろうか？

「その集まりは、何時頃まで開かれていて、参加していた人たちは誰なんでしょう？」

友成が訊いたが、柳太郎の視線は定まらない。

「宴をもっと続けとったら……タケさんは死なんで済んだんや」

「いやいや、それは違うと思いますよ」

佐脇が被せるように言ったが、柳太郎は応じない。

ひかるが首を横に振って、人差し指を一本、立てた。私に任せて、というサインだろう。

「しかし田村さん。田村さんは、『次はわしだ』と言ったそうですが、どうしてそう思うんです？　なにか心当たりでもあるのですか？」

答えてはくれないだろうと思いつつ、佐脇は訊いてみた。案の定、答えはなかった。

「このムラの者が……どんどん消えていく……」

それを聞いた友成が「ちょっと、よろしいですか」と佐脇を廊下の隅に呼んだ。

「佐脇さん。自分が思うに、田村のジイサンは正気を失ってませんか？　自分もやられると言っているとか、昼間の集まりの顔ぶれとか、そういうことから考えると……」

「まさかお前、昼間集まっていた連中が順々に殺されていく、なんて事言い出すんじゃないだろうな？　そんな古典的で都合のいい筋書きは……」

「いえ、昼間の集まりのメンバーの中に犯人がいる、という可能性だってありますよ」

友成はそう言ってニヤッと笑った。

「バカバカしい」

佐脇は切って捨てた。

「とは言え、昼間の顔ぶれが今後、順々に殺されていく展開がないとは言えない。それを予想しているからこそ、田村のジイサンはあんなに怯えてるんだろうし」

「昼間の顔ぶれというのは、上島芳春に辛く当たっていたメンバーってことですかね?」

友成はズバリと言った。

「上島はこの集落の人間に復讐(ふくしゅう)をした。けれど、何者かが、どう言うわけか、復讐し足りない分を、拘置所(こうちしょ)にいる上島の代理になって実行している。その手初めが、鴨井竹子」

友成は自分の言うことを確認するように区切りながら喋った。

「復讐されるについて、身に覚えがあるからこそ田村は怯えているし、他のメンバーも震え上がって自宅に逃げ帰った。平気な顔をしていたり他人事だと思えるのは、上島芳春になにもしなかった、復讐されるはずがないと確信している人だけです」

「おかしいじゃねえか」

佐脇は、友成の発言の矛盾(むじゅん)を突いた。

「お前は、鴨井竹子を殺したのは実の娘だと言ったんだぞ。それだったら、他の面々には

「……みんな、上島芳春に疚しい気持ちがあるから、鴨井竹子が殺されて、怯えてるんじゃないですか？　真相は竹子の実の娘が犯人で、上島芳春の事件とは無関係だとしても」

友成はあくまで自分の推理を撤回する気はないらしい。

そこへ、奥から弥生がお盆にお茶を載せてやって来た。

昼間と同じ、躰の線がハッキリ出るニットのセーターにスカート姿だ。

若い友成は、極力見ないようにしているが、どうしたって彼の視線は弥生のプリプリした胸や尻に吸い寄せられていくのは判る。

佐脇はと言うと、完全に遠慮なく、じろじろと彼女の曲線美を鑑賞している。タダで見られるんだから堂々と見てやろうという開き直りはオヤジの特権だ。

「お茶を……どうぞ」

「あ、お構いなく」

二人の刑事は立ったまま、お盆から湯飲みを受けとった。

「御当主のお話では、夜までみんな集まっていたそうですが、そうなんですか？」

友成の問いに、弥生はハイと答えた。

「七時くらいまでえんえんと続いてたんです。お昼前から。みなさんよく食べてよくお飲みになるので」

老人とは言え、十人くらいが集まって、ずっと飲み食いを続ければ、世話は大変だ。それを弥生が一人でこなしていたのだろう。

「ああいう集まりは……まさか、毎日?」

「十人も集まるというのは毎日ではないですけど、うち何人かは、御当主いるかと訪ねてこられて……誰も来ない日はありません」

「その間、アナタがずっと面倒見てる?」

ええまあ、と弥生は頷いた。さすがに疲労の色は隠せない。

「うちはこの村の名主だったので……今は地区長ですけど、誰か訪ねてくるのは当然で、それをもてなすのが嫁の務めだと言われているので……」

「お手伝いさんはいないんですか?」

「いますよ。でも、お給仕するのは私の役目で……」

弥生は胸をプリプリさせながら答えた。若いとは言え、素人とは思えないほどに色香を発散させている。

「自慢の孫のヨメをみんなに見せびらかしたいんですな?」

「いえ、そんなことはないと思いますけど」

「自分の大事な奥さんがこんなにコキ使われてるのに、あなたのご主人はどうしてるんです? 見て見ぬフリですか? さっきだって隅っこで小さくなってただけだし……ジイサンが怖い?」

「夫は忙しくて、仕事でこの家を空けることが多いんです」

「なるほど。一族の不動産などを管理する『田村管財』の社長ですな、ご主人は」

佐脇は手帳のメモを見るフリをして言った。しかしそのページには何も書かれていない。

「はい。税理士さんが鳴海市内、弁護士さんはT市ですし、銀行とのアレコレもあるので」

「まあ、あの御当主とは顔を合わせていない方が、精神衛生上いいかもしれませんな」

佐脇は、隙あらば彼女にオサワリしそうな勢いで彼女をじっと見つめ、話している。

友成は警戒して身構えた。もしも佐脇が狼藉(ろうぜき)に及んだら、上司の手を即座に押さえるつもりだった。

「あー、友成クン。キミ、なにを臨戦態勢になってるの?」

若手刑事にスケベな魂胆を完全に見透(みす)かされた佐脇だが、逆に開き直った。こうなると友成も「イエ別に」と言うしかない。

「まあ、御当主がアナタを自慢して見せびらかしたくなる気持ちも判りますな。家庭の中に閉じ込めておくのは惜しいほどだ」

そう口走ってしまった佐脇の腕を、友成が引いた。

なんだ？　と彼の目線を追うと、柳太郎の横に座るひかるが、凄い形相でこっちを睨み付けている。

佐脇はいきなり難しい顔をつくって誤魔化そうとしたが、弥生が縋るような表情で訊く。

「刑事さん、これから、このムラはどうなってしまうんでしょう？」

「いや……今の段階ではなんとも」

「まさか、例の事件が尾を引いてることなんて、ないですよね？」

「それも、今の段階ではなんとも言えません」

「でも、このあいだの事件は上島さんが一人でやったことなんでしょう？」

「捜査の結果はそうなっておりますが」

佐脇は、通り一遍の答えしか出来ない。しかし、ひかるには佐脇と弥生が秘語を交わしているように見えるらしく、その形相はますます険しくなっている。

「あの、あたし……本当に心配なんです」

そう言いながら、弥生は佐脇に躰を擦りつけてきた。これは、いくらなんでも誤解を生む。

さすがに佐脇はすっと身を引いた。至近距離で友成が見ているということもある。佐脇に露骨に色目を使って、強烈なアピールをしているようにしか見えない。

「あんなおじいさまの様子を見た事がないんです。前の事件の時だって、おじいさまは物凄く怒っていて、その分元気だったのに……」

たしかに、怒るにはエネルギーが必要だから、怒り狂えるということはそれだけ元気だったということだ。だが、今の田村柳太郎は、まるで空気が抜けてしまったようにしょんぼりして、意気消沈している。いや、明らかに何かに怯えている。

「友成、お前の言ったことは正しいかもしれないな。御当主は、ちょっと入院とか静養とかして貰った方がよくないですか？　この地区を離れれば安心できて、元気も戻る」

佐脇も弥生につられて、ついつい柳太郎を心配するようなことを口にした。

「でも……事件がスッキリ解決しないと、おじいさまの心配はなくならないと思うんです」

弥生は澄んだ瞳で、まっすぐ佐脇を見つめた。

人妻で二十代中盤か後半のはずなのに、その視線は少女のように、あどけない。

「ムラの外れに、小杉（こすぎ）さんという方が住んでるんですけど……その方は、ほかの人とは違うお考えを持っているかもしれません」

「ええとそれは、どういう？」

「おじいさまがこの大植地区のリーダーというならば、小杉さんは反対派というか、おじいさまの考え方に必ずしも賛成していないので」

立場が違うと、見えるものも違ってくるだろう。

「それはいいことを聞きました。明日にでも伺ってみましょう」

これ以上居ても、柳太郎から実のある話は聞けないだろう。それにもう、老人ばかりの集落としてはすでに深夜の時間帯だから、迷惑になる。

「では、ここらで失礼します。また明日」

佐脇は友成を連れて、外に出ようとしたが、ひかるは座り込んだまま動く様子はない。

「私は、このまま柳太郎さんと一緒にいるから」

そう言う彼女の表情には険がある。

「田村さんとは話がついてるのか？」

「ここで寝ればいいだけだから別に構わないでしょ？」

ひかるはなんともイージーな答えを返してきた。

こういう時、ムッとして言い返すと必ず面倒な事になるのを学習している佐脇は、ハイハイと流して外に出た。

「いいんですか？」

若い友成は少し心配そうに訊いたが、佐脇は手を振った。

「いいのいいの。嫁き遅れ女の醜い嫉妬だから」

「そんなこと言って……ヤバいですよ」

そう言いつつ、二人がパトカーに乗り込んで、田村の屋敷の門から外に出ようとしたその時、二人の目の前を、一台の車が通り過ぎた。

ふと目がいったその車の運転席には、まだ若い、島津によく似た男がハンドルを握っている……ように見えた。

しかし、一瞬で通り過ぎてしまったので、島津かどうか確証がない。

「なあ、今の、島津じゃなかったか？」

「は？」

友成はまったく見ていなかった。

今日の昼間、島津は田村の屋敷の中にいたのだ。

田村と島津は、繋がっているのか？　だとしたらそれはどういう繋がりなんだ？

今は何も判らないが今日はこれまでだ。

「すっかり遅くなっちまったな……」

時計を見ると、もう二十三時を回ろうとしていた。

「今から鳴海まで帰ると、結構ロスだな。明日も朝から聞き取りに回ることになるし……」

この集落に駐在所でもあれば泊まっていくところだが、あいにく駐在所も交番も、旅館も民宿もない。

田村の屋敷ならどこかに置いて貰えるだろうが、ひかるが居座ってしまった。いくらなんでも、いきなり三人も厄介になるわけにはいかない。そんな事をすれば、弥生の負担が増すだけだ。

「仕方がない。今夜は鳴海に戻るか」

はい、と返事をした友成はパトカーを屋敷の門から出して町道に出た。

「しかし、腹が減ったな。来る時におにぎりを食ったっきりだからな」

「鳴海に帰る道にはロードサイドに店はないですからね……コンビニ以外は」

「鳴海に戻ったらてっぺんを回っちまう。寝る前に食うと全部脂肪になっちまうんだぜ?」

佐脇は、およそ必要とは思えない美容上の知識を開陳した。

集落には街灯もほとんどなく、暗くて細い道が続いている。他のパトカーも救急車も引き揚げてしまって、人通りはもちろんない。

友成がパトカーをゆっくり走らせていると、堀江のばあさんの家の前に出た。

ばあさんは家の外に立っていた。

「どうしたんですか?」

ウィンドウを下げ、佐脇が声をかけると、千代ばあさんは人のいい笑みを浮かべた。

「刑事さんたち、遅くまでご苦労さんだね。お腹減ったろうと思ってね」

「それは正直、減りました。この辺は全然店もないんで」

佐脇は、ジジババには丁寧な言葉遣いをする。

「だったら、おいで。簡単なものしかないけど。さあさあ、遠慮せんと」

「それは有り難いですが……」

友成を見ると、彼は完全にご馳走になる気になっている。

「ウチの前に駐めとけばええ。パトカーが前に駐まっとれば、いい魔除けになるし」

なにしろ殺人犯が野放しになっているのだ。千代ばあさんなりの自衛策か。

佐脇は苦笑しながら堀江の家に上がり込むと、茶の間の座卓には温かい味噌汁にごはん、焼き魚に野菜の煮物が並んでいた。

「こんなもんしかないけど、どうぞ」

茶の間に続く座敷では、千代ばあさんの連れ合いがテレビを眺めている。

「じゃあ、済みません。遠慮なく戴きます」

連れ合いのじいさんは「ああどうぞ」とテレビを観たまま答えた。

「お邪魔ですよね。済みませんね」

友成が申し訳なさそうに言うと、千代は「いいえ」と手を振った。

「あの人は照れてるだけや。おまわりさんが苦手なんよ。まあ普通のもんやったら、おまわりさん、苦手やけどね」

それはそうだろう。年老いるまで実直に暮らしてきて、警察のお世話になったり事件に遭うこともなければ、出来るだけ警察とは関わりあいになりたくないのが普通の感情だろう。

「ま、我々も、普通の人間なんですけどね」

ばあさんが自分で干してつくったというアジの開きは、美味かった。よく火が通っていて骨まで食べられた。具沢山の味噌汁も野菜の滋味に溢れていて、腹まで温まった。

「どうだい、刑事さんたち、ちょっと呑むかい？」

あんまり美味そうに食べるので千代の夫が立ってきて冷蔵庫からビールを出して勧めた。

「いやあ、有り難うございます。戴きます！」

佐脇はコップを差し出して、注がれたビールを一気に飲んだ。まったく遠慮が無い。

「若い方も、どうぞ」

「いえ、自分は運転がありますので」

そう言って断る友成に、千代は提案をした。

「よかったら、ウチに泊まるかい？　風呂も沸いてるよ」

往年の、田舎の一般民家に泊めて貰う番組みたいなことになってきた。

「いやあそれは申し訳ないでしょう……しかし」

友成は遠慮丸出しの返事をしたが、「泊めて貰いましょう」と佐脇に目で訴えている。

「ご迷惑でなければ」

千代の夫に返杯を注ぎながら、佐脇は頭を下げた。

風呂を出た佐脇が、茶の間に敷かれた布団に座ってタバコを吸っていると、千代がほうじ茶を持ってきた。

「いやもう、至れり尽くせりで申し訳ないです」

「なにをおっしゃる。アンタは私の命の恩人やから」

「別に詐欺グループは命まで取りませんよ」

「いやいや、そんなことないで」

千代は真剣な顔で首を振った。

「私らみたいな年寄りがカネを取られたらもう、生きていけんからね。わずかな蓄えと年金で、やっとこさ生きとるんやから」

そういう老人から「オレオレ詐欺」の連中は無慈悲に、いや無感情にカネを毟り取るのだ。老人たちの、孫子を思う気持ちを悪用して。

「それを思うとな、あんたには足を向けて寝られん。そう思うんよ」

「いやいや、私は警官として当然のことをしたまでです」

と、佐脇はガラにもなく真っ当な答えを返した。

「しかしまあ、このムラも妙な事になってきて……」

思うことは新参者の弥生も、千代も同じ。ここに住む者みんな、同じだ。

「ここんとこ、見慣れん若いのがウロウロしていたりするし、物騒やわ」

「ほう？　それは？」

こんなところにやってくる観光客は居ないだろう。特別、風光明媚でもないし古刹があるわけでもないし、地元で有名な料理屋があるわけでもない。ならば、見慣れない若いヤツ、というのは何者だ？

「誰かの息子さんかお孫さんでは？」

「いや〜、そういうことはないですわ。この辺に住んでる人の一族はだいたいみんな知っとるからな。孫の友達とかなら判らんけど……でも、そんな友達、こんなところに来るやろか？」

「お話し中、失礼します」

佐脇のあとに風呂に入った友成が、髪をふきふきやって来た。

「観光というのではなくて、例えば、サバイバルゲームの戦場としてここに来てるとか、ドローンを飛ばす場所に使ってるとか、こういう山奥で、観光地でもない場所ならではの使い方をしているのかもしれませんよ」

聞き慣れない横文字が出てきて、千代にはチンプンカンプンだ。

「サバイバルゲームというのは、昔の銀玉鉄砲みたいなオモチャのピストルで撃ち合いをするんです。コドモの遊びを大人がやるんで、もっと立派な銀玉鉄砲を使って、防具なども使って」

佐脇が解説すると、千代は首を傾げた。

「せやけど、それやったら、弾が残りますわな？　銀玉やったら道に落ちてれば判りますよ。他の弾でも同じや。でも、そういうのは、見たことないんやけど？」

「……それはそうですね。じゃあ、サバイバルゲームではないのか」

友成はアッサリ引き下がった。

「ドローンって言うのは、ラジコンの飛行機みたいなもんです。最近、街中で飛ばすと怒られるんで、こういう田舎なら飛ばし放題だということで」

佐脇がザックリと解説したが、それにも千代は首をひねった。

「畑に出てても、そんな妙なモンが飛んでたら判りますやろ？」

「じゃあ、観光地じゃないところを探してやって来る『秘境マニア』ですかね？」

「わしは卑怯もんは好かん」

千代が言うので、友成が「ヒキョウ違いです」と説明した。

「そういうマニアは、なーんにもない田舎が好きで、交通の便が悪ければ悪いほど喜ぶんです。特に観光地でもない、普通の場所がいいらしくて」

「ほたらそれ、小杉さんみたいなものやな」

「小杉？」

　弥生が言っていた小杉のことだろうか？

「ここの外れに住んでる、小杉さん。知っとる？」

「いいえ……というか名前だけは」

　ほうか、と千代は少し自慢げな顔になった。

「まあ、これ以上私からはあんまり言わんけど、小杉さんに会うて話を聞いた方がええわ」

　弥生にも同じ事を言われたが、佐脇は初めて聞いたような態度を取った。

「集落の外れに住んでるって、何かあったんですか？」

　千代は、佐脇の顔をしばらく見てから、言葉を選ぶように、言った。

「小杉さんはここの地のヒトやない。ヨソから移り住んできたヒトで。あの辺は、昔は人が住んどったが、もうずっと空き地というか荒れ放題になっとって。誰の土地やらよう判らんようになっとった。そこをキッチリ買い取ったんが小杉さんや。最初は挨拶にも来て宜しゅう頼みますとか言うてたんやけど、三年くらい住んで、土地も開墾して、家も改築して、生活が出来るようになると、ここのアレコレ……習慣とかキマリとか……それが合わん言うんで、田村さんと喧嘩して地区会から抜けて、独立独歩でやっとるわけや。電気は電力会社、水道やゴミ収集は町がやるんで、付き合いがまるでなくても、一応はやっていけるよ。まあ、あんな事件があってみると、ここに合わん人なら、上島さんみたいに無理して合わさんと、小杉さんみたように一切の付き合いを断ってしもうた方が良かったんかもしれんな」

「それって、テイのいい村八……」

友成の言葉を、千代は遮った。

「そうやないよ。私ら別に小杉さんに嫌がらせしてないし。地区会に入らんでも不自由はないし。まあ、用水路とかドブ掃除の共同清掃とか村祭りとか、小学校の行事とかの連絡がまるで行かんことくらいかな」

「用水路とかドブの掃除が出来ないのは困るんじゃないんですか?」

「せやけど、私らが掃除しとったら、それ見て小杉さんも自分とこのまわりの掃除はしとるし、小杉さんとこが上流やから、水が来んと言うことはないんですわ」

ハッキリとは言わないが、小杉に極力不利益が出ないように、千代がいろいろ心配りをしているのではないか、と思えた。

「せやから、私らに聞くのと違う話が聞けるんやないかと思うてな」

千代は、ニッコリ笑って、そう言った。

*

翌朝。

千代の手製の美味い朝食は、驚くべき量だった。これが朝から労働する農家の朝食か。玉子焼に漬け物各種、海苔にメザシにイカの塩辛に、これまた具沢山の味噌汁。そのすべてが美味しいので、ごはんが進んで食後は動けないほどたらふく食べてしまった。

「おかげさんで、一晩安心して休めましたわ」

なんだか千代は用心棒を雇ったような調子で、言った。

事実上の用心棒かもしれんなと苦笑しつつ、二人の刑事はムラ外れの小杉の家を訪ねた。

集落のほとんどの家が、藁葺き屋根の昔からの農家を改築したようなつくりだったが、小杉の家はまったく違った。

太い原木の焦げ茶色も鮮やかな、カナディアン・ログハウスなのだ。チマチマした農家とは一線を画す、大ぶりな二階建てだ。しかも二階には広いテラスがあって、その一角だけが日本ではないような風景に見える。しかも塀がない、完全なオープンプランだ。だから周囲の土地までが自分の敷地のように広々としている。

「こりゃ、ここの集落のジジババからすれば付き合い辛いだろうな」

あまりに垢抜けたその佇まいに、佐脇は感嘆した。

こういう集落に、こういう家を建ててしまう図太さと根性があるから、小杉は集落の付き合いを断たれてもへこたれないのだろう。普通の日本人なら相手の顔色を窺って気に病むところを、完全に歯牙にも掛けず無視しているのではないか？

ログハウスの一階は、高床式住居のように地面との間にスペースがあるが、そこが農機具などの置き場にもなっている。

そしてこれも丸太で出来た階段を上り、玄関の、フクロウの形をしたドアノッカーでコンコンと音を立てると、少ししてドアが開いた。

中から顔を出したのは、パイプを咥えた知識人風の中年男だった。短くした髪に丸いメガネ。カーディガンに首にはアスコット・タイに、ゆったりしたコーデュロイのズボン。軽井沢かどこかの高級別荘に住んでいる金持ちインテリのようだ。

「小杉さんですか？　私たちは、T県警鳴海署刑事課の友成、そして佐脇と申します……」

友成が警察手帳の記章を見せつつ口上を述べた。

「ちょっとお話を伺いたいのですが、お時間を戴けますか？」

インテリ中年男はどうぞ、とドアを大きく開けた。

室内も、外国映画に出てくるような、完全に洋風のつくりだった。ドアの内側は広いリビングで、大きな窓の向こうにデッキがある。その窓からは、大植集落ののどかな景色が一望できる。山があり、穏やかな川が流れ、青空が広がっている。

地平線には、朝日を浴びた田畑が広がっている。今は冬だから、田畑の場所は枯れ草で朝の光の中で黄金色に見える。

その景色のすべてが、日本ではないようだ。堀江家の縁側から見える景色と同じようなものを見ている筈なのに、千代ばあさんと喋りながら眺める田畑は純粋に日本のド田舎だったのに、今ここから見る田畑は……。

「なんだかまるで、イタリアのトスカーナ地方のようですね！　行った事はありませんが」

友成が感嘆して言った。

「失礼ですが、お仕事は何を？」

「農業ですよ。タダの農民です」

そうは言うが、額面通りには受け取れない。

「東京の大学で教鞭を執っておりました。農学部で。でまあ、ちょっと思うところがあって辞めまして、いろいろ縁があって、この地にやってきたわけです」

それを聞いて、佐脇は思わず「なるほどね」と口走ってしまった。

「いやその……小杉さんがこの集落で孤立しているというか村八……」

「いえいえ、この集落の作法にはまったく馴染めなかったので、お付き合いをお断りしただけのことです」

まあどうぞ、と小杉は刑事二人をリビングのソファに案内した。

それはイタリア製のすこぶる座り心地のいいソファだった。

「いささか腹に据えかねることがあったので、一戦交えた結果、お互いアンタッチャブルな関係でいようということになったんですがね」

小杉が声をかけると、居間に続く部屋から奥さんらしい上品な中年女性が出てきて、キッチンでコーヒーを淹れはじめた。

「この土地は、借地だったんです。大学で農業を教えていると言っても、大学の実験農場と普通の田畑では勝手が違います。いきなり土地を買って完全に移住するには不安があったので、当初は三年契約ということにしたんです。最初の三年でこの家を建てて土地を耕し、周辺を整備しました。それはかなり大変でしたよ。私らだけの力では無理なので、業者の重機の力も借りましたし、かなりカネもかけましてね。その結果、こういう良好な、いい状態に出来たんです。地区長の田村さんも、『立派な仕事をしましたな』とか言って褒めてくれたし、その頃は他の人たちといい関係だったんです。しかし」

小杉の顔がにわかに曇った。

「契約を更新して、次の三年で、農園を充実させました。コメを作っても仕方がないので、私らは野菜を、それも特殊な洋野菜を作りました。この土地に合う作物を選びましてね。幸い私の見立ては当たりまして、豊作になりました。味もいいと言うんで高値で売れて。大阪や京都の高級レストランから直接引き合いが来て。だけどね……あんまり大成功するのはいかんのですな、この日本では。突出はイカン。横並びが一番」

奥さんがコーヒーと手製のクッキーを運んで来てくれた。

「こんな家も建ったし、荒れ果てていた土地を耕して立派な農場も作った。そうしたら、借地権を更新しないと言い出したんですよ、地主が。ここを見捨てて鳴海に住んでた地主が、様変わりしたここを見て、自分たちが住むと言い出したのです。当然、ハイそうですかとすんなり渡せるはずもないでしょう。苦労して荒れ地をここまでにしたんだから。で、裁判を起こしましてね。ここまで手を掛けた土地なんだから、逆にこっちに売れ、と」

「それは……揉めたでしょう」

「揉めた揉めた。もう本当に苦労しました。だけどね、この勝負には絶対負けまいと思いましたね」

小杉は、大きく頷いた。メガネの奥の穏やかな目には怒りの炎が浮かんでいた。

「裁判には勝って、この土地を買うことが出来て、一件落着したんですがね、その間の嫌がらせというのはもう……これが近所に住む人間のやることか、と神を呪いましたね。イヤ私は無神論者ですがね。それはともかく、ですから、こう言ってはナンだけど、上島さんの事件が起きたとき、良くやった！　と上島さんを内心、褒め称(たた)えましたよ」

小杉の話を上品に微笑んで聞いていた奥さんが口を開いた。

「裁判のあいだのことは、思い出したくもないわね」

「ああ、まったくだ。人間の悪意というのはこういうものか、と思い知らされましたよ」

「正直申しまして、上島さんが私たちのカタキを取ってくれたのか、と思いましたもの」

ハッキリとは言わないが小杉夫妻は、生命の危機すら感じるほどの嫌がらせを受けたと語った。

「ライフラインが切られました。突然、電気が消えるんです。水道もとまった。それも何度も。提供しているのは電力会社であり上川町なので、断固として復旧させましたけどね。でも、近くでプラスティックなどを焚き火で焼かれたのには参りましたね。有毒ガスが出ますからね。そのせいで飼い犬が二匹、死にました。用水路に高濃度の農薬を流されて、作物やニワトリに被害が出たこともありましたしね。それでも私たちは諦(あきら)めなかった。法律の知識も多少はあった。それで、向こう側の弁護士を引っ張り出してなんとか手を打てたんです。まあ田村さんたちは、私たちをここから追いだして、ここに昔馴染みの元村民を住まわせたかったんでしょうけどね」

奥さんの淹れたコーヒーは美味かったし、手作りのクッキーも濃厚なバターの味が素晴らしい。だが、耳から入る話は最低のことばかりだった。

「まあ、その過程で、この集落の人間は実に醜悪で、触らぬ神に祟りなしだと思えましたので、一切の関係を断ったのです。しかし上島さんにはそれが出来なかった。親御さんが田村さんと仲がよかったので、いい関係を続けなければと思ってしまったんでしょう。無理をした結果の悲劇だったんです。私らみたいに完全に切ってしまう勇気がなかった、と言うか、人間関係を切るという発想すらなかったんでしょう。上島さんがこの集落に戻ってきたときに、みんなが耕耘機をプレゼントしたって『美談』がありますよね?」

「ああ、その話は聞きましたよ」

佐脇は頷いた。

「でもね、それは本当のところ、ローンで買った耕耘機で、村人たちが払ったのは一回目だけ、あとは上島さんが自分で払っていたそうですよ。けっこう割高なローンが組んであったそうですけど」

小杉は、このムラの老人たちの悪辣さを告発した。

「ここの先輩たちに尽くすチャンスを与えてやったことを有り難く思ってもらわねば、と言われたそうです。当然、そこは察して、あとはあんたが払い続けるのが常識ってもんだろ、と。信じられませんな。それを言ったのが、田村のジイサンで……でもね」

そう言って小杉は、パイプに火を入れて、煙を吐いた。

「この集落は、昔からのボスである田村さんにみんなが黙って従ってるかと言えば、そうでもない。農民というのは昔からしたたかですからね。『七人の侍』みたいなもんです。大人しいようでいて、相当な根性の持ち主なんですよ」

そこまで言った小杉はコーヒーをお代わりするのに、自分でキッチンからサーバーを持ってきた。

「刑事さんもすでにお気づきかもしれませんが、この集落は、田村さんベッタリな連中と、表面では田村さんと仲よくしてるけど内心では舌を出してる人、そして、堀江さんみたいに距離を置いている人、と分かれてましてね。一番卑怯で、漁夫の利を得ようと暗躍してるのが、『面従腹背』な連中ですよ。コイツらの根性が一番悪い」

「それって誰です？」

友成が興味津々に訊いた。

「いや、そいつらは、みんな、上島さんに殺されましたよ。殺されちゃったから、残党は完全に黙ってしまって、完全に田村さんにつくか、距離を置くかに分かれましたね」

「では、鴨井竹子はどうなんでしょう？」

「ああ、あの糞ババアは、隠れ面従腹背組です。でも、殺されたんでしょ？」

小杉は、穏やかなインテリ風な風貌だが、かなりの毒舌家だ。

「あの鴨井のバアサンは嫌われ者でね。実の子供にまで嫌われてしまって。私だって、親があいう、いわゆる『毒親』だったら寄りつきませんよ。それを思うと娘さんはババアの罵声に耐えて、よくやってたと思いますよ」

「……よくご存じですね」

「畑仕事してれば、声は聞こえてきますからね。アソコのババアは耳が遠い分声がデカいから、娘を怒鳴りつけるの、全部聞こえてましたよ。親を敬え大事にしろ言うことを聞け誰のおかげで大きくなったんだって。娘も当然言い返してましたけどね。ヒイキされた兄さんは借金作ってヒーヒー言ってるけど私は全部自分でやってきた、今更頼られても困る、産んだのはアンタだけど育ててもらったとは思ってない、ってね」

佐脇は、ホレ見ろ、という顔で友成を見た。

「それにね、この集落には大きな問題があるんですよ。産廃問題」

「は？」

友成が目を丸くした。

「ここに産廃、ですか？」

「そう。ここはちょうど、谷底というか、周囲を山に囲まれてるでしょう？　だから、この集落をまるまる産廃にしてしまえば、かなりの容積を確保できると業者は踏んだんです。しかし、地区長として、田村さんが大反対して、その計画は潰えました。一応は、ね」

小杉は含みのある言い方をした。

「実は、ウラではその話は続いていたんです。田村さんは、業者側の激しい切り崩しにあって……現ナマ攻勢ですな。ああいう人物は高潔なようで居て、けっこうカネには汚いんです。あんなに取り巻きを始終呼んで飲み食いさせていれば、いくらカネがあっても足りないでしょうしね。昔は生糸（きいと）や和三盆などの特産品を小作人に作らせて儲（もう）けることも出来たけど、今は時代が変わってしまって、昔通りのやり方をしていては、貧乏になるばかりだ。しかし、最新の情勢を知る者は居ないので、時代からどんどん取り残されていく。だいたい私の話だって全然聞かなかったくせに、私の成功を羨（うらや）むばかりで、知恵もないし向上心もない。人間として終わっている。そう思いませんか？」

小杉は田村柳太郎を容赦（ようしゃ）なく切って捨てた。

「では、田村さんは、この集落を産廃業者に売り渡したんですか？」

友成は身を乗り出した。

「いやいや、それは無理です。ここはすべて田村さんの土地ではないですからね。値段をつければ二束三文だけど、先祖代々の土地だから誰も売ろうなんて気はないし、ジジババはみんな自分の家で死にたいと思っている。だから、田村さんとしても、自分の土地以外の場所を買い占めるわけにはいかない。カネを積んでも、売ってくれないんだから。だから、表面上は産廃立地反対ということにして、この集落として一致結束したんです。でも実際は、あのジイサンは、業者に買収されちゃってるんですよ。『わしの土地が産廃になるのは仕方がない。しかしそれはわしが死んでからだ』って言う、とんでもない密約を交わしているんです」

「まるで日米交渉の密約みたいなお話ですな」

佐脇もかなり驚いた。

「この集落を、将来、売り渡して産廃にしてしまうというトンデモナイ密約があるなんて、ね。それは、皆さん、知ってるんですか?」

「なんとなく、ね。なんとなく、将来そうなるみたいよ、と。でも、当分先のことだから、って。どうです? 極めて日本的でしょう? 面倒な事は先送り。自分の生きているうちはそうならないから、まあいいやってことですよ。孫子の代のことまで考えないんです。自然は、一度失ったら、もう二度と復元出来ないと思うべきなのにね」

「あの……もしかして」

友成の目が光った。

「小杉さんがこの集落から追い出されそうになったのは、産廃計画に大反対したからではないんですか? それで田村さんがウラで手を回して借地権の更新をさせないようにして」

「あるいは、そうかもしれません。まあ、実際、産廃の件で住民説明会があったとき、田村さん、最初は結構乗り気だったんですよ。ナイナイでは、ね。住民は集団移転して鳴海市内に住めば、保証金で死ぬまで安泰だし、町だから生活環境は便利になるし、いいことずくめだと考えたんでしょう。田村さんとしても大地主として毎年巨額の地代が入るので、死ぬまで安泰だし」

だけど、と小杉は声を大きくした。

「私らにはなんのメリットもない。この素晴らしい眺めは失われるし、開墾して丹精込めて耕した畑はなくなり、ウチの野菜を高く評価してくれる京阪神のお得意様も失うし……わずかなカネを貰っても、失うものには到底値しないのです」

「……田村さんはなにか、お金が必要なんでしょうか?」

友成は、当然の疑問を出した。

「大金が必要な事情があったとか……実は凄い借金があったりして?」

「そこまでは判りません。私はあの人の家庭事情まで踏み込む気はないので」

小杉はインテリらしく節度のある態度を見せたが、佐脇には納得いくものではなかった。

「ねえ小杉さん。あなたがこの大植地区の環境を大事に思い、自分の畑を大切に思い、なんとか今のこの状態を守りたいと思うならば、田村家の内情をもっと調べて、今のうちに作戦を立てるべきじゃないんですか？　攻撃は最大の防御って言うでしょ？」

　佐脇の言葉に、小杉は詰まった。余裕のありそうな笑みを浮かべて誤魔化そうとした。

「いやそれはね……」

　しかし、誤魔化せなかった。

　小杉の顔から笑みは消えて、苦渋の表情が残った。

「疲れたんだ……もう、ほとほと参ったんです。あの連中とやり合うのは。それでもこの家と農場は守りたい、守らないと私たちの六年間の努力が無になってしまう。そう思ったので、頑張りました。それでなんとか土地の権利は確保できた……それが精一杯なんです。精一杯なんだ。あの連中は強欲で、どす黒くて、ワガママで、最悪な連中です。正直、私も、自分が死んだあとのことまで、この地区の将来を心配する気は失せました。そこまでしてここを守る気力はない。一度は追い詰められ、とことん追い込まれたんですからね！」

　ログハウスから出てきた佐脇と友成は、一見インテリ風の小杉の毒気に参っていた。

「鴨井竹子殺しの真犯人は、この小杉ですよ！」

　友成は間違いないです！　と断言した。

「おやおや。じゃあ竹子の実の娘・富江ってのはどうなった？」

「一応、アリバイは調べますが、動機がありません」

「おい、あんまりログハウスの近くでデカい声で喋ってると、小杉に聞こえるぞ」

二人はパトカーの中に入って、話し込んだ。

「小杉は、この地区の、田村系の人物を憎んでます。それが動機です」

「お前……金田一シリーズの等々力警部みたいだな。目立った人物を全員犯人にする気だろ？」

「じゃあ佐脇さんはどう考えるんですか？」

「……まだ判らん」

その答えを聞いた友成は露骨にガッカリした表情を見せた。

「おい、なんでガッカリするんだ？　今の段階で犯人を推理なんかできないだろ。材料が足りなさすぎる」

「そりゃそうかもしれませんが……ベテラン刑事としての勘で、何か感じるところはないのかと思いまして……」

佐脇の脳裏にあるのは、田村に猛烈アタックを掛けたという産廃業者のことだった。そして、昨日の昼と夜に見掛けた、島津の姿も気になった。

産廃業者がすべてヤクザとは言わない。しかし、なかなか産廃処分場が造れないから、闇の力を借りて強引な手法で造るしかないと思う業者もあるだろう。その業者と結託しているのが、この辺に手を伸ばすヤクザだとしたら？

旧鳴龍会の残党か、関西と手を組む北村グループか、それとも「空白の鳴海」に手を突っ込もうとしている半グレ集団か……。

それに、ひかるが言っていた特殊詐欺集団の鳴海グループというのも気になる。

二人は小杉のところからパトカーを出して、田村のところに戻ろうとした。小杉の話のウラを取るためだ。

だが、その途中で、農道を歩く弥生の姿に気づいた。昨日と同じ、躰の曲線をくっきり強調するタイツのようなピッタリしたジーンズに薄手のセーターを着ている。

その後ろから、大柄な男が一人、後を尾けるように歩いている。

その怪しい男は、この前逮捕されたはずの大貫のように見えた。

「ちょっと止めてくれ。おれはここで降りる。キミは田村ンところに行って、ひかると一緒に、あの食えないジイサンに話を聞いて、小杉の話のウラを取ってくれ」

「ここで降りるって佐脇さん、どうしたんですか？」

ちょっと歩きながら考えをまとめたい、などと適当なことを言って、佐脇は降りると、そのまま男の後を尾けた。

ヴェルサーチのロープ模様のド派手なシャツに、首には成金趣味の金のネックレス。

後ろから観察しても、この男は大貫に間違いないと確信した。

その大貫は、前方の弥生との距離を詰めて、すぐ後ろにつくと、いきなり声をかけた。

「おねえさん、田村さんとこのヒトでしょ?」

弥生は大貫を見ようともせずに歩き続けている。

「どこ行くの? 買い物? こっちに店なんかあったっけ?」

彼女は何か答えているが、声が小さいので聞き取れない。

「そう邪険にするなよ。知らない仲じゃあるまいし」

大貫は本物のバカのようで、自分が言った矛盾をまるで気にしていない。そんな仲ならどうして「田村さんとこのヒトでしょ?」と訊ねるのだ?

大貫はなおも話しかけたが、弥生がいっこうに相手にしないので、業を煮やしたらしい。

いきなり後ろから飛びついて羽交い締めにして自由を奪うと、首筋に顔をうずめた。

あたりに通行人はいない。それ故の狼藉か。

「や、止めてください!」

弥生が悲鳴を上げたので、佐脇はダッシュして後ろから大貫の背中に蹴りを入れた。

その衝撃で大貫は弥生もろとも前に倒れたが、佐脇は大貫の首根っこを摑んで引っ立てると、そのまま顔をぶん殴った。

「な、な、な」

「何をするんだじゃねえだろう！　往来でナニ発情してるんだ、この痴豚野郎！」

完全に油断していたのは、バカな大貫らしい。不意の先制攻撃を浴びて、佐脇の繰り出すパンチと蹴りを受けるばかりになっている。

「お前は愛すべき頭の弱いヤクザかと思ったが……手下がいねぇと弱いな。誰かの差し金か？　え？」

「な、な、なんのことだか」

「おかしいだろうが。逮捕された筈のお前がさっさと釈放された上に、こんな田舎にいきなり現れて、弥生さんにチョッカイ出すなんて……」

「知らねえよ。おれはただ、このねえさんが色っぽいから」

「お前は色っぽければいいのか？　二条町の女を片っ端からレイプしてるのかよ？」

いい加減なことを言う大貫に腹を立てた佐脇は、相手の顔に回し蹴りを浴びせた。

「ぐふっ」

回転モーメントを一身に受けた大貫は、そのまま道の脇にある田ん圃に素っ飛んだ。水が抜かれた田ん圃は、数日前の雨の名残で泥濘(ぬかる)んでいた。

「これでお前、『覚えてろ！』とか捨て台詞(ぜりふ)を残して逃げたら、コントだぜ」

実際問題、この大貫がなぜこの集落に現れて、何を目的としているのか、不可解極まりない。しかしとりあえずは、弥生の身が守れてよかった。

大貫は泥だらけになって田ん圃から這い上がると、ちくしょうとか言いながら田村の屋敷の方に走って行った。

「く、クソっ！」

「……有り難うございます」

起き上がった弥生は、佐脇に礼を言った。

「すみません。あなたまで突き飛ばすようなことになってしまって」

「いえ、とんでもないです。助けて戴いて」

「あの男を、知ってるんですか？」

ええまあ、と彼女は少し言葉を濁した。

「少し前から度々、ウチに来るようになったんです。仕事の話とかで、手下みたいな若い人たちと一緒に来て、おじいさまと話し込んでいくんです」

「連中は、要するにヤクザですか？」

そう訊かれた弥生は首を傾げた。

「なにを以てヤクザというのか……まあ、普通のヒトより少し派手な恰好なのと、目が怖いかもしれません……」

話し込む内容は産廃の件ですかと訊きそうになったが、そこまで訊いては警戒されるかもしれないと思い直して、黙った。

「でも、あの……私、刑事さんにはちょっとお話ししたいことがあるんです」

明るいところで見る弥生は、スタイルがいいだけではなく、かなりの美人だ。本当に、どうしてこんなにいい女がこんな田舎にいるんだろうと首を傾げてしまうほどだ。

「私、ちょっと用があるんです。それが済んだら……ウチの一番奥の、みんな『三ノ宮』ってふざけて言ってる建物があるんですが、そこで……」

「そこで待ってればいいの？」

そう問い返すと、弥生は少し顔を赤らめてこくりと頷いた。

これは……お誘いではないのか？

欲求不満の、フェロモンむんむん妻からの、お誘い。

これはもう、当然の事ながら、お受けしなければ失礼と言うものだろう。

佐脇は「判りました」と答えた。

歩いて田村の屋敷に行き、敷地の中を歩いて、大貫の姿を探したが、見当たらない。中庭には友成が乗ってきたパトカーと、田村が自家用に乗っている軽トラしかない。

囲炉裏のある家屋に行ってみると、囲炉裏端に所在なさげに友成とひかるが座っていた。

「どうした？」

「御当主は寝込んでいて、話が聞けません」

友成はそう答えた。

「ひかる、お前がジイサンに迫ってヤリ殺しかけたとかじゃないだろうな?」

「違うわよ。柳太郎さんは、昨日の夜、お酒を飲んで、そのまま寝ました。いろいろ聞き出そうと思ったんだけど、私も寝ちゃったので……」

「で、今は?」

「今も寝てる」

そうか、と佐脇はニッコリした。

「じゃあ、一度鳴海に戻るか。友成クンは神戸まで行って、鴨井竹子の実の娘に事情聴取してくれ。ひかるだって、県警そのほかに関連取材した方がいいんじゃないか?」

それはそうね、とひかるが言うので、いったん引き揚げることにした。

「ひかる、パトカーに便乗していけ。おれが許可したと言えば大丈夫だから」

「じゃあ甘えさせて貰うわ」

と、三人はパトカーに乗り込んだ。

が、そこで佐脇は「おっと電話が入った」と慌てて車外に出た。もちろん、電話なんか入っていない。しかし悪漢刑事(わるデカ)は悪漢(わる)ぶりを発揮して「カラ通話」をした。

「ああ、そうですか。では、私だけここに残って、という事ですね?」

通話を切ったフリをして、佐脇はパトカーに残っている二人に宣言した。

「聞いてたと思うが、おれはここに残る。必要があれば鳴海に戻るし、友成がまたこっちに来ることもあるだろう。じゃあ、そういうことで」

「……なんか、企んでない？」

さすがに佐脇とつきあいの長いひかるは疑いを抱いた。

「誰の、どんな命令よ？」

「そんなこと民間人のお前に言えるか。警察内部の業務命令だ」

「じゃあ、友成さんにはきちんと伝達できるわよね？」

そう言われた佐脇は、「友成クン、出発したまえ！　これは命令だ！」と強権を発した。

釈然としないながらも友成は「了解しました」と返事をして、パトカーを出した。

門を抜けて走り去るのを見届けた佐脇は、弥生と約束した家屋に行こうと振り返った。

と、そこには、奥の裏山からせっせと薪を運んでいる男が遠くにいるのが見えた。

誰だ、この男は？　と思って目を凝らすと、その男は、中肉中背のオカッパ頭のようなヘアスタイルの……柳太郎の孫・雅彦だった。

薪を肩から下ろした時、目が合ったので佐脇は近づいて行った。

「警察の方ですよね？」

「ええ、この前お邪魔しました鳴海署の佐脇と言います」

「お疲れ様です」

あまり話したくないようなそぶりで、雅彦が返事をした。

「雅彦さんは、あんまりこの屋敷にはいらっしゃらないんですか?」

雅彦は、苦笑いを浮かべて、エエまあと答えた。

「野暮用です。じいさまがああだから、尻ぬぐいというかツジツマを合わせるのが大変で」

「ツジツマ、と言うのは?」

「いやまあ、あんまり言うとウチの恥を曝すことになるんですけど、昔の栄光を忘れられない大地主だけに、何かと金遣いも派手で……いろいろあるんです」

雅彦はそう言って話を打ち切るように裏山に向かったので、佐脇も付いていった。

「手伝いましょう」

と、佐脇も薪の束を担いで何度か運んだが、すぐに息が上がってしまった。しかし雅彦は見かけによらず屈強で楽々と運んでいる。

「慣れとコツですよ。別に特技でもなんでもないです」

これ以上やると腰がガタガタになりそうだったので、佐脇は運ぶのを止めて、雅彦の傍を歩きながら話しかけた。

「その薪はどうするんです?」

「薪ストーブに使います。燃料効率がこんなに良いものはありませんよ」

「田村のジイサンは、エコなんですか？」

「エコと言うより……エゴでしょうか」

雅彦はそう言って笑った。

「この集落もいろいろ大変でしてね。それもあって、私がかけずり回ってるんですが、何度説明してもジイサンは判らないようで……ウチには使い切れないほどの巨万の富があると、未だに信じ込んでるんです」

この男は意外に話しやすい好人物のようだ。田村のジイサンと現実の間に入って苦労している感じも伝わってくる。

この男の女房を寝盗るわけか……。

佐脇は、この後のことを考えると、かなり申し訳ない気持ちになった。

しかし、弥生のあのフェロモンの魔力に理性は勝てない。

「じゃあ私はちょっとジイサンと帳簿の件で話がありますので……」

そう言った雅彦は、佐脇に苦笑して見せた。

「一番嫌な役目ですけど、まあ、仕方がないです」

雅彦は佐脇に軽く頭を下げると、母屋に入っていった。

佐脇は……良心の呵責を一本のタバコで麻痺させると、弥生に言われたとおりに、一番奥の、一番小さな建物に向かい、玄関口を開けた。

と、そこにはすでに弥生が待っていた。

「あれ？　用があったんじゃ？」

「この屋敷は、裏からも敷地に入れるのです。佐脇さんこそ、あの人と話し込んだりして」

弥生は少し睨むような目で佐脇を見ると、こっちに来て、と手招きした。さすがに玄関口では抱き合えないだろう。

廊下はなく、座敷がそのまま繋がっている間取りで、いくつかの座敷を抜けると、布団が敷かれた部屋に来た。窓もなく、枕元にあるスタンドライトだけが部屋をほのかに照らしている。これがまた妙に色っぽい。

襖(ふすま)を後ろ手に閉めた弥生は、確認するように佐脇を見ると、黙って服を脱(ぬ)いだ。

以心伝心。水心に魚心。

和服ならもっと色っぽかっただろうが、この際、ゼイタクは言わない。

ジーンズを脱ぐと、小さなビキニが現れた。ピンクのストライプ。

セーターを脱いで髪を揺らすと、同じデザインのスポーツ・ブラが見える。

それを躊躇なく外すと、大きな双丘がまろび出た。

アナタはどうして脱がないの？　と見つめられた佐脇は、苦笑して自分も脱いだ。

「……お風呂とか入る方がいいかしら？」

「いや……アンタさえ良ければ、このままで」

そう、と頷いた弥生は、布団に横たわった。

その上に重なって、まずは魅惑の乳房に手をやった。

充分な弾力のある双丘は、仰向けになっても型崩れしないできれいなシェイプを保っている。それを両手で揉みほぐすと……先端がすぐに硬くなった。

「相当……ご無沙汰だったとか？」

佐脇が訊くと、弥生は頷き、小さな声で言った。

「あの家では……音が」

古い日本家屋では音や声が漏れてしまうのだろう。あのジイサンなら聞き耳を立てていてもおかしくない。

弥生の乳首を指と舌で転がしていると、彼女は肩を揺すって、先を急かせた。

佐脇の手は、脇腹を撫でてから、内腿を愛撫するように撫で上げた。

「いつも、そうやって焦らせるの？」

「オッサンだからな」

そう言いつつ、弥生のショーツをずり下げる。

こんもりした翳り。

佐脇は指先を内腿から股間に移して、秘毛を指先に絡めながら引っ張った。

「いじわる……」

あえぐようにせがむ弥生は、小悪魔のようだ。飢えた人妻が男を誘っている。

指先は弥生の愛液で、熱く濡れている。

佐脇は弥生の両脚を開かせ、そこに舌を這わせて、わざと音を立てて吸った。

「ひっ！」

秘門に男の舌が触れただけで、弥生は悲鳴を上げた。もともと敏感なのか、飢えているから敏感になっているのか。

舌先でちろちろと肉芽を転がす。

「あううう……」

弥生は、この段階で、声を漏らした。すでに理性のタガが外れ、全身で悶えている。

よほど、抑圧されていたのだろう。

「ねえ……早く欲しいのよ」

「なんだ？　時間がないのか？」

「そうじゃなくて……早くして欲しいの。舌よりも……」

そう言われたら出動するしかないが二条町のチョンの間に上がっているみたいでもある。

「なんか情緒ってモンがないな」

佐脇はクンニを止めて弥生に唇を重ね、ディープキスをした。

彼女は、待ってましたというように手を伸ばし、彼のふぐりを掌で包み込み優しく揉み上げた。

佐脇のそれは、みるみるうちに屹立し、聳り立った。

「いいかしら？」

そういうと、弥生は起き上がり、自分から佐脇にまたがった。

騎乗位だ。

ゆるゆると腰を下ろして肉棒を捉え、秘腔に誘っていく。

弥生の花弁は濡れ過ぎるほどに濡れている。先端をあてがうと、あっけなく、するりと入ってしまった。

欲棒が根元まで埋没した時、弥生の表情には喜悦が浮かんだ。

花芯はこの上もなく温かで柔らかく、佐脇のモノを優しく包みこみ、奥の細かなヒダヒダが先端を嬲ってきた。その上、彼女の媚肉がくいくいとサオを締めあげてくる。

これは……相当な名器だ。

腰を動かしても、弥生の襞肉は吸いついてぴったりと密着して離れない。

「あんたは女性上位が好きなのか？」

「そうじゃなくて……もう我慢できなかったの。こういうのは嫌い？」

弥生が淫靡な笑みを浮かべて腰を使うと、その豊かな乳房が淫らに揺れる。

「いや……騎乗位が嫌いな男はいないさ」

彼女の目はすでに潤んでいる。肌には欲情した汗が浮かび、薄明かりの中でも判るほど、色づいている。

そんな明かりの中で弥生は、きゅっとくびれた腰をくねらせる。彼女が腰を動かすと、濡襞が佐脇のペニスを包み込み、くいくいと刺激する。その上に、佐脇の先端が、ごつごつと子宮口に当たった。

下からずんずんと突き上げると、弥生は背中を反らせて感じた。彼女は貪欲に自分で肉芽に指を触れさせて、すべての快感を得ようとしていた。

「ああ、いい。いいわ……そう、もっと突き上げて……あっ」

佐脇も弥生も、どんどん快感が深まっていって、弥生は憑かれたように腰を使っている。

「いいわ……あなたの反り返り具合が、なんともいえないのよ……あたしのあそこに、ここまでフィットする男はいなかったわ……」

彼女の秘所から湧きあがった淫液が、内腿を伝わり落ちた。

「ああん……もっと、もっと大きくなって。ああ、ああん」

弥生は、激しく腰を遣いつつ、かなり大きな声を出した。

「おい……そんなデカい声出して大丈夫か？」

佐脇が心配になるほど、弥生はヨガった。同じ敷地内に弥生の夫が居るというのに。

「おれはこれでも刑事だから……間男してるのがバレたらマズいだろ？」

「だって……我慢できないのよっ！」

そう叫んだ弥生の躰が反り返り、そのまま凝固（ぎょうこ）した。次の瞬間、軽いアクメに達したようだが、佐脇は「まだまだ！」と腰を使う。

「なんだよ……亭主は抱いてくれないのか？」

「早いし、最近は勃（た）たなくなってしまって……ウチの夫はダメなのよ……」

そう言いながら、「ひいいいいっ！」と声を上げて腰をくねらせる。

こんな声を出すから、余計にセックスしにくくなるんじゃないのか？

佐脇の肉棒は底知れぬ精力を発揮していた。その逞（たくま）しいものは弥生の淫襞を動きまわり、縦横無尽に掻き乱した。

弥生が主導権を握っての激しいピストンとゆっくりしたグラインドにプラスして、彼は彼で下から突き上げ腰を動かして責めあげる。

弥生は佐脇の上で、快楽にその魅惑的な肉体を打ち震わせていた。迫り来るオーガズムに全身に汗を浮かべ、その肌はしっとりと吸いついて来るようだ。

豊満な乳房は頰とともに紅潮して色付き、大きめの乳首はいっそう硬く勃って、腰に合わせてぶるんぶるんと、凶暴なまでに揺れ動いている。

無駄な肉のついていない腰は見事にくびれ、ムッチリと豊かな臀部と鮮烈な対比を見せている。股間の翳りは艶やかに濃く、欲望の激しさを告白している。

「ああんっ、いい……堪らない……」

このセックスに飢えた牝犬め、と思いつつここまでヨガられてまんざらでもない佐脇は、その乳首を摘み上げ、乱暴にくじってやった。

弥生は絶頂寸前の陶然とした表情のままだ。佐脇が少し腰を使っただけで、彼女の媚肉は敏感に反応してくいくいっと締めつけて来る。

「わふう……いい、いいわ!」

こんないい女を、弥生の亭主はどうして抱かないんだ？　躰もいいし、こんなにセックスが好きだし、アソコの熟れ具合も最高だ。なんせ蜜襞は彼の肉棒に吸いついて離れないのだ。

「あ。そ、そんなに動かないで。今、凄かったの。凄く、感じてしまって……」

弥生は全身を襲う快感をもはやコントロールできないようで、男の茂みにぴったりと肉芽を押し付け、ふるふると腰を蠢かした。

こうなったら思いっきりイカせてやろう。

佐脇はここぞとばかりにスパートを掛けた。下からぐいぐいと突き上げ、自慢の肉棒で彼女の奥の奥まで押し入り、子宮口を突いてやった。そのたびに弥生の躰に凄まじい電気が走って、のけ反る。

弥生の腰が動くたびに佐脇のカリが、ざりざりと淫襞を掻き乱す。下から揺すり上げるように責め苛む。

彼女の躰の芯から熱いマグマが噴き出してきて、みるみる体内に充満していくのが判る。

「あ、あたし、もう、ダメっ……イッて、イッてしまうっ！」

弥生は遠慮など無縁の大きなアクメ声を上げた。

痴肉がさらにぎゅーっと締まり、佐脇もついに堪えきれずに思いの丈をぶちまけた。

弥生もその瞬間に達して、がくがくと強烈に痙攣すると……失神したようにがっくりと全身の力が脱けた。

第三章　囮(おとり)の仕掛け

「なんか、このムラは……いろいろありそうだな」

布団に横たわった佐脇は、喜悦の余韻(よいん)に浸(ひた)っている弥生の女体を撫(な)でながら話しかけた。

彼女は手で触れられるだけで躰をひくつかせ、ぴくっと腰をくねらせる。

「そうね。いろいろありすぎて……でもそれより」

弥生は佐脇の口を塞ぐように唇を重ねてきて、ねっとりと舌を絡ませた。

「もう一回、やらない？」

弥生はそう言って佐脇の下腹部に顔を寄せて、ペニスを愛撫しはじめた。

だが、この機会に弥生からも、出来る限りのことは聞き出したい。

「ああ、それはいいが……このムラはおかしいだろ？　アンタはずっと住んでてそう思わないかもしれないが……オタクのジイサンにみんなへイコラしてるのって気味悪くないか？　江戸時代に戻ったみたいじゃねえか」

「刑事さんは」

弥生はペニスから口を離した。

「江戸時代知ってるの？」

「いや実際には知らないが言葉のアヤだ」

「だけど、地区に凄く力のある人がいて、その人が地区のほとんどの地主だったら普通、頭が上がらなくなるよね」

というより、と弥生は付け加えた。

「外のヒトから見ると、みんなおじいさんにペコペコしているように見えるかもしれないけど、私からすれば、おじいさんはおだてられて持ち上げられて、いいように利用されてるだけだと思うけどなぁ。なにしろ外面（そとづら）が良くて見栄（みえ）っ張りだから」

たしかに昨日のように昼間っから夜まで宴会をされたら、それもほぼ連日ともなれば、弥生の労力はもちろん、食費や酒代だってバカにならないだろう。田村のじいさんはタダ飯タダ酒をたかる連中に利用されている面があるのかもしれない。

「昔のことは知らないけど……今は、地主と言っても県や市から入る地代くらいで、売るに売れないものばっかりで、だけどその分には税金がかかるのよ。ウチの人も、それで頭を悩ませていて」

すぐ近くで薪割りをしている弥生の夫・雅彦のことを思うと、佐脇の元気になりかけたペニスは萎(しぼ)んでしまった。一応、多少は申し訳ないと思っているのだ。

「ウチの人は、そのへんの苦労を全部、背負い込んでるんだけど、おじいさんは昔のマンマのお殿様気分で……だから息子一家にも出て行かれてしまって」

佐脇は聞き耳を立てた。

「息子一家ってのは、じいさんの息子とその嫁か？　あんたの亭主の両親だな」

「そうよ。私から見れば舅(しゅうと)姑(しゅうとめ)ってことになるんだけど、一度も会ったことがないから実感はないわね」

佐脇はもう二回戦をやる気を失っていたので、弥生が男根をもてあそぶのに任せつつ、頭は刑事に戻っていた。

「じいさんの息子で、あんたの亭主の父親にあたる……田村柳一郎さんか？　出て行ったきり行方不明になったままでほったらかしか？　一応旧家だろう？　跡取り息子をそんな扱いにするか？　いくら孫が居ると言っても、普通なら徹底して息子の行方を探すだろ」

これは弥生に問い質(ただ)すと言うより佐脇の自問自答だ。が、あることに気がついた。

「……そういや、その柳一郎の奥さんはどうなった？　オタクのダンナの母親だよ」

「まだ小さいあの人を連れてこの家を出て、大阪に帰ってしまったって」

「孫を連れて出てじいさんは何も言わなかったのか？」

「おじいさんは元々その結婚に反対だったの。もっと良い嫁を見つけてやる、その嫁に別の孫をいくらでも産ませればいいって」

結果的には孫は雅彦たった一人だ。しかも雅彦と弥生のあいだにも子供はいない。

「跡取りを産め、とじいさんはあんたにうるさく言わないのか？」

「さんざん言われたわよ、最初のころは。石女をもらってしまった、子が産めないのなら牛馬のように働け、おまえの取り柄はそれだけだって」

「ジジイにそんなことを言わせて、亭主は黙ってるのか？」

「あの人に言い返せるわけないじゃない。そもそも出来るようなことをしてません、って言ってやりたいけど、それもね」

弥生は笑って言うが、相当恨みに思っていることは暗い目の光からも判る。

「どうするんだ、この家の跡取りは？　財産は親族に渡るのか？」

「さあどうかしら。ひょっとするとじいさん、自分で跡取りをこしらえる気かもね」

八十近い老人がと驚くが、田村柳太郎の狷介で我の強そうな顔を思い出すと、それもあり得ないことではない。

「私も、じいさんに手込めにされそうになったことがあるの」

弥生は凄いことをさらりと言う。

「イヤです何するんですかって突き飛ばして、思いっきり股間を蹴り上げてやったら、その後は二度と近づいてこないけどね」

ケラケラと笑う。老人はオスとしてのプライドをへし折られてしまったのだろう。

「だったらあんたも色仕掛けで、ジジイをいいようにすりゃいいじゃねえか?」

「絶対にイヤ。生理的に無理なの。可愛げのあるおじいちゃんだったら、私だって介護と思って我慢するかもしれないけど、あの性格よ?」

判るでしょう、と弥生は萎えてしまった佐脇のものを撫でている。

「刑事さん、私のこと、男とみれば誰にでも股を開く尻軽って思ってるかもしれないけど、そんなことない。アナタとはなぜか凄くヤリたいと思ったの」

外部の人間なので後腐れがない、ということもあるだろう。

「でもね、最近じいさんがわりと機嫌が良くて助かるわ。鳴海に出かけていくことも多いし。若い女と付き合ってるみたいだ、ってウチの人が愚痴ってた。その女にはお金を湯水のように使うんですって。身内にはモーレツにケチなくせに」

弥生の目に怖ろしい光が宿った。そこにはハッキリと恨みが籠っている。

言われてみれば弥生が身につけているものは派手だが安物だ。亭主の雅彦にいたっては着古したボロと言っていい古着で、働いている姿も下男にしか見えなかった。

「どのくらいケチかっていうと、離縁されて小さな子供を連れて出て行ったウチの人の母親にまともに養育費すら払ってないくらいで」

「それはあんたの亭主の父親の責任だろう?」

「誰も逆らえないのよ、あのじいさんには。出て行った奥さんの後を追うこともできなかったんだもの」

弥生はペニスをしごくのを止めて佐脇の横に寝転がった。

「ほかに男の兄弟はいないし、跡取りだったから、まあ残るしかなかったんだけど」

違うだろう、と佐脇は思った。この村に留まれば旧家の跡取りとして周りから一目も二目も置かれるが、都会に出ればただの田舎者だ。雅彦の父は、おそらくそれに耐えられず、女房子供に出て行かれても、後を追う勇気がなかっただけだ。

「でもね、独り者に戻ったあとのことだけれど、ウチの人の父親も、さすがにじいさんに逆らうようになったんですって。産廃誘致に反対したり、ほら、あの村はずれのあの人……小杉さんとこれ見よがしに親しくしたりして」

じいさんがものすごく憎んでいるあの人に、と弥生は愉しそうに言った。

小杉から産廃反対運動については聞いていたが、行方不明の柳一郎も反対していたとは初耳だった。

「怒ったろう、ジジイは？」

「それはもうね。何度も衝突して、だんだん険悪になって、とうとう出て行っちゃった」

「女房子供のところに行ったのか？」

「なぜかそうはならなくて。妻子に苦労させて、息子に合わせる顔がなかったんじゃない？」

佐脇は、彼女のツンと突き出た乳房を揉み、乳首を摘んでくじった。

「あんたの亭主とその母親は追い出されたあと、どうしてたんだ？」

「結構ヒサンだったみたい。お母さんの大阪の実家は商売をしていたようなんだけど、潰れて、借金抱えちゃったみたいで……お母さんが身体を悪くして。それでも養育費は、ほんの少しだけど分割で支払われていたんだけどそれも最初の一、二回で、そのうちに本当に全然お金を送ってこなくなったんだって」

上島の耕耘機のローンと同じだ。この村には最初だけ払って、あとは踏み倒す文化でもあるのか。

「ウチの人も高校はやっと出たけど大学なんか行けず、バイトでなんとか暮らしてたって。それで苦労してお母さんが死んじゃって。それでもじいさんは知らん顔で、香典も送らなかったたって」

「筋金入りのケチだな」

「それがある日突然、じいさんが大阪に現れて、私も親から一緒に行くように言われて、ウチの人と引き合わされて」

「嫁と跡取りの地位を、あんたの亭主は同時に与えられたわけか」

「そういうことじゃない？」

「ヒデエな。すべてはあのジイサンが悪いんだろ？　そんなジイサンには、あんたの亭主は恨みしかないんじゃないのか？　よくジイサンの言いなりに帰ってこれたな」

「仕方なかったからじゃない？　いろいろ借金もあって、それをじいさんが綺麗にしてやったみたいだし、こっちに戻れば取りあえずは生活出来るわけで」

他人事のようにアッサリ言う弥生を、佐脇はしげしげと見た。美人でセクシーだが、この女も性格にどこか欠陥があるんじゃないのか？

「まあ、あんたみたいにイイ女と添わせてやると言われれば、断る男はいないだろう。それにしても、こんなジジババばかりの村に、よくあんたみたいな若い女が、それも美人が都合よくいたもんだ」

弥生はとんでもないというように首を横に振った。

「私はこんなムラの人間じゃないから。上川町で生まれ育って、高校出て少し大阪に居たことだってあるから。たしかに親はここの出身だけど、私は上川町出身だから」

弥生は何故かムキになっている。

「上川町の中心は、山の向こうで、もうちょっと開けてて町だから。店もあるし高校だって近いし。ここも上川町だけど、ちょっと前まで大植村だったところだから。一山越えると全然違うのよ」

自分は都会っ子なのだと言いたげだ。

「そんな町娘のあんたが、どうしてこんなド田舎にいるんだ？　カネ絡みか？　田村の爺さんに買われてきたとか？」

「まさか。そんな」

弥生は笑って見せたが、その表情には少し強張りがある。

「まあ、ウチも親に問題があってね。いろいろあってすぐ出て行くわけにはいかないけど、いつまでもこのままでいいとは思ってないし。まあそのうちね」

駆け落ちする相手を探しているのだろうか？　だからカラダの線が露骨に出る服を着てアピールしているとか？　しかしこのムラにはジジババしか棲息していないのだが。

「ところで」

佐脇は話題を変えた。

「おれが上島芳春の件を調べてることは知ってるよな？」

弥生はエエと頷いた。

「表向きの事を並べれば、事件発生当時の捜査で終了してるんだ。犯人だって捕まって裁判を待ってるんだから。しかし……なんかこう、引っかかりがあるんだよ」

そう言っても、弥生は無反応だった。間をおいても黙っている。

「どんな？　とか、何が引っかかってるの？　とか訊かないのか？」

「だって……どうせ、このムラのあれこれを調べて、悪く書いて報告するんでしょ？　そりゃあ、このムラは田舎だし、ヘンなところは山ほどあるけど、それを外のヒトに言われるのは、ちょっとね。刑事さんだって、身内の悪口は自分で言うのはいいけど、他人に悪く言われると気分悪いでしょ?」

「それはそうだが……おれたちは、そういう気分の悪いことを聞き出すのが商売なんでな」

「聞き出すのと、悪口を言うのは違うよね?」

「まあな。おれがこの村の悪口を言ったように聞こえたのなら、それは悪かった。すまん」

佐脇は彼女の乳房をイジリながら言うので、まるで本気に聞こえない。

「改めなければいけないと、思ってるよ」

「ふ〜ん、そう?」

弥生は気のない返事をして見せたが……少し悪戯っぽい笑みを浮かべた。

「いいこと教えてあげる。ウチの、一ノ宮……ここが三ノ宮だって言ったでしょう? 囲炉裏端があってジジババが集まってるのは二ノ宮なんだけど、一番格が高くて、改まったお祝い事にしか使わないのが一ノ宮。その、普段誰も足を向けない一ノ宮の裏にね、土蔵があるのよ」

弥生は、曰くありげな口調になった。

「なんだよ？　幽霊でも出るのか？」

「それならそれで面白いんだけど……その土蔵には、絶対なにかがあるみたいなの」

「なにかって、なんだよ？」

「さあ？　死体とか？　とにかく、ジイサンからは『土蔵には絶対近寄るな。掃除もせんでいい』って言われてるの。でも、そう言われると気になるでしょ？　こんな娯楽もない山奥の田舎なんだから。ほら、あのお笑いの『押すなよ。絶対に押すなよ』みたいな？」

弥生の勿体つけた話しぶりに、佐脇も先を知りたくなった。

「で？　探ってみたのか？」

うん、と彼女は頷いた。

「行ってみたのよ、土蔵に」

「土蔵って、自由に入れるのか？」

「ううん。鍵がかかってて、その鍵を普段はジイサンが肌身離さず首にかけてるの。だから私、ジイサンがお風呂に入ったスキを狙って脱衣場から鍵を取って、土蔵を開けてみたんだ」

そこまで警戒しているからには、なるほど、「絶対なにかがある」のだろう。

「ナニがあった？　死体か？」

「私もここに来て一度も入ったことなかったから……ミイラとかあるんじゃないかってゾ

クゾクしながら……でも、あったのは……」

　弥生は、わざとらしく間をとった。

「……古ぼけた金庫だけ。それが土蔵の奥に、どーんとあるの。土蔵ったって、何にもないのよ。めぼしい物はもう全部売っ払っちゃったんじゃない？　金庫以外はからっぽで、掛け軸とか壺とか、そういう金目のモノも、何もなかったもの」

「で、金庫には何が入ってたんだ？」

　短気な佐脇は先を促した。

「ハイハイ金庫ね。開けてみようと思ったんだけど、ダイヤルと差し込む鍵の両方が必要なタイプだったの。だから、中に何があるかは判らなくて」

「なんだよ。勿体つけてそれかよ。さんざん引っ張ってＣＭが明けたら、この続きは来週とか言って終わるテレビ番組かよ」

「でもね、あの中には絶対、凄いものが入っている筈。ウチのジイサン、妙に強気でしょ？　そりゃ旧家で名主で昔は大金持ちだったかもしれないけど、所詮、こんな山奥の田舎よ？　なのにあの態度のデカさって、ナニ？　なんかあるでしょ？　そう思わない？」

「そりゃあ……たしかにそうだな」

　弥生の目には、薄暗い欲望の炎があった。

「ジイサンがあれだけ威張り散らす、その元ネタが、絶対あの中にはあるのよ！」

それはなんだ？　この集落みんなのうしろ暗い秘密が書かれた古文書か？　いやいやそれじゃあ昔の横溝(よこみぞ)映画みたいな話になってしまう。じゃあ、カネか？　今の世の中、力の源泉はカネだと言っても間違いはないんだから……。

「なるほど。大金が入っているのか……」

佐脇が話を続けようとしたとき、キャタピラのガタガタガラガラという騒々しい音が聞こえてきた。

「なんだ？　オタクは戦車も持ってるのか？」

「あれは重機だと思うけど……このあいだの豪雨で裏の崖が崩れたから」

「最近の天気はおかしいよな。季節に関係なく、昔では考えられなかったほどの雨が降る」

佐脇は起き上がって、窓のある座敷にいって、外を見てみた。

小型のパワーショベルが、金属キャタピラを回転させて裏山に向かっていた。

なるほど、その先にある裏山の斜面は少し崩れている。作業としては、崩れた面を掘って均(なら)し、コンクリートを吹き付けて強化しやすいように整形するのだろう。

パワーショベルは所定の場所に辿り着き、向きを微調整すると、アームを振り上げて斜面を崩しはじめた。

と、その時。

「ちょっと待て！」と大声で喚(わめ)きながら、こちらに向かってくる男がいた。

聞き覚えのあるだみ声は、誰かと思えば大貫のものだ。

「あいつは一体何をあんなに慌てているんだ？」

佐脇はうしろに来ていた弥生に訊いた。

「まるで裏山に徳川の埋蔵金でもあるみたいじゃないか」

大貫は走り込んでくると、重機の運転台に向かって「何をやってるんだ！」と絶叫したが、なぜ怒鳴られているか判らない様子の作業員はパワーショベルの動きを止めない。業(ごう)を煮やした大貫は、ついに運転台によじ登ろうとして「ちょっと、危ないですよ！」と怒られている。

「何やってるんだ？　あんなに必死になって」

「知らないわよ。どうでもいいじゃない」

弥生は不機嫌そうに答えたが、大貫の動きは見ればみるほど不思議で不自然だ。

佐脇は急いで服を着はじめた。

「ねえ、もうしないの？」

弥生はムッとしているが、すでに佐脇の頭は刑事モードに切り替わっている。

ズボンを穿(は)くと、裏山に飛び出した。

裏山の斜面はすでにかなり掘り崩されている。

大貫は相変わらず激昂(げっこう)し、怒鳴り散らしている。

「何をしている？　お前らは一体誰に断ってこんなことをしているんだ！」

パワーショベルの作業員は、怯えながらも懸命に説明しようとしている。

「けど、この裏山が崩れたから安全なように整地しろって話だったんじゃ……」

「崩れたところをそのまま固めて擁壁(ようへき)を作れって話だったろ！　誰が崩せと言った？　勝手なことするなボケカス！　クビにしてお前の生首晒(さら)したるぞ！」

作業員はエンジンを切った。

「お前、社長のワシの言うこと聞けん言うんか？　どこぞの世界に社長よりエラい社員がおるんじゃい、このアホンダラ！」

「けど……社長。依頼が途中から変わって、これを機会に敷地を広げたい、崩れかけの崖は全部崩して整地しろって電話が……」

「誰がそんなクソみたよなこと言うた？　ワシは一切知らんぞ！　何でもエエ。とにかく崖を元に戻せ！」

「そんな無茶な……無理っすよそんなこと」

中途半端に崖を崩したところで作業は中断していて、上のほうからはパラパラと、小石などが落ちてくる。落ちてくる小石と土の量が、次第に増えてきた。

危ない！　と佐脇が思ったその瞬間。

ごごごご、という地響きがして、斜面が崩れた。植わっている木々もろとも土砂が押し流される、小規模な地滑りだ。

「うわー！　逃げろっ！」

頭から大量の土砂が、そして木が降ってくる。斜面の一部だけとは言え、そっくり崩れて、こちらに向かって流れ落ちてくるのは、非常に怖い。

「総員、待避！」

佐脇が叫んだ。総員と言っても、その場には自分、作業員、そして大貫しかいないのだが。屋敷の外には、この辺では見慣れない若者と言ってもいい男が数人いたが、佐脇の叫び声を聞いて逃げていった。ジーンズにトレーナーの普段着だったが、彼らも大貫の組の作業員なのだろうか。

その場にいた三人全員が悲鳴をあげて飛び退こうとしたが、運転台にいた作業員が席を立つより一瞬早く、夥しい土砂が降ってきた。土砂だけではなく大きな岩もごろごろと落ちてきて、パワーショベルに鈍い音を立ててぶつかった。

水を含んだ大量の土砂が、パワーショベルを一気に埋めた。土砂は、裏山に一番近い納屋まであと少しと言うところまでじりじりと迫って、ようやく止まった。

「おい、大丈夫か！」

佐脇は、必死に土砂を掻き分けて進み、腰まで埋まった作業員を引き摺り出した。

「ふう……助かりました」

泥まみれの操作員の横に、土砂に混じってなにか異様なものが目を惹いた。

湾曲したり長かったり短かったり、形もさまざまな白いものだ。石ではない。

「おい……これは」

「うわ……ほ、骨っすよこれ！　骨が降ってきた！」

「動物の骨か？」

長さから見て、大型犬か、もしくは氷河期のマンモスの骨とさえ思える大きさだ。

いくつかの骨を拾ってしげしげと見ていると、さらに崖が崩れた。土砂と一緒に、また白い物体が転げ落ちてきた。今度は棒状ではない球体と言えるようなものだ。

「うわああっ！　ず、頭蓋骨ですよコレ！　しかもこれ」

土砂の上に転がってきたものは、犬や熊や猪のものとは明らかに違う、頭蓋骨だった。

円形の大きな眼窩、綺麗に並んだ前歯、そして丸い頭部の形は……。

「に、人間の骨だあっ！」

作業員は目を剝き、わなわなと震えている。

「に、人間が埋まってたんだ！」

土砂から逃れた大貫は、パワーショベルに近寄っていたが、骨の幾つかを見下ろして、呆然と立ちすくんでいる。

佐脇は、そんな大貫の様子を見ながらスマホを取り出し、通話ボタンを押した。

「あ、おれだ。上川町大植地区の裏山の斜面が崩れて、人骨と思える白骨が見つかった。至急、鑑識と、あと何人かこちらに寄越してくれ」

話しながら、佐脇は大貫の様子を観察した。

大貫は、ガックリした様子で、しゃがみ込んだ。

そして、少し離れた場所には、雅彦がこの光景を見て、無表情に立ち尽くしていた。

＊

「発見された白骨は、失踪した田村柳一郎氏のものであると断定します。これは失踪前に保存されていた柳一郎氏の頭髪から採取されたＤＮＡ、及び歯科医院に保存されていた歯形が白骨と一致したためであります」

その日の夜。

鳴海署には大植地区で現在起きている複数の事案に関する署長指揮の捜査本部が置かれ、早速捜査会議が開かれていた。

ホワイトボードの前に立って話しているのは辻井賢太郎(つじいけんたろう)巡査だ。鳴海署刑事課鑑識係の彼は、久々の大仕事に張り切っている。やる気満々で鑑識係になったが、自分の腕を試す機会に恵まれずに燻《くすぶ》っていた男だ。

刑事課長代理の光田が口を挟む。

「前にも説明しましたが、田村柳一郎は、平成十五年の三月十四日、鳴海市役所に行くと言って上川町大植の自宅を出たあと、消息不明になっております。失踪当時の年齢は四十三歳。ちなみに、利害関係人からの請求がないので失踪宣告はされておりません」

「……続けます」

光田に割り込まれた鑑識の辻井は話を続けた。

「骨と共に流出した土砂から、衣服らしい布片が発見されました。これは、田村柳一郎が失踪当時着ていた衣服と合致します。すなわち、グレーの秋春用スーツに白ワイシャツ、ストライプのネクタイ、白のアンダーシャツに白のトランクス型の下着、濃紺の靴下です」

「死亡推定時期は判りますか?」

皆川署長が質問を挟んだ。

真剣な表情の彼女は、なかなか魅力的だ。

佐脇は署長の顔やカラダばかり見て、質疑の中味がなかなか頭に入ってこない。

「骨を観察したところ、死後十年から十五年が経過していると判断できます」

「死因は?」

着任して初めての大きな事件なので、皆川署長は頬を紅潮させ高揚しているようだ。

なかなか初々しいじゃねえか、と捜査員の席にいる佐脇はニヤニヤした。

「頭蓋骨後部……後頭部にヒビが入っています。相当強い打撃が加えられたものと推察されます」

「つまり？」

え〜それは、と光田が替わった。

「司法解剖の所見によると、死因は鈍器による後頭部への打撃。それによる脳挫傷が考えられますが、脳が現存していませんので、これは推測です」

「失踪当時の服が骨の周辺から出てきて後頭部に打撲痕、死後十年から十五年って事は、失踪した平成十五年三月十四日のあたりで殺されて、自宅の裏山に埋められたと考えるのが自然だよな？」

佐脇が面倒くさそうに言った。

「つーことで、捜査会議は終わりでいいんじゃないですか？」

会議が大嫌いな佐脇はあくびをかみ殺しつつ、言った。

「上島芳春の事件と関連はない、と言うことですね？」

署長は佐脇を問い質した。

「ないでしょう、それは。死亡推定時期が全然違うし」

「では、柳一郎氏は、どうして裏山に埋められていたのか？　誰が埋めたのか？　そこが捜査の中心ということになりますが」

署長は、当然のことを口にした。

この捜査本部は、署長指揮の小規模なもので、県警からは水野他数名が来ているだけで、捜査の主力は鳴海署が担わねばならない。

「田村柳一郎は慶應の経済を出たあと東京の山瀬産業に入社して営業を担当していましたが、これはまあ、言うところの『腰掛け就職』です。政治家の息子がいずれは親の地盤を継ぐが、一時的に民間企業で働くような。父親の田村柳太郎氏も柳一郎本人も、当初五年程度を予定していたものと思われますが、実際にはそれより早く三年で地元に帰っています。それには柳一郎が父親の意に染まない結婚をしたために柳太郎の逆鱗に触れ、急遽呼び戻された、という事情があるようです」

光田が以前、佐脇に説明したのと同様の情報をトクトクと発表しそこに佐脇が突っ込む。

「なんて名前だ？　柳一郎の女房は」

「何をエラそうに。それくらい、自分で調べろ！　ええと……名前は、中山美紗恵。柳一郎とは社内結婚で、昭和三十五年七月二十九日生まれ。ごく僅かに姉さん女房ですな」

ムカついた表情ながら光田は丁寧に説明した。

「田村のジイサンは何で結婚に反対したんだ？　姉さん女房だったからか？」

「それもありますが、いわゆる出来婚だったので外聞が悪いということと、もう少し家柄のよい、というより、有り体に言えばもっと資産のある家から嫁を迎えたかった、という不満が田村柳太郎にはあったようです」

これは上島の事件の時に聞き込んだ情報ですが、と水野が補足する。

「美紗恵の実家は大阪市の大正区で小規模な卸売り業を営んでいましたが、経営はジリ貧だったので、それが柳太郎には気に入らなかったのでしょう」

そうだろうな、あのごうつくばりのジジイなら、と佐脇は田村柳太郎の強欲そうな顔を思い浮かべた。

光田がさらに続けて説明する。

「柳一郎は結局、大植集落に戻って五年後の、平成五年に美紗恵とは離婚しています。離婚届は平成五年二月五日、上川町役場に提出されております。美紗恵は雅彦を連れて大阪に戻りました」

「田村柳太郎氏は孫を手放すことに同意したのですか？　珍しいですね、旧家としては」

皆川署長が感想を述べる。

そのあたりの事情は佐脇は弥生から聞いて知っているが、今ここで話すことはできない。

「はい。どういった事情があったかは不明ですが、母子は実家に戻りました。美紗恵は家業を手伝っていましたが、じきに倒産してしまったので、その後は近所のスーパーやそのほかのパートを掛け持ちして雅彦を育て、やがて病を得て、平成二十年一月に心筋梗塞で死亡しています」

別れた夫が、というより田村のジジイが慰謝料どころか養育費すら一切支払わなかったために、母子は極貧の生活を強いられ、母親は無理が祟って病死、ということなのだろう。

署長が資料を見ながら質問した。

「妻子が出て行っても田村柳一郎は後を追わなかった、ということは父親の側についたのでしょうが、田村柳太郎と柳一郎の親子関係は円満だったのでしょうか？」

円満だったわけはない。佐脇は寝物語に聞いた弥生の言葉を思い出していた。

『でもね、独り者に戻ったあとのことだけれど、ウチの人の父親も、さすがにじいさんに逆らうようになったんですって。産廃誘致に反対したり、ほら、あの村はずれのあの人……小杉さんとこれ見よがしに親しくしたりして』

「いや、円満ではありませんな」

佐脇が手を挙げて発言した。

「互いに反目するようになった、という話を聞いています」

「佐脇巡査長、それは、具体的には誰からの情報ですか?」

皆川署長に正面から訊かれて佐脇は答えに詰まった。

「いや、さる筋からの、というか信頼すべきある人からの……」

「捜査に予断は禁物です。公判で証言台に立てないような人物の話を元に、捜査の方向を決められては困ります」

女性だけに、と言って良いのだろうか、皆川署長はオッパイもデカいがカンも鋭いようだ。たしかに弥生が、田村柳太郎に不利な証言をしてくれるとは思えない。

だが、その後を水野が引き取った。

「いや、柳太郎氏と柳一郎氏が不仲だったという話は、上島の事件の捜査でも、何人かの住人から聞いています。柳一郎氏が妻子を連れて大植村に帰ってきた当初は、村おこしの積極的な提案をして、柳太郎氏もそれに乗り気でした。農作物で特産品を作ろうとか、加工品を道の駅に卸そうとか、具体的に試験的な事業を興すなどの組織作りをしていたそうですが、経費の割に利益が出ず、よりいっそう予算が必要な事業を展開しようとしたところで柳太郎氏と対立し、それ以降はソリが合わず反目状態であったようです」

「その後、理由はよく判らないながら妻子が離婚して出て行き……柳一郎氏は、これも原因は不明ですが、ある日、柳太郎氏と決定的な衝突をして、鳴海市役所に行くと言って出て行ったきり行方不明になったわけですね」

皆川署長は頷きながらメモをとり、疑問点を投げかけた。

「決定的な衝突とは、具体的に何が原因だったのでしょう?」

それを受けて、佐脇が立ち上がった。

「おそらく産廃誘致をめぐる問題ですな。産廃処分場を誘致して、あの集落をそっくり明け渡して住人は集団移転する、という構想があったようですが、その計画は頓挫して現在に至っております」

「その計画に柳一郎氏は賛成だったの? 反対だったの?」

「ですから、反対だったようです。そもそも村おこしをやろうとしていたくらいだから、ムラを産廃に売り渡すのに賛成だったとは思えませんな。一方、地区長の田村柳太郎は実のところはその計画に乗り気だった。想像するに息子に反対されたジイサンが逆上、権力のある老人特有の堪え性のなさでカッとするあまり、柳太郎は衝動的に」

「佐脇巡査長。また予断と偏見で話していますね。根拠のない憶測は謹むように」

どうもこの美人署長はおれに当たりがキツいな、と佐脇は内心ボヤいた。弥生から聞いたことを、ここで全部話してやれれば良いのだが。

「自殺、という可能性は考えられませんか? たとえば村おこしの夢が破れ、妻子は出て行き、父親からも叱責された柳一郎氏がすべての希望を失って、自ら裏山に入り命を絶ったということは?」

「まあそれもアリかもしれませんな。つまり柳一郎は、父親で絶対君主のような柳太郎に最高の復讐をする意味で、他殺に見せかけた自殺をしたんですよ」

署長に叱られた佐脇はつい腹が立ち、無茶苦茶なことを言いたくなった。

「要するにアテツケですな」

「ちょっと佐脇さん、真面目にやりましょうよ。あり得ないでしょう？　自殺をした柳一郎氏が、自ら裏山に埋まっていたなんて」

さすがに水野がたしなめる。

「それなら共犯者がいるはずです。少なくとも死体遺棄の罪には問える」

「自分も、自殺の可能性については懐疑的であります」

鑑識の辻井がノートを慌ただしく捲りながら発言する。

「遺体後頭部の鈍器で殴られたような傷を致命傷、つまり死因とするなら、自殺という線は考えにくいのでは？」

「田村柳一郎の病歴を洗おう。生前に、事故か何かで後頭部を打って治療した記録があるかもしれんしな」

光田が話を引き取ったが、水野がすぐに答えた。

「その件は調べてあります。柳一郎に該当する病歴はありませんでした。事故に遭ったこともありません」

それを聞いた光田は「そうか」と腕を組んだ。

「まあ、あのムラには隠された事情がほかにもいろいろありそうだ。佐脇が言う産廃計画以外にも、上島芳春の事件があり、その原因となったムラ独特の閉鎖性と排他性は変わっていない。そのへんが原因で柳一郎夫婦も離婚したのだろうし……」

「閉鎖性と排他性とかコ難しく言わなくても、元凶はただ一つ、あの田村のジジイだぜ」

混ぜっ返すように佐脇が言った。

「まあ、とにかく、田村柳一郎の死については予断を入れることなく、あらゆる可能性を考えて、捜査に当たろう。それと、鴨井竹子殺害の件もぬかりなく、な」

そこで皆川署長が割って入った。

「というより、佐脇巡査長には、上島事件に共犯者が存在した可能性をきっちり探って欲しいのです。それこそが今回の」

「署長！　それは」

皆川署長が言いかけた言葉に、光田が慌てて被せた。

「それはまだあくまで可能性ということで」

「ですが今回、最初の捜査に関わっていなかった佐脇巡査長をあえて使うという意味は

……」

「なんだよ。はっきり言えよ。おれだからなんだって言うんだよ！」

不愉快さをまるで隠さず佐脇が口を尖らせると、光田がさらに慌てて言った。

「いや……だから、こいつに捜査させるのは良いとして、その方向性について、鳴海署が後から責任を問われるようなことは」

「なんだよ、トカゲの尻尾切りかよ！」

「だってお前、ナニをしでかすか判らんだろうが！」

光田は佐脇を指差して叫んだ。

「コイツは油断大敵なんですよ！　署長！　コイツは取扱注意なんです！　それを、くれぐれもお忘れなく！」

叫んだあと光田は佐脇を見て、さすがにバツの悪そうな表情になった。

「……判りました。では、そのように」

皆川署長が言葉を濁したのを受けて、やっと出番が来た刑事課長が「解散！」と声を上げた。

「では、そういうことで、各自、かかってくれ」

皆川署長は佐脇と目を合わさずに、さっと姿を消した。

黙って捜査会議を聞いていた友成は、緊張を解いて溜息をついた。

「捜査会議って、緊張しますね！　テンション高くて」

「あれがか？　あんなグダグダ会議、なかなか無いぞ。鳴海署ならではだ」

とにかく、行くぞ！　と会議室を出て行く佐脇に、友成は「どこへ？」と愚問を発した。

「決まってるだろう！　田村柳太郎のところだ！」

佐脇は既に、柳一郎を殺害したのは父親の柳太郎だと確信していた。妻子に出て行かれ、自分に逆らうようになった息子を許せず、殺してしまったに違いない。

「もう夜ですよ。今から大植集落に行ったら二十時になります。二十時って、あのムラでは深夜になるのでは？」

「深夜なら叩き起こすまでだ」

佐脇はハードボイルドに言ってみせた。どうせ何をしでかすか判らない、と鳴海署の面々には思われているのだ。構うことはない。

＊

「わしにはもう、何がなんだか……」

囲炉裏端に座り込んだ田村柳太郎は、やりきれない、という表情で、呷るように酒を飲んでいる。大きな器になみなみと注いだ日本酒を一気に飲み干すのだ。

「総領息子の行方が知れんようになって、アイツがこの村を離れて生きて行けるわけがない、必ず戻ってくると思っていたのに……わしには判らん。どうしてこうなる？　死んでしまったのはともかく、裏山で白骨になっていたんだぞ！　葬式をあげることも出来んかった。……息子は、すぐ近くにいたんだ！　しかも十年以上！　十年以上だぞ？　一体、どういうことだ、これは！」

言えば言うほど、自分の言葉に腹が立ち、怒りが込み上げる様子だ。

「なんでこんなことになる？　この田村の家の、跡取りだった男だぞ！　この集落には呪いでもあるのか！」

臭い芝居だ、と佐脇は思った。こうして息子の死をさも大袈裟に驚き嘆くふりをすれば、まわりを誤魔化せるとでも、この狷介な老人は思っているのではないか。

柳太郎のそばには、孫の雅彦、その妻の弥生、そしてこの集落の「田村支持者」の面々が集まっている。ひかるの姿はなかった。夜遅いので明日にしたのかもしれない。

いつもは躰のラインを見せつけるような服しか着ていない弥生も、さすがに今は和装の喪服だ。柳太郎以外の全員も、洋装和装取り乱れて黒の喪服に身を包んでいる。

彼らに対峙する形になってしまったのが、平服で来てしまった佐脇と友成の刑事二人だ。

「田村さん。ご心痛はお察ししますが、伺いたいのは……息子さんの柳一郎さんが、誰かとトラブルがあったとか、あるいは何か悩みを抱えていたとか、そういうことなんですが」

友成が声をかけたが、柳太郎はすっかり自分の世界に籠ってしまっている。

「こんな残酷なことがあるか！　こっちはこの十年、八方手をつくして探して、心配して……一日たりとも心が休まる日はなかった。それなのに……すぐ裏で埋まっていたというのか！」

「おじいさま……そろそろお酒は控えないと」

弥生がおずおずと進言したが、柳太郎は聞く耳を持たない。

「これが飲まずにいられるか！　お前は人の気持ちが判らん女だな！」

老人は射すくめるような目で弥生を睨み付けた。

「あのう、田村さん……」

友成も、腰が引けつつも質問を繰り返した。

「知らん知らん知らんっ！　何一つ知らんぞ！　柳一郎が死んでしまった理由なんぞ……知りたくもないわっ！」

とりつく島のない友成は、佐脇に向かってぼそっと言った。

「この件は、上島の事件とは無関係と考えていいですよね？　時期も全然違いますし」

「当たり前だろうがっ！」

だが友成の小さな声を田村柳太郎はきちんと聞き取っていた。

「あんな上島なんぞの不祥事と一緒にするなぁ！　あれは去年だ！　そして柳一郎が居な

くなったのは十年も前だ！　あんなデクノボーのクソ野郎と関係なんか、ないっ！」

そう叫んだ柳太郎は、ふと孫の雅彦と目が合うと、行きがけの駄賃のように怒鳴った。

「なんやその目は？　お前もあの、上島のクソ野郎みたいな死んだ目ぇしくさって！」

祖父は孫を怒鳴りつけた。

「お前も男ならなんとか言え！　そんなボンクラだから、お前も、お前の父親も、女房に愛想をつかされるんだろうが！」

そこまで言われても、雅彦は目を伏せ、押し黙ったままだ。

「なんや？　言い返す元気もないんか？　オヤジは慶應出たのにお前は高卒の……ブー、いや、なんや、プー？　ぷー太郎？　就職もせんと誰でもできるバイト暮らしで食うや食わずやったな。大方、あのヨメの畑が悪かったんやろう。よっぽどの劣性遺伝やな、お前」

自分の言葉にますます激昂した柳太郎は器に残っていた日本酒を孫に浴びせかけた。

それでも雅彦は黙って耐え、頬を酒が流れ落ちるままにしている。

「田村さん、それはないだろう？」

腹に据えかねた佐脇が止めに入った。

「いくらなんでもお孫さんに八つ当たりしすぎだよ、あんた」

「うるさい！　この余所者が！」

柳太郎は吠えた。その目は据わり、濁(にご)った光を帯(お)びている。

「この孫にしてその親アリや。柳一郎は、言うことだけは立派だったが腰抜けで、実行力というものがまるでなかった。それではこのムラの衆をまとめることは出来ん。アイツはそれが判ってなかったから、小杉のようなアカに付け込まれて……あげくには」

「ちょっと待った。今言った『小杉のようなアカ』ってどういう意味です？　どんなふうに付け込まれたんです？　付け込まれたあげく、どうなったって言うんです？」

佐脇が突っ込むと、柳太郎は「あ？」と濁った目で聞き返した。

「息子は殺されたんだ！　わしの息子なんだから、付け狙われて殺される理由はたんとあるだろう。上に立つもののリスクだ」

柳太郎は、あたかも当然というように言い切った。

「あの……しかし田村さんは上川町長でもないし、県知事でもないですよね？」

友成が口を挟むと、それが柳太郎の地雷を踏んでしまったらしい。

「無礼なことを言うな若造が！　わしは、このムラのオサだ。現にこの集落の『地区長』を拝命しとる！」

それに引き替え息子と孫は……と、柳太郎は再び激しい攻撃を雅彦に浴びせ始めた。

「雅彦！　お前はお情けでここに置いてやっている事を忘れるな！　バカだから大学にも行けず、何をさせてもモノにならず、本当にお前は……田村家の恥だ！　この恥曝しが！」

そこまで言われても、雅彦は死んだような目でボンヤリしているだけだ。

この男には自尊心というモノがないのか？

佐脇は、これ以上我慢できなくなった。

「あんた、そこまで言うことはないだろう！」

「なんだ？」

柳太郎は濁った目で佐脇を見返した。

「他人の、余所者の、それもオマワリ風情が、しゃしゃり出るんじゃないっ！　警察は民事不介入だろう！　親子喧嘩、いや孫を叱ってるんだから警察の出る幕ではないっ！」

「あのなあ、じいさん。今おれは、警官ということじゃなく、一人の人間として言ってる。あんた、ナニサマのつもりだ、え？」

「だから、わしはこの集落の地区長だ！」

「たかが地区長の分際で、エラそうにしてるんじゃねえよ、この死に損ないが！」

佐脇がそこまで言うと、柳太郎の周りにいた茶坊主老人たちが参戦してきた。

「あんた！　地区長に何を言うんだ。無礼じゃないか！」

「そうだ。余所者は黙ってろ！」

「地区長は孫に意見してるだけだ。不甲斐ない孫を叱るのが問題なのか？」

「うるせえ、ジジイども！」

佐脇は一喝した。

「だいたいあんたらが生きてるのはいつの時代だよ？　江戸時代が終わってから百四十年は経ってるんだが、知らなかったか？　え？　そこにあるのだって」

佐脇は囲炉裏端の隣の座敷を指さした。

「液晶テレビだろうが？　ブラウン管テレビはさっさとお払い箱にしたくせに、あんたらの頭の中は昭和のままだ。そこにある黒電話と一緒だ。いいか、とうの昔にソ連はなくって、そろそろ第三次世界大戦が起きようかってご時世なんだ今は。なのにあんたらは、こんなセコい集落のシキタリだ〜キマリだ〜習慣だ〜って、脳味噌化石になってるんじゃねえのか？　てめえの頭で考えたことが、生まれてから一ぺんでもあるのかよ？　世の中はな、変わって行くんだよ。あんたらがここにいる田村のじいさんを後生大事に奉るのはいい。だがおれの退職金を賭けてもいいが、このじいさんも、間違いなく何も考えてねえぞ」

何も考えずに根性悪で無能な柳太郎を神輿に担いでいる年寄りどもに、ムカムカするほど腹が立つ。担がれて当然と思っている柳太郎への腹立ちはそれ以上だ。

「阿呆なあんたらには阿呆なリーダーがお似合いと言えばそれまでだが、あんたら、このじいさんの言いなりでいいのか？　気がついたら首まで肥溜めに浸かっていた、なんてことにならなきゃいいがな。そうなってから泣きごとを言っても遅いぞ？」

佐脇もムカつくまま何も考えずに罵ったのだが、よもやそれが正鵠を射ていたとは、その時には判らなかった。

一方、いきなり機関銃のようにぶちかまされた老人たちは目が点になり、口をフガフガさせるだけで何も言えなくなっていた。

「ば、ばっかモン！」

やっとのことで柳太郎が怒鳴った。黙っていれば負けになると思ったのだろう。

「ここにはここの遣り方がある。郷に入っては郷に従え。それが嫌なら出ていけ。そういうことだ！」

「出ていかない小杉さんみたいなヒトもいるけどな」

「あの人は……インテリだから。大学の先生を、そうそう追い出せないだろうが！　常識で考えろ常識で！」

「じゃあUターンで帰ってきた上島ならみんなでイビって、虐め倒してもいいってことになるのか？　それはどういう理屈なんだ？」

「お前は警察のくせに犯罪者を庇うのか！　このムラの衆が五人も殺されて、三人は大怪我をして……そして竹子まで……そうだ。柳一郎だって上島に殺されたに違いないんだ！」

「それは違います」

友成が割って入った。

「田村柳一郎さんの死亡は十年以上前です。行方不明になった直後であろうという鑑定が出ています。上島芳春の事件は去年です。どう考えても、関連はありません」

「十年前に上島が柳一郎を殺していたかもしれんだろう!」

「ええと」

友成は手帳を見て、確認した。

「その頃は……たしか上島芳春はまだ、この大植集落に戻ってきてないはずですが」

「うるさいうるさい黙れ下郎!」

反論できなくなった柳太郎は怒鳴ったあと奇声を発し、両腕を滅茶苦茶に振り回して、あたりの箸や皿小鉢を手当たり次第に投げつけ始めた。

「ちょっと……田村さん、やめてくださいよ」

派手な音を立てて瀬戸物が割れ、囲炉裏の灰が舞い上がる中で突然、柳太郎は胸を押さえて苦しみはじめた。

「とりあえず、早く寝かせて安静にさせろ」

佐脇が指示し、弥生と雅彦が両肩を支えて奥の部屋に連れて行こうとしたが、柳太郎はなおも無意味に暴れた。

「わしに逆らうな! わしに指図するな! わしの言うことを聞け! 手を離せ!」

「はいはい判りました。とにかく今はちょっと奥で落ち着きましょう」

弥生が子供をあやすようになだめ、雅彦が半ば力ずくで老人を奥に連れて行った。

柳太郎の言葉にならないわめき声は、しばらく囲炉裏端まで響いていた。

「あんた！　アンタが余計なことを言うからだ！」

後に残った老人たちが口々に佐脇に食ってかかった。

「田村さんにもしものことがあったら、アンタのせいじゃからな！」

「うるせえ、このクソジジイども！」

いきなり胸ぐらを摑んできた老人の腕を佐脇はさっと払った。軽量な老人はそのまま吹っ飛んで、別の老人に激突した。

「何しよるんじゃあ！　お前は国家の犬だ！」

「国家権力の手先！　こっこの暴力警官！　暴力刑事がっ」

今どき懐かしい言葉が飛んだ。

「もういい。あんたらも早く家に帰って寝なさい！　騒ぐなら明日の朝騒げ！　この死に損ないのくたばりぞこないの、棺桶に片足突っ込んだゾンビじじいどもが！」

最後の罵倒には時系列的に矛盾があるぞ、と佐脇は内心自分に突っ込みながら苦笑した。

「すっすみません、みなさん！　お騒がせしまして申し訳ありません！」

佐脇のあまりの暴言と暴力に固まっていた友成がここで割って入り、平身低頭した。

「本当にすみません。私からもお詫びしますので、ここはどうか、なにとぞ」

友成は土下座せんばかりの勢いだ。

「なんであんたが謝らんとイカン？　謝るなら、あの暴力刑事やろ！」

「そうや！　あの暴力刑事のオッサンに謝らせろ！」

オッサンと言われた佐脇は、腕を組んでプイと横を向いた。

内心、怒りが収まらない。ここにいるじじいどもは、本当にロクでもない。

佐脇は心底腹を立てていた。

この村の老人全員、田村柳太郎もろとも殺人鬼の餌食(えじき)になってしまえ！

警官としてあるまじきことだが、佐脇は内心、本気で毒づいていた。

「バカバカしい。お前ら早く、クソして寝ろ。おれはクソしてくる」

そう言って立ち上がると、高らかに放屁して見せた。

田村の屋敷の暗い廊下を奥の厠に向かって進むと……またしても島津に会った。今度は廊下の壁にもたれて腕を組んでいる。

「お前、こんなところで何をしている？」

明らかにカタギではない、若い男がこの屋敷に自由に出入りしているのはなぜだ。

「雪隠(せっちん)の見張り番か？」

「あんたこそ、このところ、この屋敷に入り浸りだな」

佐脇を見た島津は、鼻で笑った。

「何が目当てか判ってるぜ。ここのヨメはいいカラダしてる。地味で暗い女だが色っぽい。ああいうタイプは淫乱だぜ。あんたのような不良デカには、猫に鰹節ってやつだろ?」

「お前、何が言いたい?」

佐脇はこれ見よがしに指の骨をポキポキと鳴らした。

「あ、これはクセだから気にしないでくれ。お前と殴り合う気はない。それに、ウチの署にチクっても効果は無いぜ。なんせおれは西日本有数の不良警官だからな。それはみんなご存じだ。だから東京から返品されてきたんだし」

そう言いつつ立ち止まりタバコに火をつける佐脇を見た島津は腕をほどき、笑い出した。

「……そう簡単に開き直られたら、コッチのツッコミどころがねえだろ」

佐脇がタバコを勧めると、島津は素直に応じて一本抜いて火をつけた。

「あんたに教えてやりたいことがあってね」

「どうせロクなことじゃあるまい」

「人の好意は素直に受け取ったほうがいいぜ」

島津は縁側のガラス戸を開けてタバコの灰を落とした。それを見た佐脇は、当てつけるようにポケットから携帯灰皿を出した。

「お前がおれに好意を抱く理由はないはずだ」

佐脇がそう言うと島津はふふんと鼻先で嗤い、タバコを吸いきって吸い殻を外に弾いた。

「ひとつ、教えてやる。ここの跡取りの孫が鳴海に出た時に、尾行してみたらどうだ」

「なんだ？　外に女でもいるってのか？」

「それは、アンタが自分の目で確かめればいい。ま、女がいるとして、その女をちょっと突ついてみろ。面白いことになるぜ」

じゃあな、と言い残した島津は、またしても縁側から外に飛び出して、闇の中に消えていった。

「あいつ……靴を履かないのか？」

呆れながら闇を見つめていると、背後から友成が声をかけてきた。

「どうかしましたか、佐脇さん？」

「あ、いや……」

佐脇は誤魔化した。

「しかし、柳太郎氏の言うことは支離滅裂ですね。いかに取り乱しているとはいえ」

「今から小杉のところに行くぞ」

「どうしてです？」

「殺された田村柳一郎と、父親の柳太郎の間柄が実際にはどうだったか、この辺で、まともに話せるのは小杉と堀江の千代ばあさんしかいないからだ。ムラの人間なら全員が田村のじいさんを庇う。だが小杉なら対立する立場だから客観的というより、意地悪な目線で喋ってくれるだろうし」

行くか、と刑事二人は小杉のログハウスに向かった。


「うちは農民のくせに夜ふかしだから、構いませんよ」

夜も遅いというのに、インテリの小杉夫妻は佐脇たちを気持ちよく迎え入れてくれた。

「コーヒーは如何(いかが)ですかな？」

そう言いながら小杉はコーヒーにブランディを垂らした。

「角砂糖に染みこませて火をつけるのは、昔、女房とデートの時によく楽しみました」

「刑事二人相手では意味ないですな」

だがそう言いながら飲んだカフェロワイヤルはすこぶる美味(うま)かった。

「夜も遅いのでご迷惑にならないよう、手短に伺います。今日、田村柳一郎氏が白骨で見つかったのはご存じですよね？」

佐脇の問いに、小杉は頷いた。

「こんな小さなムラでは大変なビッグ・ニュースですよ」

「さっき田村柳太郎氏に話を聞きに行ったのですが、非常に取り乱していて、話になりませんでした。あの親子には一体、どれくらいの確執があったんでしょうか？」

刑事二人をソファに案内した小杉は、夫婦で並んで向かいに座ったが、困惑した様子だ。

「狭いところだから、いくら付き合いを断っていても、耳には入ってきますよ。だけどまあ、見聞きしたことを全部お話しするのは、噂大好きな井戸端会議のオバサンみたいでね」

「これは聞き込みです。われわれ警察が、捜査の一環で行う事情聴取です。噂話に花を咲かせるんじゃないので」

「判りました」

頷いた小杉は、「田村親子は水と油でしたな」と言い放った。

「父親の柳太郎はあの通りの権威主義で、よく言えば親分肌、悪く言えばお山の大将。若い頃は金に飽かして遊びまくっていたという話を聞いてます。一方、息子の柳一郎は、親を反面教師にしていたというか、真面目で、アタマもよかったから、私立ではありますが、東京のいい大学に入学できたんですな。しかし、さほど反骨精神があるわけでもなく、結局、親のスネかじりだったわけだから」

だから駄目ですな、と小杉は柳一郎を切って捨てた。

「産廃ですか？　たしかに反対していましたよ、柳一郎は。だがそれも、私の見たところ圧政を敷く父親への反発でしかなかった。本気で反対するなら家を出て、自力で暮らす覚悟が必要でしょう？　だけどアノヒトは同じ家に住んで、父親の顔色を見ながらの反対ですよ。本気だったのかどうか、きわめて疑わしいですな」

「ですが、産廃反対と言うことでは、小杉さんは柳一郎さんと手を組んでいたのでは？」

友成も質問した。

「それは、産廃反対と言うことでは同じ意見でしたから。一人より二人で声を上げる方が心強いじゃないですか。だけどねえ、私は疑り深いのか、アノヒトの反対は、どうも腰が据わってないように思えてならなかったんですよ」

柳一郎が産廃の誘致をめぐって父親と対立していた、という弥生の寝物語の裏は取れたものの、どうやら小杉からは佐脇が期待するような証言は聞けそうにない。

「しかし……しかしですよ。父親の田村柳太郎は、実は産廃を推進していると、今朝小杉さんはおっしゃいましたよね？　だとするとですよ、柳太郎氏が自分の意に染まないことをする息子に業を煮やして殺してしまった、という事は考えられませんか？」

「可能性という話であれば、たしかにゼロではないでしょう。しかし……」

小杉は、妻と顔を見合わせた。

「柳太郎は、本気で怒鳴りつければ、弱腰のお坊ちゃんの柳一郎はすぐに心を入れ替えると思ってたんじゃないですか？　息子に反対させておくのも、一種のガス抜き効果を期待してたかもしれないし……殺すって事までは……いや、しかし」

小杉は少しニヤついた。その表情が小杉に似合わず下卑ていたのが気になった。

「なにか？」

佐脇のツッコミに、小杉は、「いえね……ただ、妻の前では」と言い難そうな顔をした。

「あら、私は大丈夫よ。もう立派なオバサンなんだから」

小杉夫人が笑って大きく頷いたので、「じゃあ」と小杉は話し始めた。

「あそこは、柳一郎の奥さんが子供を連れて大阪の里に帰ってしまいましたよね？　このコミュニティに馴染めなかった、田舎暮らしに慣れなかったと言うことになってるかもしれません。表向きはね。だが、じつのところ、離婚の理由は舅との折り合いが悪かったというか……舅の柳太郎が息子の嫁に手を出してしまった、という……」

ほう、と佐脇が身を乗り出した。

「こんな田舎だから、そういう娯楽しかなかったという以上に、あの柳太郎は骨の髄からの女好きですな。だって息子の嫁ですよ？　しかも一度ならず二度三度ってことで、奥さんはついに我慢できなくなって里に帰った。それなのに亭主の柳一郎は、親を諌めるでもなく別居するでもなく、奥さんについてこのムラを出るでもなく、自分は残ったんですからね。だから……判るでしょう？　あの柳一郎がどこまで本気で産廃反対を口にしていたのかって。程度が知れるというものです」

おまけにね、とストッパーが外れたように小杉はなおも話し続けた。

「柳太郎の孫で、柳一郎の子供の雅彦。アレがまた駄目でね。本当に駄目。あの女房がまたセクシーじゃないですか。私みたいな堅物が見てもセクシーなんだから。色好みの柳太郎が、幾らジジイになったとは言え、放っておくでしょうかねえ？」

「え？　ということは？」

と、今度は友成の方が食いついた。

「小杉さんのご意見では、雅彦さんの奥さんの弥生さんと、柳太郎氏がデキていると？」

「まあ、真相はどうだか知りませんよ。だけど、雅彦の腰抜け具合は親の柳一郎よりレベルアップしてますからな。そもそも大阪では、まともな職にもつけないフリーターだったんでしょう？　それがこっちに戻ってくれば、住むところはあるし、田村家の跡取りでそこそこの扱いは受けるしで、あんなダメ男としては渡りに船だったんじゃないかってね。弥生って言うあの奥さんも、けっこうビッチ……イヤ、これは失敬」

言い過ぎた、と小杉は手で口を覆ったが弥生の股の緩さについては佐脇は身を以て知っている。柳太郎が弥生に迫ったことも聞いている。弥生はそれを撥ねつけたと言っているわけだが。

「だから私は、他人はアテにしませんよ。あくまでも私独りで頑張って、産廃の計画を中止に追い込もうとしてるんです。その成果も、おいおい、出て来るでしょう。今、お話し出来るのは、そんなところでしょうか」

小杉は立ち上がった。もう帰ってくれ、という合図だ。

「いや大変参考になりました。夜分どうも、お邪魔しました」

佐脇と友成は素直に席を立って玄関に向かった。

「ブランディ飲んじまったから、今日はこのムラに泊まりだな」

話しながらドアを開けると数メートルほど先に、慌てて走り去る様子の人影が見えた。

その姿は……。

「あれは、雅彦か?」

佐脇はそう言って、友成と顔を見合わせた。

立ち聞きされたとしたら、かなりマズい。自分たちは雅彦の悪口は何も言っていないが、小杉がかなりキツい事を言っていたのだ。

雅彦の走りっぷりはまさに脱兎のようだが、時々大きくよろめき、動揺している様子だ。

「参ったな……」

「今晩、どうします？　また堀江さんチに厄介になりますか？」

そう言う友成に、佐脇は「田村の家に戻ろう」と答えた。

気まずいが、島津の言葉があったからだ。

ともかく、雅彦を監視しよう。

＊

佐脇は友成と共に田村の家に戻り、「話し込むウチに寝てしまって」というカタチに持ち込もうとした。

しかし、柳太郎は体調が悪いのかフテ寝しているのか姿を現さないので。ムラ人もやっと「遠慮する」事を覚えたのか誰も来ず、囲炉裏端で酒宴は開かれない。

あまりに場違いな雰囲気に、さすがの佐脇も帰ろうかと思ったが、来てしまった以上、そして雅彦を監視しなければならない以上、なんとか粘るしかない。

「アレ？　今夜は宴会やらないんですか？　アテが外れたなあ」

「いえいえそれなら……用意しますよ」

佐脇はほとんど無理矢理、雅彦に宴会を強要して、なんのかんのと彼に話しかけた。

「いろんな事が一度に起きて、ご心痛でしょう」

そう言われた雅彦は、今頃なんだ？ という表情をちらっと浮かべたが、黙って頭を下げただけだ。自分の失踪していた父親が白骨で見つかるというショッキングな展開や、小杉の本音を立ち聞きしてしまった事について、何かないのだろうか？

しかし、もともと寡黙なタチなのか、すべて抱え込んでしまう性格なのか、雅彦はまるで話に乗って来ない。柳太郎がいないのに、弥生も囲炉裏端には現れない。さすがに佐脇と雅彦が並んでいるところに同席するのは気まずいのか。

友成も若いので座を盛り上げることも出来ず、結局、刑事二人と雅彦は、黙って酒を飲むばかり。

やがて全員、酔っ払って囲炉裏端で寝てしまった。

佐脇は寝たふりをしつつ雅彦の動きを注視していたが、雅彦は普通に眠っているだけだ。

朝になって目を覚ますと、囲炉裏端には刑事二人しか残っていなかった。

「どこに行った？」

慌てて身体を起こしたところに、雅彦が顔を出した。

「朝ご飯、食べますか？」と訊かれ、思わず頷いてしまった。味噌汁の良い匂いがする。

弥生がご飯をよそってくれて、雅彦たちと四人一緒に囲炉裏端で朝食にありついた。

ご飯に野菜たっぷりの味噌汁、生卵に漬け物という簡素なものだが、間男が亭主と一緒にメシを食うというのも居心地が悪いものだ。

「どうかしましたか？」

ソワソワしている佐脇に、友成が訊いた。

「なにか名案が浮かんだとか？」

「名案は酒を飲むときに浮かぶものらしいぞ。三船敏郎によれば」

そうですか？　と三船敏郎自体を知らない様子の友成は首を傾げている。

そのあとは無言のまま食べ終わると、雅彦はそそくさと席を立った。

「おい。おれたちも行くぞ」

佐脇は友成に囁くと、屋敷を出て、車に乗り込んだ。

雅彦を尾行するのだ。と言っても、佐脇たちが乗った車は完全にバレているので尾行にならないのだが。

雅彦が乗った日産マーチは、昨夜島津が言ったとおり、鳴海市内に向かっている。

「女にでも会いに行くのか？　昨夜、小杉にカゲ口を叩かれてやけっぱちになったのか？　しかし、こんな朝っぱらから……」

ありがちなパターンは、飲み屋の女が愛人というやつだ。クラブかスナックかバーの女。しかし、その手の女にとって、朝は休息の時間のはずだ。

「雅彦は、我々が尾行してるのが判ってるので、普段と違う行動を取っているのかもしれませんし……と言うか佐脇さん、女に会いに行くと決めつけるのがおかしいんじゃないですか？　あの人は田村家の財産管理の仕事をしてるんでしょう？」

友成の言うことはその通りだが、島津の言ったことが気に掛かる。

雅彦の車は鳴海市のＪＡの前で止まり、彼は事務所の中に入っていった。

友成と一緒に窓越しに覗き込むと、雅彦は一人の農協職員と親しげに話し込んでいる。

三十前後の女性職員だ。事務の制服を着て、長い髪を後ろに無造作に束ねて眼鏡をかけた、地味な女だ。

「一般的な愛人というイメージにはほど遠いですね」

友成の意見に佐脇も一応は同意した。

「たしかにな。しかしキミはまだまだ女の修行が足りんぞ。ああいう女は化けるんだ。眼鏡を外して化粧したら見違えるぞ。あの女、夜のバイトでもしてるんじゃないのか？」

事務所の中の雅彦は、ただ用件を済ませる、という感じ以上に、真剣に相手の女と話し込んでいる。その様子を、近くの席にいる別の女性職員が苛立ったように何度もチラ見している様子なのが面白い。

「年の頃なら三十過ぎか……孫の雅彦が愛人にするには年いってるだろ」

「アラサーがどストライクなのかもしれませんよ」

「そういう感じじゃないがなあ……」

やがて出てきた雅彦を、佐脇は捕まえた。

「あんた、あんな綺麗な奥さんがいるのに、鳴海に女がいるのか?」

「は?」

いきなりの先制攻撃に、雅彦は文字通り『鳩が豆鉄砲を喰らったような』顔になった。

「なにを言ってるんです?」

「農協のあの女、アンタのコレか?」

佐脇は実に古くさい手つきで、小指を出してみせた。

「なんですか、それ?」

「女」

「女って、なんの?」

「だから」

やり取りを聞いている友成がまだるっこしくなって、「あのですね」と言いかけたとき、
雅彦は「ああ、ああ」と頷いた。

「今JAで喋ってた人がボクの彼女かって?　違う違う」

雅彦は大きく手を振った。

「違いますって。あの人には祖父から預かった届け物を持ってきただけです。それとですね、あの人とは仕事上の付き合いもあるし、知らん仲ではないので、話が弾んだだけです」

ほらね、という顔をした友成が、佐脇を見た。

「それに……あの人はもう三十過ぎですよ。愛人こしらえるなら、もっと若いコにするでしょう。ここには、じいさまの用で来ただけですから」

「じゃあ、あの女はじいさまの愛人か？」

「いや、だから……農協さんとはいろいろと繋がりがあるんですよ。農業のこともお金のことも。そうやって通ってれば親しくなって、仕事以外の話で冗談飛ばすくらいの仲になるでしょ？」

雅彦はそう言ってマーチに乗り込むとエンジンをかけ、そのまま走り去った。

「一応、もっともらしく聞こえるな」

小さくなっていく車を見送った佐脇は、そうは言いつつも納得していない。

「どうも匂うんだ」

「刑事の勘ってヤツですか？　あの女、そんなに怪しいかなあ？」

友成にそう言われたが、佐脇が拘（こだわ）るのは、島津の言葉だった。あの男があそこまで言うからには、なにか魂胆があるはずだ。その魂胆が何なのか、調べてみる価値はある。

「どうします？　昨日は署に戻らなかったので、自分はちょっと顔を出してこようと思いますが」

「ああ、そうしてくれ。おれは少しこのへんを調べてみる」

そう言って佐脇はＪＡの建物に顎をしゃくった。

「何をするんですか？」

「お前は知らなくていい」

佐脇は、一人で動こうと決めていた。本来、単独行動は許されないが、今までそんな許されないことをさんざんしてきたのが佐脇の刑事としての歴史だ。

「お前、すぐ戻ってこなくていいぞ。署でゆっくりしろ」

友成と別れて自由行動になった佐脇は時間を潰して、昼休みにＪＡの前に戻ってきた。

ちょうどその時、食事に出るのか、雅彦と女が話し込んでいるのを不快そうにチラ見していた女が出てきた。陽の光で見ると、かなり厚化粧をしたアラフォーだ。

「あ、ちょっとすみません」

佐脇はさりげなく警察章を見せた。

「ちょっと今、調べていることがありまして」

「あの私、お昼休みで食事に行くんですが」

「よかったらご一緒させて貰っていいですか？」

佐脇は強引にその女のランチに同行した。と言っても、その女も、刑事に話を聞かれることに興味津々だ。

「コレって、あれですか？　事情聴取ってヤツ？　私そういうの生まれて初めてだから」

「たいがいの人は、警察に事情を聞かれることはないでしょうからね、羽崎サン」

「どうして私の名前を知ってるの？」

「だって、名札に書いてある」

彼女の胸には『ＪＡ鳴海・共済事業部相談係／羽崎敏江』という名札があった。

二人は、落ち着いて話が出来る、ちょっと高級そうなレストランに入った。鳴海市内には入るのに躊躇するほど敷居の高い店はほとんどないが、ここは普通の洋食屋なのにランチが一千円を超えるので、客が少ない。

「私、普段はこんな高い店に来ないから。当然刑事さんのオゴリよね？」

押しが強いその女性事務員・羽崎にそう言われれば、佐脇としては「もちろんですよ！」と言わざるを得ない。

「じゃあ、私、この鴨のローストのセットね」

「おれは……この一番安いビーフカレーのセットで」

鳴海に戻って早々で、懐が寂しい佐脇は実に気まずい。

しかし、空気を全然読まないのか無視しているのか、羽崎は鴨のローストを美味しいおいしいと黙々と平らげている。ナプキンで口を拭ったが、べっとり付いたのはソースではなく真っ赤な口紅だ。

そこへ、上品な初老の男がやって来て、「この店の主人でございます」と一礼すると、高級そうなボルドー産赤ワインの栓を抜いた。

「いや、それ、頼んでないけど」

「お店からのご挨拶でございます。佐脇さんでらっしゃいますよね？」

店の主人はテイスティングのワインを注ぎながら丁重に応じた。

VIPな扱いに気分を良くした佐脇は「いかにも」と鷹揚に応じた。

「先日、某反社会勢力の人物に手厳しい警告を御発しになったそうで。これはそのお礼です。この界隈というか、同業者の間では喜ばしい話題になっておりまして」

羽崎のグラスにもワインを注ぎながら、主人はあくまで低姿勢だ。

「反社会勢力」の人物とは、佐脇がぶちのめした大貫のことだろう。

「ああ、そうなの」

と、余裕で応えた佐脇だが、面目をおおいに施して気分がいい。向かいにいる羽崎の見る目が一変したのも気持ちがいい。

「あのさ、デザートでも持ってきてくれる？　ここで一番高いヤツ」

「もちろんでございます」

店の主人は一礼して去って行った。

「ところで」

佐脇が話しかけると、羽崎は目をキラキラさせて彼を見た。

「今朝、田村雅彦サンが来ましたよね？」

「ええ。田村さんはウチの口座に高額預金してくれているお客様で」

「雅彦サンと話してた女性職員の人、ずいぶん仲が良さそうでしたね？」

「そりゃあ……田村さんのところとは預金以外にも、いろいろと取引がありますからね」

そう言った羽崎は、佐脇を見て、ニヤリとした。

「そう言う話を聞きたいんじゃないのよね？」

「そう。もっと突っ込んだ話が聞きたい。たとえば……下半身にまつわる話とかね」

「どれから話そうかなあ？」

と、羽崎は意地の悪そうな笑みを浮かべた。

「あの子はねえ、あの子……加納香里（かのうかおり）って言うんですけど、一見地味で目立たないけど、凄く高価なものを持っているの。エルメスのバッグとかカルティエの時計とか。これ見よがしじゃないところが逆に凄く嫌味だと思うし、何のアテツケ？　何のつもり？　って、どうしても思ってしまうから、私は腹が立って腹が立って」

悪口が聞けそうだと思った佐脇の期待以上のことを、羽崎は捲（まく）し立てた。

「あの人は大人しそうで一見清純だけど、いわゆるジジイ殺しってやつね。農協に多額の預金をしている人たちを、いつの間にか誑（たら）し込んでいて。田村さんだけじゃないのよ」

羽崎は、田村柳太郎と加納香里の関係をほのめかした。

「……見たくないけど、目に入っちゃうんですよ。端末もね、私の席からバンクの端末の画面が見えちゃうし……あの子、加納香里の口座に、結構な額が定期的に入金されてるんですよ。その振込元が田村柳太郎」

そう言って羽崎は大きく頷いた。

「田村さんの前にもね、やっぱり『豪農』って言われるおじいちゃんたちから香里はお金を引っ張ってたんだけど……死んじゃったり、引っ張りすぎて干からびちゃったりで、どんどん食いつぶしてきたこと、知ってるんですよ私は」

「加納って女の子は」

「もう女の子ってトシじゃないです。三十四だし」

羽崎はビシッと訂正を入れた。

「ええと、その加納って女は、そんな金、なんに使ってたんだろう？」

見た目は地味だ。隠れたところに金を使ってるにしても、限度があるだろう。

「まあ、鳴海ですからね、お金があるって言ってもタカが知れてますから。せいぜいブランド品を買ったり、ちょっと旅行に行ったりする程度じゃないですか？　それでも私なんかエルメスとかカルティエとか買えないし、ハワイにも、グアムにだって行ったことないのに」

佐脇は声を潜め羽崎の耳元で囁くように、訊いた。

「加納って女は、そんなにセックスが上手いのかな？　でも、相手はジジイだろ？」

「勃たないものも勃たせるのに長けてるのかも。人間バイアグラってやつ」

人間は見かけにはよらない。それは刑事をやっているとしみじみと骨身に染みるほど感じている。だから、一見地味で堅実でマジメそうな加納香里が、夜になると豹変してインポ同様な老人に奉仕をしておっ勃ったせていたとしても、あり得ないことではない。イヤむしろ、バカな男は豹変する女の見せる落差に参ってしまうのだ。

「今の田村さんは、二桁くらい違うお金持ちだから、あの子も本腰を入れてお金を引っ張ってるわよ。あの子、ウチに勤めながらお店やってるの。兼業禁止なのに」

「お店って、スナックか？」

副業となれば水商売だ。昼間はＯＬで夜はホステスというパターンはザラにある。

「そう思うでしょう？　違うの。あの子がやってるのは、パン屋さん」

「パン屋？」

驚いて声が大きくなる。

「どうしてパン屋？　おれはてっきり、スナックのホステスもやってて、そっちでジイサンを引っかけて、自分のお店を出したいの〜とかオネダリして、というパターンだと」

「そこがオジサンの発想なんですよ。いいですか？」

羽崎はＪＡ職員の本領発揮とばかり、経営コンサルタントのような口調で話し始めた。

「一般に、お水の女性の到達点は『自分の店を持つ』事だとされてます。小さくても自分の店が持ちたいって。だけど、自分で店を持つとなると、家賃光熱費に人件費に税金と、何もかもが自分持ち。常連にツケを踏み倒される可能性もあります。よっぽどいい立地でいいお客が付いて繁盛するならともかく、今のご時世、水商売でそうそう儲かりませんよ。他の商売も同じことで、ラーメン屋もネイルサロンもパン屋も同じ。赤字にならなくても、毎月食うや食わず程度の儲けしか出ないのに。それでも何故か、みんな自分の店を持ちたがる。どうしてでしょうね？」

「さあ？　それはおれも知りたい」

「税務署で『個人事業主』と名乗れるから？　自分の店って、そんなにステイタスになるんでしょうかねえ？」

やたらと「自分の店を持つこと」を否定する羽崎は、もしかすると自分でも店を持って失敗した過去があるのかもしれない。

「でね、加納香里がずる賢いというか小賢（こざか）しいのは、その店が『パン屋』ってことなんですよ！　パン屋だとなんとなく地道で堅実でマジメって感じがするじゃないですか。スナックやりたいとか言ったらケバくて身持ちの悪いバカ女みたいに思われるけど、パン屋さんをやりたいとＪＡの職員が言えば……なんとなく、納得しちゃいません？　好感度が高いし、爺さんたちが子供や孫に追及されても、女に飲み屋を出させるのと、パン屋さんに出資じゃ大違いでしょ？　飲み屋じゃ即浮気を疑われるけど、パン屋に出資なら、なんとなく、『やる気のある若い人の起業を応援』って感じになるでしょう？　ベンチャーキャピタリストってやつ。そこまで考えてるんですよ、あの女は！」

言われてみればその通りなのかもしれない。加納香里は、綿密な計算をして、「パン屋を開業しようとの結論を出した可能性がある。

「そもそも『自分の店』を持つ事自体、馬鹿げた話であることは同じなんですけどね」

羽崎は、そう言って、またも大きく頷いた。

「まあ、加納香里は上手く立ち回っているつもりでしょうけど……」

くくく、と羽崎は急に笑い出して、その笑いを堪えるのに必死、という様子になった。

「そううまくは行かないわ。田村さん……そろそろ……干からび始めてるし」

「干からびって……カネがないってことか？」

そうそう、と羽崎は何度も首を縦に振った。

「これもね、バンクの端末画面が目に入ってしまうから……狭い事務所だから、見えちゃうんですよ。バンクの端末が。でね、田村柳太郎さんは、多額の定期預金を担保に多額の借り入れをしているんですけど、それだけじゃ追っつかなくて、自分の不動産まで抵当に入れて借金してます。マジな話、田村さんとこ、危ないんですよ。あの孫の雅彦さんだって、たぶん全貌(ぜんぼう)は知らされてないと思うけど……」

そんなことを羽崎は嬉々(きき)として話した。他人の不幸は蜜の味なのだろう。

「あの女は太い金ヅルを摑んで大船に乗ったつもりでいるんでしょうけど……それは泥船で、しかも底に穴が開いてるわよって、私知ってるから。でも、教えてやらないんだ」

くくくく、と羽崎は笑いをかみ殺した。

「あの女がやってるパン屋は場所も悪いし、だいたい、雇ってるパン職人の腕が悪いからマズいの。で、だんだん、大手が作ってる菓子パンばっかり置くようになって……そのへんの駄菓子屋みたいになってきて。その赤字も田村さんに頼んで埋めて貰ってるんだけど」

くくく、と羽崎はまたも笑いをかみ殺した。

「あの女、見た目はしおらしいんですけど、中身は強欲だから、赤字の理由は店の場所が悪いせいだって言って、もっと良い場所に引っ越したがってるんです。そもそも、そんなにパン屋がやりたいなら、あの女が自分でパンを焼けばいいって話ですよ……まあ、あの女にパンは焼けないんだけど」

男だって噂話をしないことはないが、ここまで情報の断片をつなぎ合わせて真相に迫ってしまう能力は凄い、と佐脇は舌を巻いた。

「凄いね……その洞察力。アナタ、ＪＡ辞めて警察に来ない？」

「それはお給料次第ね」

羽崎は澄ました顔で珈琲を飲み干した。


ランチを済ませてJAの事務所に戻った羽崎と別れた佐脇は、その足で鳴海税務署の徴収担当・須山に会いに行った。

「おいおい、急に来るなよ。ドキッとするだろ」

須山は薄くなった頭に蛍光灯の光を反射させて、言った。

「お前には貸しがあるよな。それをちょっと返してくれ」

「なんだよ、司法取引か？」

「そんなオーバーなモンじゃねえよ。税金滞納で差し押さえする予定の物件をいくつか教えろ。それだけだ」

「それを知ってどうする？　まさかそのインサイダー情報を不動産屋に流して小遣い銭を稼ごうってんじゃないだろうな？」

「そういうケチなことは致しません」

と言った佐脇だが、ナルホドと膝を打った。

「そういう儲け方もあるのか」

「今のは聞かなかったことにしてくれ」

とりあえず、差し押さえ準備中のファイルを見せて貰うことにした。

「店の物件がいいんだ。なるべく大通りに面した、人通りが多くて、近所に食い物関係の店が集まっているような場所の」

「なんだアンタ。刑事辞めて商売でも始めようってのか？　止めとけ止めとけ、武士の商法そのものだぞ。今どきそんな安易な……」

「そういう説教をおれにするな。人を見てものを言え。おれは商売なんかする気はねえ。サボってても給料貰える今の暮らしが一番いい」

そんな事を言いながら、佐脇はファイルの中からこれなら、という物件を見つけ出した。

昭和三十年代に商売を始めた老舗(しにせ)の豆腐店、店主が病気をして店を閉め、今は空き家状態だが、あちこちから借金をしていたり何重にも抵当に入っていたりして、売るに売れずに、ほとんど「塩漬け」になっているという、訳ありの物件だ。

添付の写真を見ると、豆腐屋にしては間口の広い店で、汚れた白タイルを全部剝がして広い窓を作り、オシャレに改装すれば、パンがいろいろ並んでいるのが外から見えるだろう。結構繁盛しそうだ。売ってるパンが美味ければ、の話だが。

「この物件、ちょっと借りるぞ。いや、これを実際に売り買いするって事じゃない。いわば……オトリに使うだけだ」

「まさか警察が詐欺みたいなこと、するんじゃないだろうな?」

佐脇の人間性を深く疑っている須山は、猜疑心も露わだ。

「大丈夫だから! だが、この物件は三日間くらい触らないでくれ。捜査に必要なんだ」

「捜査って、どんな捜査だよ?」

「それはキミ、極秘だよ。口外できないんだ」

「守秘義務を便利に使いやがって」

「その義務があるのはお前も同じだろ?」

佐脇は無事に、「囮物件」を手に入れた。


十七時。

JAは閉店し、特に残業する職員もなく業務は終了した。

佐脇は、退社する加納香里を尾行した。

彼女は徒歩でバスターミナル方面に向かっている。

寂れてはいるが、一応は目抜き通りを歩くと、角を曲がって一本裏の通りに入った。

狭い通り沿いには食べ物屋やお総菜屋があるが、シャッターが閉まっていて、すでに廃業しているような店も多いから、全体に印象が暗い。活気がない。

香里は、その中の一軒に入っていった。「なるみのぱんやさん」というストレートな店名だ。

間口が狭くて奥に長い。ショーケースが長く続いて、その奥でパンを焼いているらしい。

佐脇が入っていくと、香里が「いらっしゃいませ」と店員のような声を掛けてきた。

ショーケースの中にあるパンは羽崎が言ったとおり、大手のパン会社が作っている菓子パンばかり。かろうじて中に混じっている手作り風のものは、サンドウィッチだ。

「手作りパンは、ほとんど売れちゃいました」

香里は言うが、本当にそうなのか疑わしい。

奥を覗くと、パン焼き工場には人の姿は無い。職人はもう帰ってしまったのか？

佐脇は、名を名乗ってきちんと話を聞くことにした。

「刑事さんでしたか。今日は朝からＪＡのまわりに居ましたよね？」

香里は意外に鋭い観察眼を持っていた。

「田村の雅彦さんとか、ウチの羽崎を捕まえて話を聞いてたでしょう？　今だって会社からずっと尾けてきてたし」

「こりゃ、刑事失格かな」

おどけて見せたが、本気で尾行をする気は最初からなかった。尾行がバレても香里は逃げないし、なにか証拠を隠滅する恐れもない。

「で？　ご用件は？　もうお店閉めますから」

香里はそう言って看板の電気を切った。奥に「もう帰っていいから」と声をかけると、老婆が出てきて、佐脇にペコリとお辞儀をして、店を出て行った。

「パートさんです。安いお給料だとああいうヒトしか雇えなくて」

「自分の店なんだから接客も自分でやればいいでしょう？　いや、それ以前に、お勤めしながら副業を持って大丈夫なんですか？」

「ほかは知りませんけど、鳴海のＪＡは、みんな副業持ってますよ。実家が農家さんだったり、食べ物屋さんとか八百屋さんとか、お店やってる人も多いです。だから私の店も黙認というか、別に問題にもなってないし」

たぶん、勤めを辞めたら、この店のアガリだけでは食っていけないのだろう。そのへんが、パン屋を本気でやっていない、いい証拠だ。

「この店は趣味ですか？」

「そうね……そう言われてしまうでしょうけど。はじめた時は、こっちをメインにするつもりで、ＪＡはいずれ辞めようと思ってたんですけど……」

「辞めるに辞められなくなって？」

佐脇の言葉に、香里は少し躊躇(ためら)って頷いた。

「ＪＡにいれば、スポンサーになってくれそうなジイサンが、より取り見取りだから？」

佐脇がそう言うと、香里の表情が変わった。清楚でまじめそうな印象が、開き直って不貞不貞しい感じに変わったのだ。

「ま、言ってしまえばそうですね。昔は、クラブやスナックの女の人を口説いてお店を持たせるってパターンだったのかもしれないけど、今はマジメなＯＬの起業支援、こういう方がね、おじいちゃんにとってもいいんです。家族に堂々と説明できるし。それに私、お水っぽくないでしょ?」

香里を正面から見ても、たしかに、水商売の女とは正反対の、地味で色っぽさを微塵も感じさせない印象だ。胸だって小さいし、フェロモンも感じない。

「私は私のこの地味さを武器にするしかないと思ったの。でもまあ、地味にやってる分、引き出せるお金も少ないから、こんな中途半端なお店しか出来なくて。じり貧になるのも仕方ないわね」

奥へどうぞ、と彼女は佐脇を店の奥にある事務室に案内した。

ここには事務机などの脇に、カウチがあった。

「いろんなことを、このカウチに寝て考えるんです。時には、このお店に泊まってしまうこともあるし」

そう言いながら彼女はカウチに座って、佐脇も座らせた。

「私は、なにか疑われてるんですか?　私、別に、おじいさんの誰かを殺してお金を奪ったりしてませんよ。どうせ羽崎さんがあることないこと喋ったんでしょうけど」

「いやいや、そんなことはまったく考えてませんよ。お訊きしたいのは、田村柳太郎さんに関することだけです」

「と、言うと?」

「あなた、ずいぶん田村さんからお金を引っ張ってませんか?」

佐脇は香里の目をじっと見つめて、訊いた。

香里は佐脇の目を見つめ返した。視線をそらすと疑われると思っているかのようだ。

その答えは、言葉ではなかった。

いきなり香里は、佐脇に顔を近づけると、唇を重ねてきた。

「む」

舌を差し入れて絡めてくると同時に佐脇の股間に手を遣ると、ズボン越しに揉み始めた。

極めて自然な、慣れた手つきだ。

ディープキスをする香里の顔は紅潮して、さっきの清楚系OLから様変わりしていた。

そういうことか。

据え膳は食う方針の佐脇は、ためらいなく、応じた。

彼女の肉体は、年齢より若く感じた。三十過ぎと言うよりまだ二十代の、むちむちぷりぷりした、この弾けるような肌の感触はどうだ。

瞬間的に頭に血が昇った佐脇は、手早く彼女の服を脱がせ……彼女もまた、同じように佐脇の服を脱がせた。

全裸にした香里の胸には、ツンと、ロケットのように突き出た双丘があった。

「あんた……着痩せするタチだな……」

そう言いながら乳房に吸いつくと彼女は「ああん……もっと優しくして……」と悶えた。

佐脇は彼女の乳房をねぶりながら、手探りで秘裂の奥にある花弁を弄った。

その慌ただしい手つきに、香里はクスリと笑ったが、その感じが妙に可憐だ。

彼は、舌先で香里の乳首をレロレロと嬲り転がし、指では肉芽を揉みしだいた。

クリットの下の秘腔からは、すでに熱い液体がトロトロと染み出してきている。

「あン……やっぱり、違うわね……いつもおじいちゃんばかりが相手だから……感じてるのはフリだけなんだけど……ああ、いいわ」

香里は、はしたなくも自ら腰を蠢かした。入れてという合図だ。

乳首は硬くなってつんと勃っている。肉芽もぷっくり膨れ上がって彼の指を押し返す。

「おじいちゃんを元気にするのにこっちの元気を使ってしまうから……おじいちゃんが元気になった時には、いつもヘトヘトなの」

「まあ、おれはまだ、ジイサンじゃないからな」

そう言いつつ、佐脇は香里の乳首を軽く噛んだ。

「はううう……か、感じちゃう……」

香里は肩をがくがく揺らして身悶えた。

「ねえ、早く入れて……」

よほどのスキモノなのか、魂胆があるのか。

まあいいや、と佐脇は香里の上に重なった。

勃起していた肉棒は、そのまますんなりと彼女の中に収まってしまった。

「あんた、なかなか……いいじゃねえか」

彼のモノはピタリと熱い果肉に包まれている。しかも肉襞はさわさわと彼の敏感な先端に、嬲るように絡み撫で上げる。サオはきゅっと締まった女壺全体にシゴかれるようだ。

密着感、締まり具合はかなりのものだ。雅彦の妻・弥生とはタイプが違う名器ぶりだ。

外見がフェロモン全開の弥生とは正反対な分、淫乱さが衝撃的なのだろう。一見地味なこの女が、こんなにも味わい深く、いろんな表情を見せるモノを持っているだなんて……。

さっきは冷淡に見えた顔も、こうして上気して快感に溺れると、なかなか色っぽくきれいになっている。

肉体もそうだ。仰向けになっても型崩れしない乳房。引き締まって曲線のラインが見事な腰。むっちりと盛り上がり、量感と弾力のあるヒップと腿。

佐脇は腰を使い、猛烈にピストンした。

亀頭が、女陰の『もう一段奥』の感触を得た。

と……組み伏せた香里の様子がおかしい。

いきなり白目になって虫の息になっている。全身を細かく痙攣させ、ひくひくしていたかと思うと、突然、がくりと首が横に向いた。

死んだ？　腹下死？

佐脇は固まった。だが、彼女のこんもりとした胸がふいに膨らみ、白目がぐるりと回ったかと思うと……彼女の瞳がふたたび彼を見ていた。

彼女はふわーっと深い息をついた。

「凄かった。こんな凄いの、初めて……。やっぱり、こういうことはゼツリンなオジサンとやるにかぎるわね。硬さも勢いも何もかも違う。初めてよ、あんな奥まで突かれたのは」

「ね。もう一回……」

彼女は息を弾ませ、腕を伸ばして佐脇に抱きついてきた。

「田村のおじいちゃんとは、そろそろ手を切りたいのよね」

コトが済んだあと、香里はタバコを吸いながらそんな事を言いだした。全裸のままタバコを燻らせるのは、「毒婦」を演じているようにしか見えないが、当人は「イケてるいい女」のつもりなのだろう。

「おじいちゃん、絶対、恩着せがましくアレコレ言い出して揉めると思うんだけど……こっちだって、顎が外れるくらいご奉仕してきたのよね……おじいちゃんもバイアグラ飲んで頑張ってるけど……腹上死されるのイヤだし」

「ま、そりゃそうだろうなあ」

じいさんに腹上死されると、それは大変だ。後始末はもちろん、遺族と相当に揉める。

「仕事柄、そういう例はいろいろ見てるが、腹上死だけは避けたほうがいい」

「でしょう？　だから最近はなるべく会わないようにしてるし、会っても、セックスまでしないようにしてるの。だけど、おじいちゃん、今は私しかいないみたいで……仕方なくお相手するけど、ふやけるくらい舐めて、やっとなんだから」

香里は、マジメそうな外見からは、まったく想像も出来ないような毒ばかり吐く。

「で、揉めたときに、警察の人と知り合っておけば、何かと役に立ちそうだと思って」

「そうか。じゃあ、おれとこうなったのも計算ずくということか。そうなった時のための」

「あらいやだ。当然でしょう！」

香里は大げさに驚いてみせた。

「こっちだって、つもりがなければ、今日初めて会った男とセックスなんかしませんよ。売春婦じゃないんだから」

似たようなもんじゃねえか、と佐脇は腹の中で毒づいた。

「あら？　私、身も蓋もないこと言っちゃったかしら？」

「そんなことはない。正直でいいんじゃないの」

佐脇もタバコに火をつけて、紫煙を吐き出した。

「あのな、あんたもまだ若いんだし、いつまでも、あんなじじいに奉仕もしてられないだろ？　だったら、せっかくパン屋やってるんだ。こんなシケた場所でやるより、もっと相応しいステージが、あんたにはあると思わないか？」

「それ、どういうこと？　自己啓発セミナーみたいなこと言わないでよ」

「ストレートに言えば、本気でパン屋をやるんなら、こんなシケた裏通りでチマチマやるんじゃなくて、表通りでドーンとやったらどうだと言ってるんだ」

「そりゃね、私だって、そういう物件があればそこで店開いたわよ。でもね、表通りって家賃とか権利金とか高いのよ。今、おじいちゃんにこれ以上オネダリできないし……」

「農協職員だと、そういうふうにストレートにしかモノを考えられなくなるのか？　どんなことにも裏道抜け道ってものがあるだろ？　例えば、競売物件を探すとか」

「それをチェックしてないと思ってるの？　それなりの物件は凄腕の不動産屋が落としちゃって、高値で貸し出されるのよ。あなた、判って言ってるの？」

「だから、ストレートに考えるなって言ってるんだ。それなら競売に掛かる前に、なんとか手に入れちまえばいいって考えないのか？」

「そんなの、無理でしょう？　こっちは素人なんだから」

「頭を使うんだよ。本気で考えれば素人も玄人(くろうと)もあるか！」

佐脇は、例の物件のコピーを取り出して見せた。

「どうだこれ？　バス通りに面してて、現状は腐った豆腐屋だが、改装すれば見違えるぜ」

香里は図面に見入っていたが、次第に顔が紅潮してきた。

「いい物件みたいだけど？　これがなにか？」

口調は素っ気ないが、物件としては気に入ったことはすぐ判る。

「これ、税金が払えないってんで税務署に差し押さえられる寸前なんだ。差し押さえられたら、アンタが言うように競売にかかる。そうなればプロの不動産屋が競り落として、アンタには回ってこない。だから、やつらを出し抜けばいい。判るか？」

「それは判るけど……どうやって？」

「こうやって誰よりも速く情報を摑めばいいんだ。この物件に関しては税務署の次に、アンタが情報を掴んだってことになるんだぜ」

　そう言うと、佐脇は服を着始めた。

「どうする？　これからその物件を見に行かねえか？　それで気に入ったら、手付けを打って自分のモノにしてしまえ。税金の滞納分を肩代わりする条件で安く買い叩けばいい」

「え？　ええ？　じゃあこれ、買えって言うの？　賃貸じゃなく？」

「買えるかどうかは、お前さんの、じいさんをたらし込むテクニック次第だな」


　佐脇は、歩いてそう遠くない物件まで香里を連れて行った。

　競売資料の写真のとおりの、朽ち果てる寸前のような豆腐屋があるが、場所はいい。

「どうだ？　このぼろ屋を壊して建て替えるのは大変だが、改装ならなんとかなるだろ？　屋根の古瓦は看板で隠してしまえばいい。そうだろ？」

「アナタ……刑事辞めて不動産屋とかやった方がいいんじゃない？　言うとおりだわ……改装だって、前面はすっかり直すとして、水回りを店の奥に引き直して……」

　香里はブツブツ言いながら物件の周囲を歩き回った。

「明日、知り合いの改装屋さんに相談してみるわ。たしかに、このタイミングじゃないとこれだけの物件を、格安に手に入れることは出来ないでしょうね」

「だろ？　農協との兼業だって、誰かにチクられたら、いずれ黙認ってワケにもいかなくなるぜ。もっと腕のいいパン職人を雇っても、この場所ならやってけるんじゃないか？」

「そうね……」

香里の顔には不安よりも希望が広がった。

「刑事さん、ありがとう！　あなたとセックスしてよかったわ！　じゃあ私、これで。いろいろ忙しくなるから……」

彼女は笑顔でそう言うと、タクシーを拾って去って行った。

これで田村の爺さんも金庫の中にあるだろう金に手をつけるしかなくなる。あのムラの連中は田村への義理立てが強くて、口が固いと言うか隠し事をしているというか、とにかく外から判る事が少ない。だが、ここまで田村本体を揺さぶってやれば、事態は動くしかないだろう。

そう思いつつ、彼女を乗せた車が遠くなっていくのを見送っていると……。

「うまくやったな」

聞き覚えのある声がして、佐脇の前に島津が姿を見せた。

「なんだ。おれたちを尾けてたのか」

「尾けてただけじゃない。あんたらがナニしてるところ、たっぷり見せて貰ったぜ」

島津はそう言ってスマホをかざして見せた。

「盗撮したって言いたいのか？」

佐脇はニヤニヤして、島津を見返した。

「あのな、他のマジメ刑事だったらビビるだろうが、おれは全然平気なの。つーか、あの女は被疑者でもなんでもないんだから、おれがハメようがナニしようが、まったく問題にならんだろうが！」

佐脇がドスを利かせると、島津は「万が一の時の保険だよ」と笑った。

この若造、なかなか食えない。

佐脇はそう思いつつ、話を変えた。

「まあとにかく、お前の言うとおりだったな。適当な物件が破格の条件で売りに出ているという話を吹き込んだら、あの女はダボハゼみたいに食いついた」

「あっちのほうの具合はどうだった？　あの女、見かけによらずエロかっただろう？」

「しかしお前、神出鬼没過ぎるだろ」

そう言いながら、もしかするとこいつとも兄弟になってしまったのか、と佐脇はうんざりした。しかし島津はそんなことにはお構いなしな様子だ。

「これで田村のじいさんも窮地に追い込まれるだろうよ。いよいよ虎の子を使うしかなくなるかもな」

「虎の子？　なんだそれは？　おい、正直に言ったほうが身のためだぜ」

とっさに島津の胸ぐらを掴もうとしたが、若いヤクザはするりと身をかわした。

「お前は、なにを狙ってるんだ?」

佐脇が訊くと、島津はにやり、と笑った。

「さあな。あんたは、あの威張り腐ったじいさんが嫌いなんじゃないかと思ったんだがな」

「おれがそう思っても、お前には関係ないだろ?」

佐脇のその言葉に、島津は含み笑いをした。

「そうでもない。おれが期待した以上にあんたが動いてくれるんで、おれは助かってるんだぜ? おれは義理堅い性分でもあるんでね」

じゃあな、と言って、島津も走り去ってしまった。義理堅い、と言われても島津に何かしてやった覚えはまったく無い佐脇は戸惑うしかないのだが……。

＊

翌日。

仮住まいの鳴海署独身寮の自室で目覚めた佐脇は、始業時間が過ぎるのを待って羽崎に電話を入れた。

「始まったわよ!」

羽崎は、わくわくした声で佐脇に告げた。

「ついに田村の御当主さま、定期預金に手をつけたわよ。まったくあの女、虫も殺さぬ顔をして、したたかよねえ。私なんかにはとても真似できないわ」

守秘義務もへったくれもありゃしない。

だが昨日の今日、早速、香里は動いたのだ。

しかもこれは、島津の読みどおりの展開だ。

あいつの目的はなんなんだ？　それにあいつは「義理堅い性分だ」と言ってたが、おれはあいつに何かしてやった覚えはないんだから、おれに義理を感じる必要などないのだ。腹は全然読めないし、はるかに年下のくせに、しかもヤクザのくせに、曲がりなりにも警察官であるおれに、島津はナメたタメ口をきく。

本来なら我慢できないほどムカついてしかるべきだが、なぜかそんな気になれない。

どうしてだろう？　と自問自答した佐脇は、ハタと思い当たった。

伊草（いぐさ）だ。あいつは伊草に似ているのだ。

盟友ともいえる存在で、刑事とヤクザ、立場は違えど良い事も悪いことも……いわば苦楽を共にしてきた、あの伊草。

鳴海の盛り場と裏のシノギ、一時は隆盛をきわめた二条町の賑わいは、おれとあの男が二人で築き上げたようなものだったが、それも今は昔のことだ。二条町は寂れ果て、暴対法と暴排条例が施行されるに至り、おれとあいつの間柄も昔のようには行かなくなった。

鳴海を永遠に去ったかつての盟友、伊草の、あの一本筋の通った気性。それと同じものが島津の中にある。佐脇は今、そのことに気づいたのだ。


鳴海署の捜査本部には大植集落に行くと一方的に電話で伝え、タクシーで山を越えた。以前、佐脇は真っ赤なイタ車を乗り回していたのだが、預けていたディーラーに勝手に売り払われてしまったのだ。


集落に着いてみると、なにやら鴨井竹子の家の前が騒がしい。

竹子は死んだのに誰がいるんだ、と思いつつ足を向けると、家の前には黄色のニュービートルと、冴(さ)えない国産の中古車が駐まっていて、玄関先には娘の富江がいた。

彼女は、近くに住む堀江のおばあさんに深々と腰を折っていた。

「本当にいろいろと済みませんでした。親が亡くなったというのに、すぐに駆けつけられなくて……」

家の中からは、なにやら男が怒鳴る声が聞こえてくる。

それを見た佐脇は、スマホを出して友成に電話した。

「おい、鴨井竹子の実の娘、富江のアリバイの件、お前、調べるって言ってたよな？　調べたのか？」

ハイ、と言う返事があった。

「兵庫県警に問い合わせていましたが、鴨井竹子が殺された日の昼間、淡路島の自動車道を走行する、神戸ナンバーの黄色のワーゲンがNシステムに捕捉されています。竹子の家から富江が怒って出て行くのを我々が目撃した、そのあとの時間帯です。鴨井竹子の娘・富樫富江の所有する車であると確認されていて、運転していたのが富江本人だったことも確認済みです。その日の夜ですよね、鴨井竹子が殺されたのは」

「バカ野郎！　判ってたなら早くおれに知らせろ！」

一応、小声で叱っておきつつ、「じゃあ、富江のアリバイはあると言うことでいいんだな？　よくやった」と褒めて、通話を切った。

「お早うございます」

佐脇は、今気がついたという調子で富江に近づいた。

「この度はとんだことで……」

佐脇はまだ名乗っていないことを思い出したので、自己紹介して刑事の名刺を渡した。

「あ……あの、犯人は？」

佐脇が刑事だと知った富江は顔が強ばった。一般人の普通の反応だ。

「捜査本部が立ち上がりましたので現在、鋭意捜査中です」

そうですか、と富江は俯いた。

「優しい母親とは言えませんでしたけど、親は親ですから……」

富江が涙ぐむあいだにも、家の中から聞こえる怒号はやまない。やがてその音源が姿を現した。富江と同年配だが、全身から苛立ちを噴き出させて、不平不満に凝り固まったような男。身なりは一応キチンとしているのに、ダメ男にしか見えないのは無精髭が顔に残って、だらしない印象があるからか。

それについては他人のことは言えない佐脇は、自分の頬を擦った。

「なんだよ、めぼしいモノは何もないやないか。ばあさん、金だけは死守してたんと違うんか？」

「だから母さんは、兄さんにお金をずいぶん渡してたでしょ？　それで全部使い切っちゃったんだよ！」

何が不満なの、私は何も貰っていないのに、と言い返す富江の声にも険がある。

「バカ。ウチは子供も多いし出費が嵩むんだよ。お前ンとこは子供いないし、亭主と二人、お前も稼いでるし、文句ないだろ！」

佐脇は話に割り込んで、富江に訊いた。

「ええと、こちらは？」

「私の兄です。鴨井秀俊。T市に住んでいます」

富江が紹介した。その表情は、嫌いなおかずを見た時の子供のようだ。

佐脇は再度、自己紹介した。

「刑事さんか。犯人を早く捕まえてくれよ！　じゃないと、何も手続きができないんだよ。この家を売るとかさ。親の口座なのに、親が死んだってのに、銀行はあれこれ難しいことばかり言って金が下ろせないし」

「兄さんはどうせ全額下ろして自分のモノにする気でしょう？　でも、そうは行かないからね。いつだって兄さんは自分に都合のいいようにしか……」

「だから、お前らは夫婦して金稼げるし子供がいないんだからラクだろ。お前は妹なんだから、少しは我慢しろよ！」

「子供の頃からずっと我慢させられてきたでしょうが！」

そういうと富江は佐脇に訴えた。

「母は、兄には本当に甘くて。兄ばかり贔屓されてきたんです。そのくせ家の修理も税金も、支払は全部私です。しかも用があるたびに神戸から呼び出されて。兄が近くに住んでるのに！」

「だからおれは仕事で忙しいんだよ！　早朝出勤に夜勤だってあるし、日曜出勤だって……母さんの見舞いとかそういうことは、女のお前がやらないと駄目だろ！」

言い訳ばかり口にする兄の秀俊は、特にやさぐれているわけではないが、甘えん坊の子供がそのままオトナになってしまったユルさがある。

「上のタカトシが大学に入るし……それも授業料の高い京都の私立だぜ！　それに二番目のヒデヤも高校だし……アメフトやりたいとか言って防具とかに金かかるんだよ！　三番目のタカヒデはバンドやりたいとか言い出して」

「あんたの稼ぎで賄(まかな)える範囲でやらせなさいよ。そんなの！」

「子供がやりたいっていうことを叶えてやるのが親の務めだろ！」

「兄さんはそうやって母さんに甘えて……その結果はどうよ？　オッサンになっても親の金ばっかりアテにして……今度は遺産を全部持ってくつもり？　最後の最後で、そうはいかないからね！　今度は私だって正当な権利を主張するからね！」

「黙れ！　いちいちうるせえんだよ、女のくせに！　女のお前が我慢しろよ」

兄の緩みきった顔の中で、その眼だけがぎらぎらと金銭欲を剝き出しに光っている。

「お前が何と言おうと要るモノは要るんだ！　そういやバアサン言ってたろ。ウチの土地は田村さんに預けてあるようなモノで、田村さんにはこの辺をまとめてどうにかする計画があるって。今は時期を待ってるとか何とか。この際、田村さんに談判して、その計画とやらを進めて貰おうじゃないか。え？　こんな田ん圃とか畑、寝かしといても全然カネにならないし。この辺のジジババだって、みんな同じ気持ちなんじゃないのか？　もう誰も百姓なんかやらないだろ？」

「あー、ちょっと失礼」

佐脇が兄妹喧嘩に割り込んだ。

「今おっしゃった、この辺をまとめてどうにかする計画とか、時期を待ってるとか、それは具体的にはどういうことです？　詳しく伺えませんか？」

自分は違う話を聞いている、とは言わなかった。

「いやそれは……おれもよく知らないんだけど……」

正面切って刑事に問われた兄・秀俊はいきなり腰砕けになった。

「詳しい事は……田村さんに訊けばハッキリするんじゃないのかな？」

そう言うと、自分の言葉に納得したのか、そうだそうだと言い始めた。

「そうですよ。いい機会だ。田村さんにきっちりと話を聞きましょう！　たぶんみんな、聞きたがってるはずですよ！」

田村家の大きな門をくぐると、この前、裏山が崩れた時に見掛けた若い連中が作業着でもない普通の恰好で敷地内をうろついている姿が見えた。この集落には若いヤツが絶無で、貴重な例外は弥生と雅彦だけなので、若い男たちは結構目立つのだ。しかし一体あいつらは何をしに来ているのだろう。

屋敷の囲炉裏端には、鴨井の兄妹と並んで、集落の主だった老人たちが集まっていた。

鴨井秀俊が大声で言った内容はすぐに集落中に広まったようだ。土間からの上がり框(がまち)には折りたたんだ車椅子が立てかけてあり、下半身が不自由な末長老人も参加している。

これから労使交渉が始まります、という雰囲気になってしまった囲炉裏端の上座には、田村家の三人、柳太郎と弥生、雅彦がいた。

ひかるの姿はこの前、友成と鳴海に引き揚げてから、ない。

「この際だから御当主。母が話していた件、今はどうなってるのか、話して貰えますか?」

鴨井秀俊は、意を決したように柳太郎に詰め寄った。

「竹子さんが話していた件というのは……お宅の田畑をウチが買い取ったという件でしたかな?」

柳太郎の顔色はまったく冴えない。それどころか、沈み込んでいる。

「買い取った? 預けてるということではないんですか?」

「いや……息子さんに言うのは悪いが、金に困っとられる鴨井さんを見て気の毒になってね。ただでお金をあげるのも妙な事なので、売っても二束三文にしかならない土地を買い取ってあげたんだ」

柳太郎は、佐脇が竹子の近所の老人からすでに聞いていた話を自分の口で説明した。

「買い取った……んですか」

それを聞いたとたんに、秀俊は腰が抜けたようになった。

「そうだよ。それもすべて、御当主の温情なんだよ」

老人の中で一番柳太郎寄りの発言をする香田が口を開いた。

「こんな山奥の土地、売ろうと思っても買い手はない。やっと値段がついても二束三文なのは御当主のおっしゃるとおり。だけど竹子さんには財産と言えば土地しか残っていなかった。だから、それを見かねた御当主が……」

ホラ見なさい、という顔で富江が兄を睨みつけた。

財産はとうに食いつぶされたことを悟った秀俊だが、必死になって言葉を絞り出した。

「バアサンに聞いたことがあるんですが……このへんを再開発する話があったって」

その言葉に、一同は下を向いてしまい、沈黙が支配した。

誰も言葉を発しない。囲炉裏にくべられた炭がぱちぱちと爆ぜる音だけが響く。

弥生も雅彦も俯いたまま、時折祖父の顔色を窺うばかりで、まったく何も言葉を発しない。滅多なことを言ってややこしくなりたくない、という心情が痛いほど伝わってくる。

「……ワタクシ、部外者でよそ者で国家の犬ですが」

佐脇が口を開いた。

「ある人から聞いたのですが、この集落を丸ごと産廃にする話があったそうですな？　ちょうど盆地で、谷を埋める形になって都合がいいと」

「誰から聞いた？」

きっとなって顔を上げた柳太郎は、鋭い視線で佐脇を睨んだ。

「ある人、としか申せませんな。その人が言うには、地区長として、田村さんが大反対して、その計画は潰えた、と。つまり、田村さんは身を挺してこの集落を守ったのだ、と」

それを聞いた柳太郎は、大きく頷いた。

「それは、その通り。私がその計画を潰した。説明会が何度か開かれた後のことだ」

そうでしたか、と佐脇は笑顔を作った。

「この村の自然を守る尊い決断でした……しかし、この話には続きがある。田村さんは、産廃開発業者と密約を交わしましたな？　いずれ、と」

その言葉の反応を見るために、佐脇はしばし、黙った。

柳太郎をはじめ、誰も何ひとつ反応を見せない。固まっている。

「この集落は、田村家の持ち物ではない。だから、産廃として売り渡すには、この集落の土地を買い占めなければならない。値段をつければ二束三文で鴨井さんのところみたいに買いたたけるだろうが、先祖代々の土地を誰も売りたがらない。あなた方、この村のご老人たちは、みんな自分の家で死にたいと思っている」

ここで言葉を切っても、まったく反応がない。異論反論もない。図星だからか？

「しかし、皆さんが死んでしまった後はどうなる？　あなた方の子供たちは、上島芳春以外、誰もこのムラに帰ってこない。生まれ育ったところなのに、誰も戻ってこない。上島芳春以外は。だから……田村さんとしては、ただ待ってればよかったんですよね？　老人が死んで、子供の代になれば、ある程度のカネを積めばみんな手放すだろうと。ただし、生きている間はここの地区長としての体面を保ちたい。この村がなくなっては困る。そんな本心もあって、田村さん、アンタは業者と密約を交わしたんでしょ？　『産廃は仕方がない。しかしそれはわしが死んでからだ』っていう」

囲炉裏端は、シンとしたままだ。

「そういう密約、みなさん全然知らなかったんですか？」

またもやしばらく沈黙が続いたが、「いやまあ」というつぶやきがポツポツと聞こえてきた。

「……なんとなく、聞いたことはある」

そう言ったのは、鴨井秀俊だった。

「なんとなく。だからおれは、てっきり、近い将来にはカネになると思っていて……」

「まあ、わしもね」

柳太郎の側近というか腰巾着の香田も、口を開いた。

「しかしそれは、御当主の温かい思いやりというか、我々への気遣い、心配りだと思うておった。せやかてそうでしょう？　こんな、なんの取り柄もない山奥のムラ。けど、まとめて売ってしまえば、子供たちに金は残せる」

香田が口火を切ったので、他の老人も思ったことを口にした。

「わしは……わしらが生きとる間に売ってしまえばエエと思うておった。みんなまとまって鳴海市内に住めば、お金は貰えるし、病気になっても病院は近いし、ガスもあるし、近くに店はあるし、便利やないですか」

「田村さんも、大地主として毎年巨額の地代が入るから、自由に使えるカネが出来て、いいですよね？」

佐脇がズバリと言った。

「というより、そういう密約を交わした時に、幾ばくかの金を受け取ってるんじゃないですか？　すでに」

これは、佐脇のブラフだった。加納香里との関係が出来た頃に、そう言うカネが入ったのではなかろうかと考えたのだが、これはあくまで想像でしかない。

「田村さんは、何と言っても昔からのムラオサだし名主だし、このへんの大地主でもある。だからこそ、この大植集落の主であるかのような振る舞いが出来た。しかし、その体面を保つにはカネがかかる。こうやって村の皆さんに飲み食いさせるのだって連日ともなれば馬鹿にならない。それもあって、業者から大金を受け取っていた。そうじゃないんですか？」

田村老人は、何か言いかけたが、黙ってしまった。

佐脇としても、これで老人が激怒し、そんなカネは受け取っておらん、証拠を出せと迫られれば困るところだが、ここはあくまでも気合いというか、気迫で勝負だと決めていた。

「……こういう事を言うのはイエの恥を曝すんじゃやが……」

末長老人が、おずおずと言った。

「ウチの息子もな……育て方を間違えたのかもしれんが、借金を作ってしもうて……結構、肩代わりをしておる。それもな、御当主の産廃にしたら大金が入るという話があったからでな。あの話はどうなっとるんかいなと、そろそろ訊いてみたかったんや……せやが、こんな話、どない切り出してええもんか判らんかったし。小杉みたいなインテリの耳に入ったら、また揉めるしな……上島も」

そこまで言った末長は、慌てて口に手を当てて、笑って誤魔化した。

「上島も、なんですか？」

佐脇がすかさず突っ込んだが、末長はイヤイヤと誤魔化して、黙ってしまった。

表情を観察する限り、末長以外の老人たちにも、それぞれ家庭の事情がありそうだった。

末長が黙ったあとは、みんなはお互いの顔を見るばかりで、話はまるで進まない。だが「密約」を否定する者も、誰一人いない。

老人たちの顔を見ていると、産廃の話を一向に進めない柳太郎に不満を持っているようにも見えてくる。

「すみませんが」

右手を挙げて、亡くなった鴨井竹子の息子・秀俊がまた発言を求めた。

「なんや、竹子さんの息子さん」

柳太郎が、教室で生徒を名指しする教師のように指差した。

「もうウチはさんざん恥を曝してしまったから、もうこれ以上隠し事もないので……」

「そう言うことはいいから、何が言いたい？」

柳太郎が先を促した。

「はい。ならば言わせて貰います。この際、産廃の計画、『いずれ』とか言わんと、進めたらどうです？　ハッキリ言うて、ウチは、お金がない。いや、田ん圃はもう御当主に買うて貰たからないにしても、まだ家があります。立ち退き料が出るでしょう？　そういうお金が出る以上、僕としては、産廃を造って欲しいんです。このままだと、一文にもならないままです。僕らはもう、妹も、ここに帰ってくるつもりはないです。他のみなさんも、そういうお宅、多くないですか？　そうしたら、もうじき、廃屋のユーレイ屋敷がずらーっと並ぶことになりますよね？　それやったら、今、産廃にして貰うほうがいいんじゃないでしょうか？　どうせなるんなら、十年早いか二十年早いかって話でしょう？　それやったら、僕は今、お金が欲しい！」

秀俊が思いきったように言うと、他の面々も困った顔になり、お互いに目配せした。

「まあ……正直言うたら、ウチも、貰えるもんなら今欲しい……」

末長が言いにくそうに言った。

「アンタが言うなら……わしも正直に言って、同じ気持ちや……」

と、香田も言った。

「そら、それやったらウチも！」

と、声を張り上げたのは、いつもは黙っているだけの雅彦だった。

しかし、そう言ってしまってすぐ、祖父の顔を見て俯いてしまった。

だが、炉端に集まった老人たちは、建前を置いて本音で喋り始めていた。その本音は、「どうせなら今、産廃にしてしまおう」という一点以外にはない。

「判った！　皆の衆、判った！　ちょっと黙れ」

柳太郎が手を挙げ、めいめいが競うように言い募るのを抑えた。

「わしは、この集落の代表として、みんながこの土地に愛着があって離れがたいと思うて、産廃を造りたい業者には『いずれ』と言うた。上島のあの一件があったときも、産廃を造る時が来たと言い出すチャンスやと思うたが、テレビや新聞が山のように押しかけて、自然が素晴らしいやの夕焼けが美しいやの清流がきれいやの言うもんやから、みんなも、そんなもんかいなあ、産廃にしてしまうのはご先祖に悪いなあとか言うようになったんで、これはアカン、やっぱりわしが死ぬまではダメやと思うておったんやが……」

柳太郎の目は、雅彦を見た。

「孫に地区長を務める器量はない。これが、思い切って鳴海に移る潮時かもしれん」

「ほんなら！」

という声がジジババの間から起こった。

「やってしまいまひょ！」

「あの世まで土地は持って行けんで」

「どうせなら、売れるウチに売ってしまいたい」

そういう声が嵐のように沸き起こった。

「判った！　皆の衆！　ほんなら……みんながそう言うなら……」

と、長年の懸案が一気に解決するかと思えた、その時。

引き戸が勢いよく開くと、なぜか勝ち誇った様子の小杉が飛び込んできた。

「やっぱり雁首揃えて小田原評定か！　このクソ田舎の、腐れ老人どもが！」

インテリの温厚な顔をかなぐり捨てた小杉は、喜色満面だ。

「お前ら、よくもまあ今まで陰険な嫌がらせをネチネチとしてくれたな！」

「なんだ。そういう悪口をわざわざ言いに来たのか？」

柳太郎は化け物でも見たような嫌な顔をした。

「あんたには話すことはない。お前にはなくても、こっちには話すことがあるんだ！」

小杉はそう言うと、ポケットから小さな部品のような物を取りだした。

それは、ＵＳＢメモリーだった。

「ここの産廃計画を推進していた市会議員と市の職員が、施工業者の大貫組から賄賂を受けとっている証拠を入手したんだ！　内部告発があった。直接私に送ってきたんだ」

小杉は、ＵＳＢメモリーを水戸黄門の印籠のように見せつけた。

「この中に証拠の会話が入ってる！　これがマスコミに流れれば、お前らの産廃はご破算だ！　すでに全国ネットのニュース番組のレポーターと話がついてる！　ザマアミロ！」

そのレポーターというのは、磯部ひかるのことか？

だからあの女は数日前からこの集落から姿を消していたのか……。

「待てや！　そんなことになったら、困るがな！　私らの金はどないなるんや？」

村民のばあさんが情けない声を出した。

「残念だな、ばあさん。カネのことは諦めろ。恐らくは未来永劫、この集落に産廃は出来ないだろうよ！」

ひひひ、と小杉は勝ち誇った。

「それは困る。わしらはみんな金が要るんや！　そのためには産廃が出来てくれないと困るんや！」

通報はしないでくれ、という大合唱が、ここに集まった老人全員から沸き起こった。

しかし、その哀願の声が強くなればなるほど、切実であればあるほどに、小杉の笑みはサディスティックになっていった。

「泣けわめけ叫べ！　これで正義が果たされるんだ！　お前らみたいな根性の悪い、どうしようもない年寄りどもはさっさと野垂れ死ね！　一刻も早く死に絶えてしまえ！」

小杉がそこまで言った時、末長がわなわなと震え、立ち上がろうとして転んだ。

「あんた、一体私らに何の恨みがあってそこまで……」

半身不随の末長は、血を吐くように叫んだ。

「ウチの息子には借金があるのや！　それも筋の悪い借金や。このままだとウチは破産どころか、大変なことになってしまうんや！」

「それがどうした？　あんたは私のことをカゲで何て言っていた？　ちゃんと知っているぞ。『大方セクハラでもして大学におられんようになったんやろ』とか、『飲み友達の一人も出来ん異常人格者』とか、『似合いもせんのに外人みたいに格好つけくさって』とか、『あの悪趣味な家に火をつけてやりたい』とか、まあまあ、いろいろ言ってくれてたみたいだな」

「いや……それは」

末長は弱々しく言い訳をしようとしたが、口で小杉には勝てないことは明らかなので、黙ってしまった。だが、小杉が並べた悪口が本当であることは、末長のうしろめたそうな表情から明らかだった。

小杉はその勢いを駆って、集落のひとりひとりに、あんたはああ言っていた、こうも言っていたと糾弾し始めた。

「ちょっと待ちなさい。なぜそんな細かいことまでいちいちあんたが知ってるんだ?」

ムラオサとして、柳太郎が場を収めようとした。

「あんたはここの寄り合いには一度も出たことがないのに……そうか判った。盗聴器だな。ここのどこかに盗聴器を仕掛けたんだな? よろしい。家宅侵入でアンタを訴えてやる!」

柳太郎は小杉に指を突きつけた。

「バカバカしい。誰が盗聴なんか。そんな手間のかかることはしないよ」

小杉はニヤリと笑って、雅彦を指さした。

「全部、ここにいる雅彦さんから聞いたんだ」

当然、囲炉裏端に大きなどよめきが沸き起こった。

老人たち全員の視線が、ナリを潜めている雅彦に集中した。

「あんた……小杉のスパイだったのか？」

「いえ……違います……」

おどおどと立ち上がった雅彦は、消え入りそうな声で言い訳をした。

「私はただ……みなさんと、小杉さんの間に立とうとしていただけで……この集落の問題を解決するには、お互いの言い分を知る必要があるんじゃないかと……」

雅彦はそう言って、縋るように小杉を見た。

「まあ、小杉さんは僕をあんまり信用してないのかもしれないけど」

小杉は黙って雅彦を見ていたが「……そんなことはないよ」と言い訳するように言った。

佐脇は『雅彦。アレがまた駄目でね。本当に駄目』と吐き捨てた小杉の言葉を思い出した。カゲ口については小杉も老人たちと同罪だ。小杉と老人たちの間を取りなしたいという雅彦の言い訳も多分、嘘だ。それに昨夜、小杉の本心を雅彦は立ち聞きで知ってしまったのだ。

佐脇は直感した。

雅彦も、この糞みたいな連中と自分の祖父に恨みを募らせている。その感情は、小杉以上のものがあるのではないか？

この連中の陰口を小杉に通報したのは、雅彦のささやかな復讐かもしれない。

「申し訳ないが、私は、いろんな事を知ってるんだ。お前らと違って私には優秀な頭脳があるし、情報の断片を組み合わせて真相に迫ることが出来る。ネットだってお前らはエロ画像を見るツール程度にしか使ってないだろうが、私は、いろんな情報を掘り出す道具として使いこなしてる。その結果、いろいろと面白いことが判ったんだ。まず、田村柳太郎サン」

小杉は小馬鹿にした笑顔で柳太郎を指さした。

「あんたは産廃の権利金を担保に、鳴海のヤクザ・大貫からかなりの借金をしてるだろ？この意味、判るか？　皆の衆」

一同は、小杉に腹を立てるよりも、ナニがどうなっているのか理解するだけで必死だ。

「この集落の土地の権利を全部、あのクソジジイは勝手に担保にして金を借りて、たぶんもう返せないだろう。産廃予定地の権利全部だよ？」

そう言われても、ジジババには、その意味するところが判らない。

「早い話が、あんたらの懐に入る金はもうないってことだ！　柳太郎ジイサンがあんたらの土地を勝手に売って、その金を全部、使っちまったんだよ！　ざまあ見やがれ！」

「そんなこと……出来るのか？」

蒼白(あおざ)めた末長が柳太郎を凝視し、それから雅彦に詰め寄った。孫の方が実務に詳しいと思ったのだろう。

「どうなんだ！　雅彦！　権利証はウチにあるんだぞ！」

「……権利証は無くしたといえばどうにでもなります。それに、登記とかそういうことではなく、借用証と、土地を担保に差し出すという一筆が公正証書になっていれば、それで通ります。何よりもヤクザと相対の取引ですから……今更、無かったことには」

「つまり？」

末長の目は血走っている。

「御当主がわしらに勝手に土地を売るという約束をして、そのカネを貰ってしまった、って意味か？」

末長をはじめとして、色をなした村人たち全員が柳太郎に詰め寄った。

「田村さん、その話は本当か？」

「あんたはわしらを裏切ったのか？」

「わしらを騙したのか？」

「なんとしてでも払うものは払ってもらわないと」

「そうだそうだ。わしらの老後がかかっている！」

阿鼻叫喚の修羅場になったが、佐脇には指一本動かすつもりはない。

「……佐脇さん。あんた警官なんだから、何とかしてくれよ！」

彼の近くにいた村民がおろおろして声をかけてきた。

「もう、メチャクチャだ！」

「どうにも出来んだろ。これは完全に民事だぜ。警察には何にも出来ない。殴り合いとか殺し合いになったら止めるけどな」

　雅彦と弥生は身を寄せ合っているが、村民たちは孫夫婦を完全に無視して、すべての矛先を柳太郎に向けている。

　ついに柳太郎が悲鳴をあげた。

「待ってくれ！　これにはいろいろ複雑な事情があるんだ！」

「こっちにだっていろんな事情がある！」

「だから！」

　柳太郎が絶叫した。

「今夜！　今夜、あらためて今晩、説明する。説明するから、ちょっと時間をくれないか？　準備も必要だ」

「そんなこと言ってアンタ、証拠隠滅して逃亡するつもりじゃないだろうな！」

　刑事ドラマで覚えたらしい用語を口にして、面々は柳太郎を糾弾した。

「そんなことはしない！　わしは逃げも隠れもせん！　ただ説明するのに、わしの言うことが本当だという証拠の書類を揃えたり、わしの記憶も書いて整理したり、いろいろやらんといかんことがあるんだ！」

「今更ナニを言う！」

面々の中で一番激昂しているのは、末長だった。足腰が立つなら今にも柳太郎に殴りかかり、首を締めそうな勢いだったので、佐脇がなだめるしかなかった。

「まあまあ、みなさん、落ち着いて。みなさんいいオトナなんだから」

「ここは一度、お開きにしてくれ」

柳太郎は何度も言って、頭を下げた。

「このとおりだ。頼む」

頭を下げただけでは利かないと思ったのか、柳太郎は囲炉裏端の板の間に、土下座した。床板に額を擦りつけた。

今までずっと威張ってきた、この小さな集落の専制君主然とした柳太郎が、土下座をしている。

その姿を見た村民たちは、黙り、一瞬怒りも忘れて、動きを止めた。

全員の顔にショックと、そして悲嘆のような表情が浮かんでいる。

「どうか、この通り！」

柳太郎は、なおも板に額を擦りつけて、哀願するばかりだ。

その姿を見た村民たちは、見てはならぬものを見てしまったという顔で、言葉もない。

外では、雨が降り出していた。

第四章　窮鼠猫を嚙む

「ああ、友成か。急展開だ。いろいろ面白いことになってきたぞ」

堀江の千代ばあさん宅で、食べ損ねた朝飯兼用のヒルメシを戴きながら、佐脇はニタニタしてスマホに話していた。ウドンをおかず代わりにしてガツガツと二膳も飯をおかわりしたので、空腹はようやくおさまった。だが、その姿をばあさんの連れ合いが睨みつけ、一喝した。

「あんた。エエ大人が行儀が悪いやろう！」

通話するか食べるか、どっちかにしなされ、と老人は叱るように言った。

「警察官は人の模範たるべきでしょうが。それを電話しながらメシを食らうとは。躾がなっとらんぞ、あんた！」

真剣に怒っているので、佐脇は早々に電話を切った。

「まあまあ、お仕事やったら仕方ないやないですか」

食後のみかんを持ってきた千代ばあさんが、取りなすように連れ合いをなだめる。

「仕事やったらニタニタせんやろ!」

連れ合いのジイサンはご立腹だ。

「いやこれは大変失礼。食事しながらの電話はいかにも不作法でした」

佐脇が素直に頭を下げると、連れ合いは「判ればよろしい」と機嫌を直した。

佐脇は、チクワや野菜がたくさん乗ったウドンを一気食いすると、玄関の上がり框にコソコソ移動して再び友成に電話した。

「ああスマン。おれだ、さっきの続き。こっちでは産廃処分場を今すぐにもつくれ、カネが欲しいとジジババが騒ぎ出して、田村柳太郎は困り果てている。おれの見るところ、田村のジイサンが取りまとめた村人の土地は、すでに売り払われているな。実印も預けたと村の連中は騒いでいるから、勝手に大貫の組と売買契約を結んで、カネに換えられているだろう。そっちで田村柳太郎の口座の金の動きを調べてくれや」

電話の向こうの友成はハイと返事した。

「それと、鳴海に磯部ひかるがいるだろ? あいつを捕まえて、大植村の産廃計画についてタレコミがあっただろとカマをかけてくれ。市会議員と市の職員が収賄していた事実をつかんでいると小杉が言っている。証拠になる音声録音があって、それを全国ネットのニュース番組のレポーターに渡す約束が出来てるそうなんだ」

『そのレポーターがひかるさんだと? だったら佐脇さんが直接訊いた方が早いんじゃな

いですか』

友成はもっともなことを言う。

「それは判ってるんだが、出ねえんだよ！　いくら電話しても。宿も変えてるみたいで判らないし……こっちにはおれ一人しかいないんで、いろいろ忙しいんだ。お前が連絡取ってくれ！」

『そっちに向かいましょうか？』

「いや、取りあえずは、今言ったことを急いでやってくれ」

じゃあな、と佐脇が通話を切ると同時に玄関の引き戸がガラガラと開いた。

「おっさん、こんなところで何をやってる？」

ヒョイと顔を出したのは島津だ。

「またお前か。何の用だ？」

「おっさんがいるなら帰るよ。これ、ばあさんに渡しといてくれ」

懐から出した紙袋には鳴海の和菓子店の名前が印刷されている。

「大判焼きだ。ばあさんが好きなんだよ」

島津はそのまま踵（きびす）を返して出て行こうとした。一瞬振り返って佐脇に何か言おうとしたが、「ま、いいや」と言い残して雨の中を走り去ってしまった。

「なんだアイツ」

面食らっている佐脇に、千代ばあさんが声をかけた。

「治郎ちゃんか。最近またちょくちょく来るようになってナ。もともとはここの在やし」

「ここの在？」

ばあさんは大判焼きの包みを受け取りながら、ニコニコして言った。

「そうや。あの子は、このムラ出の父親の子でな。けど父親が悪さして刑務所にはいって、母親も水商売で男をつくって……気の毒な子ォなんよ。小学校中学校とこのムラの親戚に預けられとったんやけど、厄介者や言うていっつも邪険にされて。あんまり気の毒やからウチで何度も御飯食べさせてやったんです」

治郎ちゃんはやせ我慢して、腹なんか減ってないわ、って強がり言うとったけどな……と千代ばあさんは懐かしそうに話した。

「けど御飯出すと、いつも物凄い勢いで食べるんよ。一度、ばあちゃん、温かい御飯って美味しいね、ってしみじみ言うてね。小学生の子供が言うことと違うやろ」

なるほど、冷や飯食いってやつだったのか、と佐脇は納得した。

「中学卒業したらすぐにムラを出て行ったけど、その頃には上川の悪い連中と仲良うなっていたんで、どうしているか案じておったんです」

安心してください、やつはワルの王道を歩んでますよ、などと言うわけにもいかない。

しかし、アイツはどんな魂胆があって、ここに来てるんだ？　佐脇は首をかしげた。

「雨がひどくなってきましたな」

茶の間に戻った佐脇は、ばあさんの連れ合いに話しかけた。

朝、田村の家にいた時に降り始めた雨は、かなり勢いを増して降り続いている。

「こんな雨の中、しかも夜に、みんな集まりますかねえ？　全員お年寄りなのに」

「いやあ、それは関係ないです。雨が降っても嵐が来ても、田畑を守ってきたんですからな、わしらは」

言われてみればその通りだ。農家の人は想像以上に屈強なのだ。

「だからわしは、産廃たら言うもんには反対ですのや。この田畑を潰すわけやろ？　大事に守ってきたのに。他の人らは違う考えみたいやし、表立って田村さんに歯向かうわけにもいかんので、口に出しては言われんのやけどね……」

連れ合いは、小さな声で、しかし、はっきりとした口調で言った。

「あの子もなあ」

千代ばあさんは思い出すような口調になった。

「あの子……治郎ちゃんのことやけどな、小さい時からこのムラが好きでなあ、今でも顔出して話してると、『このムラはオレが守る』とか『このムラを産廃にはさせせん』とか言うてたけどなあ」

ばあさんは、しみじみと言った。

「あの子に産廃をどうたらいう力は無いと思うてるけど、その気持ちは嬉しいやないの」

そうですよねと佐脇は頷いた。あの野郎にはそういう気持ちもあったのか……。

しかし……夜までに田村柳太郎はナニを準備する気だろう？

さっきは、柳太郎の「これにて解散！」の声で屋敷から追い出されてしまって、再び中に入れなかった。今、田村の屋敷に入ろうとするなら、令状が必要になるだろう。弥生に手引きして貰う手もあるが……。

「刑事さんも大判焼き、食べなさるかね？」

千代ばあさんが電子レンジで温めたらしい大判焼きを皿に盛って茶の間に入ってきた。

いやこれは有り難い、好物です、と湯気の立つ大判焼きに手を伸ばして一口齧(かじ)り、あんこの甘みが口の中に広がったところで、ハッと気がついた。

「いったい何を考えてたんだおれは！」

「あ？　どうかしたか？」

堀江のじいさんが驚いて佐脇を見た。

「いや、小杉がね、産廃を造りたがってる市の職員と市会議員のヤバい会話を録音した、これをマスコミに渡す、とか言ってたんですが、こいつは考えてみれば、警察の仕事じゃないですか。ね？」

汚職か背任かはまだ不明だが、何らかの不正に、しかも公職にある人間が関与している可能性が明らかになった時点で、警察が動かなければいけなかったのだ。

「いや、おれは、どうして田村のジイサンに押し出されるままに言うなりになって、雨の中、ここに来てしまったんだろう？　あの場で小杉に録音を聞かせろ、おれが事件にすると言うだけでよかったのに……ええいもう！」

なんでだなんでだと言いながら座卓を叩く勢いの佐脇に、堀江のばあさんは「そりゃあんた、腹が減っとったんやろ」と簡単に答えを出してしまった。

「あ。そうかもしれませんなあ」

佐脇は素直に認めて、頭を掻いた。

「しかしまあ、これから、小杉んところに行ってきます」

普段なら歩く距離だが、それには少し雨が強かったので、堀江の家の車を貸してもらう事にした。

雨の中、少しの距離だが農道を走ると、小杉の巨大なログハウスが見えてきた。

敷地に近づいたところで、ログハウスのデッキから転げ落ちるように出てくる人影が見えた。激しい雨が打ち付ける前庭にがっくりと膝をつき、傘も差していないので、すぐにずぶ濡れになった。敷地に車を入れると、それが小杉の妻だということが判った。

彼女はなにかを絶叫している。

車から飛び出した佐脇は彼女に駆け寄った。

「どうしたんですか！」

彼女はずぶ濡れのままうわごとのように言い、震える指で家を指した。

「あの人が……あの人が……」

ログハウスの階段を駆け上がり、屋内に飛び込むと、最悪の結果が待っていた。

血まみれの小杉が仰向けになって倒れていたのだ。

木目のフローリングには、どす黒い血が広がっている。

小杉の目は、驚いたようにカッと見開かれたまま、中空を睨んでいる。

着衣に乱れはない。

佐脇はスマホを取り出して、友成を呼び出した。

「緊急！　緊急！　小杉が襲われた。すぐ救急車と鑑識を寄越せ。お前も来い！　ああ、たぶんもう死んでいる。まだカラダは温かいので、襲われてそう時間は経っていないはずだ。非常線？　そうだな。大植地区に通じる道は全部封鎖して検問だ」

玄関を見ると、小杉の妻がずぶ濡れになって蒼白のまま、戸口にふらふらと座り込んだ。

「犯人を見ましたか？」

妻は首を横に振った。

「何か物音は？　争うような、口論とか」

妻はそれにも首を横に振った。

「あなたはどこにいたんです？」

リビングに続く部屋の扉を彼女は指差した。

「あそこです。自分の部屋で、音楽を聴いていました……」


「彼女は自分の部屋でヘッドフォンで音楽を聴きながら、編み物をしていたそうです」

鑑識の作業が終わり、ホトケとなった小杉の遺体が運び出されるリビングの片隅で、鳴海署の「幹部」が集まって協議している。と言っても、光田と佐脇と鑑識の辻井だが。

「手芸が一段落したのでリビングに続くドアを開け、コーヒーでも淹れますか、と小杉に声をかけようとしたら、小杉が床に倒れていたそうです」

佐脇の説明を、鑑識の辻井が補足する。

「死因は後頭部を鈍器で殴られた事による、脳内出血。ほぼ即死です。かなり強い力で殴られたようです」

鑑識の辻井は張り切って答えた。

「司法解剖に回しますか？」

「当然だろ」

光田が判断をくだす前に佐脇が答えた。

「うるさい。そういうことはおれが決める」

光田が佐脇を牽制し、独り言のように言った。

「……殴られた音もしたはずだが」

「ヘッドフォンで音楽を聴いていて、おまけにこの雨では聞こえんでしょう」

佐脇が答えた。雨音は、朝方よりもさらに激しくなっている。

そこへ、雨でびしょ濡れになった友成が戻り、戸口で立ち止まって報告した。友成が立っている外のデッキは、すでに雨水でびしょびしょだ。

「犯人の痕跡はないです。玄関から入って玄関から出て行ったとしか思えません」

「犯人の足跡は?」

「発見できません。この雨で流れてしまったものと思われます。車の轍が複数あるので、分析させます」

「ごくろう」

「だからそれはおれが言うセリフだ!」

刑事課長代理の光田は苛ついた。

「ホシはガイシャの小杉と顔見知り。というか、親しい関係だな。だから玄関から入っても揉めもせず、ガイシャも完全に油断していたと。で、ガイシャがホシに後ろ姿を見せたところを、隠し持っていた鈍器で、ガツン、か」

「まあ、それは素人でも言えることだな。何のヒネリもない」

佐脇は光田の見立てを一蹴した。

「じゃあ、佐脇先生のご高説を拝聴しようか」

「おれか？　おれも刑事課長代理殿と同意見だ。この現場を見る限り、そうとしか思えん」

「じゃあ直に最初からそう言え！」

その時、別の捜査員が二階から降りてきた。鳴海署の捜査本部に出向してきている、水野たち県警本部の面々だ。

「佐脇さんが言っていたUSBメモリーですが、見当たりません。小杉の書斎も寝室も探しましたが……」

「なんだと⁉」

報告する水野に佐脇は怒りの声を上げた。

「ってことは、ホシはUSBメモリーが目当てだったってことじゃねえか！」

これで犯人は絞れる。小杉の言動によって産廃建設が阻止されると困る人間だ。だが念のために確認だ。

佐脇はソファにへたり込んでいる小杉の妻を見た。ショックを受けて一気に悴れてしまったようだ。

「……奥さん。こんなときに申し訳ありませんが、金品を盗られた形跡は、本当にありませんか？」

妻は、虚ろな目で佐脇を見た。

「……さっき、他の刑事さんに訊かれて、一緒に家の中を見て回りましたが……財布は盗られていません。通帳やハンコ、権利証関係もあるべき場所にあって、なくなった物はありません。私の知る限り、ですが」

「パソコンの中のデータはどうですか？」

脇から友成が訊いた。

「あ。そうだ。おれはパソコンの中身までは気が回らなかった」

どこにあります？　と訊ねると、小杉の妻は立ち上がって二階に案内した。

寝室の隣の、窓の広い見晴らし最高の部屋が、小杉の書斎だった。大きなデスクがあり、デスクトップ型のパソコンが鎮座している。

「電源、入れていいですか？」

友成がマウスに少し触れただけで、画面が明るくなった。

「あ、スリープしていただけですね。ずっと起動していたんだ」

友成は操作を続けようとしたが、光田がストップを掛けた。

「待て！　マウスやキーボードの指紋を調べてからだ！　証拠品に勝手に触るな」

光田の制止は当然だったが、それではパソコンの中を確認出来ない。

「あの……このパソコンは、家庭内ＬＡＮで私のパソコンと繋がっていて、リモート接続が出来ます」

妻がおずおずと言った。

「ええと……それはつまり？」

佐脇と光田のオジサンコンビには意味が判らない。

「要するに、二台のパソコンが繋がっていて、片方からもう片方のパソコンを操作できるってことですよね？」

友成が確認すると、小杉の妻は頷いた。

一同は、妻が使っている小部屋に移り、妻が自分のパソコンを操作した。

「あ……」

画面を見た彼女は、目を見張った。

「無くなってる……ファイルが消えています。彼が作ったファイルが全て、消えています」

彼女が言うには、小杉は自分が書いた原稿や、ネットで調べ物をして保存したファイルはすべて『書類フォルダ』に置いておくのに、その肝心の『書類フォルダ』の中に、現在まったく何も入っていない状態になっているらしい。

友成が画面に見入った。

「あ……ホントだ。メールすら保存されていませんね。しかし、別の場所に移してあったり、バックアップがあったりしませんか？」

そう訊かれた彼女は、「これがバックアップの外部ハードディスクです。主人は自動でバックアップを取るように設定してあったはずなんですが……」と言いつつしばらく操作していたが、やがて首を横に振った。

「バックアップからも、きれいに削除されています……」

「ということは……小杉さんのパソコンからは、小杉さんが集めた資料も、書いた文書も、メールを含めて全部、消えていると言うことですね」

「ええ。主人は、とても熱心に産廃が出来た時の環境への影響を調べて、論文を書きためていました。そういうものを消してしまうはずがないんです。USBメモリーに入っていたという音声も、主人のことだから当然、パソコンに入れてバックアップも取っていたはずです。それが丸ごとないなんて……」

「誰かが故意に削除したとしか考えられない。そうですね？」

友成の言葉に、彼女は頷いた。

「そうです。証拠を隠滅するために、あの人が作ったファイルを全部、削除してしまったんです！」

「とすれば……削除は犯人の仕業としか考えられませんね」

しかし、このやり取りを聞いていた佐脇は首を傾げた。

「だが……田村の御大も、バカな大貫も、パソコンがいじれるとは思えねえぞ」

「佐脇さん、犯人を最初から決めつけてませんか？　捜査に予断は禁物と皆川署長が……」

「そうだ。大貫はヤクザだからともかく一般人を、それも村の有力者を締め上げたりしてくれるなよ、頼むから」

友成が懸念を表明し、光田も本気で牽制にかかる。

「判ったよ。周辺の聞き込みを優先する。しかし……失敗したな。大雨だから油断したが、まさかじいさんが小杉に、速攻でカウンターかけるとは思わなかった」

「だからそれが予断だと言うんだ。自重しろ！」

追い出されたあと、食い物目当てに、ふらふらと堀江千代の家に行ってしまったことが、つくづく悔やまれる。すぐにここに向かって、小杉から事情聴取をするべきだったのだ。

「おい、磯部ひかるはどうしたんだ？　アイツはこの件についてどう言ってる？」

佐脇は鑑識に話しかけられている友成に割り込んだ。

「たしかに小杉さんから特ダネの提供申し入れの連絡は受けたそうです。政界汚職に繋がる大スクープだって」

「おれに連絡しろと伝えてくれたか？」

「忙しいから駄目だそうです。問題の市会議員と市職員の両名に、これから突撃取材するからって」

ひかるはどうやら本気で佐脇に腹を立てているようだ。弥生と出来てしまったことを見抜かれてもいるらしい。おそるべきカンだ。

「仕方ないな。それじゃもう一つ頼んだ件はどうなった？」

ええと？　と友成は戸惑った。

「田村のじいさんの口座を洗って金の動きを調べてくれと頼んだろ？」

「調べようとしたら佐脇さんからすぐ来いと連絡が入ったので……」

「なんだよ。まだ調べてないのか」

佐脇はがっかりした。

「過去に巨額の振込があれば、じいさんが大貫と癒着していた証拠になるし、小杉を消すしかないと思い詰めた動機も」

「だからそれが予断と偏見だと、何度言ったら」

光田は苦り切った表情だ。

「いいか佐脇。モロモロ裏が取れるまでは、田村柳太郎との接触は禁止だ。さっさと周辺の聞き込みにかかれ！」

仕方がない。今夜の寄り合いであの極悪ジジイが何を言うかを楽しみに、聞き込みに回るしかないだろう。小杉の家に向かうジジイを目撃した誰かがいるかもしれない。

佐脇は雨の中、他の捜査員と手分けして精力的に聞き込みに歩いた。容疑者が逃走するのを見た者はいないか、怪しい人物を目撃しなかったか、それがまず最重要ポイントだ。だが、この雨だから老人たちはみんな家に入って閉じこもっていた。今は農閑期だから田畑を見に行く必要もない。田村家の囲炉裏端からは追い出されたので、集まって暇を潰す場所もなく、村民たちはめいめい、自分の家に帰って籠っていたのだ。

「なんだよ……誰も何にも見てないって事があるか？」

ますますひどくなる雨の中を歩きながら、佐脇は一緒に回っている友成にボヤいた。

「ここの連中みんながグルになってジジイを庇ってるんじゃねえのか？」

「だから予断はいけないと……雨だからじゃないですか？　ホシにとっては好都合ですよ。足跡は消えてしまったし……」

「雨の日を狙ってた？　違うな。明らかに、小杉の口を封じるための犯行だ」

「しかしですね、仮に、佐脇さんの言うように田村柳太郎が犯人だとしましょう。けれども柳太郎がいきなり訪ねて来たとして、小杉がドアを開けるでしょうか？　囲炉裏端で小杉さんがそういう爆弾発言をしたあとですよ」

「雨の日の夜に、ＮＨＫの集金人のジイサンがマッチ売りの少女みたいにやってくるのと同じじゃねえか？　雨に濡れてしまったのでとにかく中に入れてくれって。情に訴えられたら、小杉もドアを開けるんじゃねえか？」

そうでしょうか？　と友成は首を捻った。

「大貫って線はどうです？　大貫が小杉さんのスキャンダルを何か握っていて、お前がマスコミにチクるならこっちもカードを切るぜ、みたいなことを言ったとか。ヤクザならいろんなウラ情報を持ってるでしょうし。小杉さんの女性関係とか……」

「だったら、大貫はそれをもっと早く使ってたんじゃないか？　それに、小杉はかみさんと仲が良さそうだったぜ」

「仲が良いからこそ、奥さんには絶対知られたくない、そういうこともあるのでは？」

小杉の家に続く道沿いの家は全て回ったが、どの家の住人も、まったく目撃していない。

もう、聞き込む家もない。

「どうする？　堀江さんチに行ってしばらく休ませて貰うか？」

「いや。堀江さんチをそう便利に使わせて貰うわけにもいかんでしょう。パトカーの中でひとまず」

友成は、自分が乗ってきた覆面パトカーに乗り込み、エンジンをかけてヒーターを最強にした。

「暖まったら寝ちゃいそうだぞ」

「寝たら風邪引きますよ」

「じゃあ難しい問題を考えるとしよう。難しいといえば、パソコンの件だ。おれにはさっぱり判らない」

「どの辺がさっぱり判らないんですか？」

少しだけ上から目線で友成が訊ねた。

「いやあ、パソコンと名がつくもの全部だ。だいたいおれはキーボードからして苦手なんだ。だから書類なんかは全部、水野にやらしてた」

「自分は、けっこう判ってるつもりです。質問があれば何なりと」

友成は余裕の表情で佐脇を見た。

「じゃあ……パソコン同士って、繋がってるのか？」

「今のパソコンはインターネットに繋げているのが普通ですから……だいたい常時接続なので、その意味では繋がっていると言えますね」

「その、『繋がってる』ってのがよく判らないんだ。デカいコンピューターとタメの関係で繫がってるって意味か？」

「ええと、その表現がよく判らないんですけど……ホストというかサーバーに光回線や電話回線を使って繫がっているという意味では、その通りです。で、そのホストとかサーバーを介して……中継地点として、他のパソコンとも同じように繫がってるので、サーバーを経由して繫がっているとは言えます」

「あー、それは」

佐脇は頭を抱えながら、声を絞り出した。

「要するに、間接キスみたいなものか？　もしくは外野から本塁への送球をセカンドがカットして再送球して本塁でアウトにするのと同じか？」

「えーと」

そう言いながら友成も考えた。

「インターネットでメールを見たり、ホームページを見るのは、各々のパソコンからサーバーに置いてあるデータを読みに行くことなんです。だからその意味では、各々のパソコンはサーバーとしか繫がっていない……」

「さっきと言うことが違うじゃねえか。それに、奥さんのと小杉のパソコンはタメで繫がってたぞ」

「それは、家庭内ＬＡＮを組んでいてリモート機能を使っていたからで、この場合はインターネットとは違って、二台のコンピューターが直に繋がっています」

「ハッカーってのがいるだろ？　ハッカーは、いろんなコンピューターに忍び込むんだろ？　ってことは、そのハッカーが小杉のパソコンに忍び込んで……」

佐脇がそこまで言ったところで、友成が「あ！」と大声を出した。

「それですよ佐脇さん！」

「じゃあ、ハッカーか！」

「いえ」

友成はすぐ否定した。

「ハッカーじゃなくて、もっと簡単なことです。ハッキングは、コンピューターやインターネットに物凄く詳しくないと出来ません。この集落に、そんな知識がある人間がいるとも思えません」

「そんなもの、外注できるだろ？」

「いや……外注することすら思い付かないんじゃないかと」

「雅彦とか弥生でもか？」

「いやだから、ハッカーとかそんなオオゴトに考えなくてもいいんですよ。リモート機能が開放されていたら、ハッカーじゃなくても小杉さんのパソコンの中に入り込めるんです」

「だけど小杉の家には奥さんしか居なかったんだぜ？　奥さんが犯人だってのか？」

いやいや、と友成は噛んで含めるような口調になった。

「リモート機能というのは、あるパソコンからリモコンみたいに操作できる機能です。出先のパソコンから自宅のパソコンを操作して、必要なデータを見たりするためのもので、離れた場所からリモートするためにはインターネットを介する必要があります」

「……要するに？　結論だけ言ってくれ」

「小杉さんのパソコンの設定を確認しなければなりませんが、外部に対してアクセス制限をかけていなかったら、小杉さんのパソコンは丸裸状態で、外から幾らでもいじることが出来るって言うことです。ネットに繋がってさえいれば、地球の裏側からでも可能です」

「ということは、犯人が小杉の家にいなくても、例えば田村屋敷からでも操作できるってことか。ハッカーじゃなくても？」

「そういうことです」

友成は自信たっぷりに頷いた。

「その場合、外からのアクセス記録を残しておく設定をしてあれば、誰がいつ何をしたか、ハッキリ判るはずです」

「それはどこに残ってるんだ？」

友成はサイドブレーキを解除して走り出そうとしながら答えた。

「小杉さんのパソコンに、です。それと、今気づきましたが、そういう操作でファイルを消しても、ハードディスクにはデータが消えずに残っている場合が往々にしてあります。自分の能力では無理でも、専門家に任せれば、データの復元は可能かもしれません」

「よし！　小杉の家に戻るぞ！」

友成は車を出した。

と、その行く手に立って通行を妨害するものがいた。

それは島津だった。

「なんだよお前……だいたいお前はここで何をしてるんだ？」

友成が急ブレーキを踏み、佐脇は当然の疑問を発した。

「お前の魂胆は、なんだ？　お前も産廃建設の別動隊だったりするのか？」

「おれが？　それはないな」

島津はそう言うとニヤニヤした。

「その逆だ。このムラに産廃なんか絶対につくらせねえ」

彼は真顔で言ったが、マジになったのを隠すように、すぐニヤニヤ顔に戻った。

「ひとつまた教えてやるよ。田村のじいさんは絶体絶命だよな？　今夜あたり、面白いことになるぜ。まあ、見ててみな」

「言いたいことがあるなら、もっとハッキリ言え！　そんな謎かけに付き合ってる暇はねえんだ！」

「じゃあ言うが、土蔵だ。じいさんは今夜、絶対、土蔵に行く」

それだけ言うと島津は友成に「車、出していいぞ。言うことは言った」と告げた。

「なんだ貴様、エラそうに」

友成が大声で反発したが、佐脇はもっと大きな声で怒鳴った。

「そいつは放っとけ！　小杉の家に戻るのが先だ！」

友成は不承不承、車を出した。


指紋検出が終わっていた小杉のパソコンを調べた友成は、「やっぱり」と頷いた。

「リモート機能は奥さんだけが使えるのではなく、外部からのアクセスに開放されていました。誰もが使えるようになっていて、パスワードの設定もされていません」

「それって、不用心だよな？」

「そうですね。鍵のかかっていない家のようなものです」

「だが、あの小杉に、そんな手抜かりがあったのはおかしいじゃないか？」

そうですね、と友成は考え込みながら、外部からのアクセス記録を探したが、それも、どうやら残っていないらしかった。

「あくまでこれは想像ですが……」

友成は慎重に言った。

「パソコンの細かい設定って、一度やったらそれっきりで、不調にならない限り確認なんてしないものです。少なくとも自分はそうです。小杉さんも、リモートアクセスの設定をした時は、奥さんだけが入れるようにしたんだと思いますが……その後、誰かに……小杉さんと親しい、小杉さんが信頼する人物によって設定が変えられていたのかもしれません」

「それを小杉は知らなかったし、設定が変えられているとは夢にも思っていなかった、と」

「たぶん……自分の想像ですが」

佐脇はタバコを取り出した。しかし他人の家の書斎で勝手には吸えない。

仕方なく戻しながら、「しかし」と続けた。

「外部から誰かが操作したのかもしれない、と言うことは判った。だが、それが誰なのかは、痕跡が残っていないということだな?」

はい、と友成は頷いた。

「このパソコンを専門家に委ねましょう。削除されたファイルを復元させます」

その任に当たるのは、鑑識の辻井だった。

のそりと書斎に入ってきた辻井は、パソコンの前に座ってちょっと触ってみただけで首を振った。

「単純にゴミ箱に入れただけかもと思ったら違ってたし、完全に削除されてます。これを復元するには署に持ち帰って、専用ソフトを使わないと無理です」

「じゃあ、仕方ないな」

佐脇は小杉の妻の了解を得て、パソコンを署に持ち帰らせた。

「つまり、ホシにとってはそれほど完全に消さないとヤバいファイルだったという証明にはなったな。少なくとも」

山間の集落の日暮れは早い。

雨がひどいということもあるが、午後になると、あっという間に暗くなってきた。

佐脇と友成も、鑑識の辻井を送り出したり、他の刑事の聞き込み情報を照らし合わせたりしていると、休む間もなく、田村屋敷での寄り合いの時刻になってしまった。

依然として雨は降り続いている。

二人は覆面パトカーで田村の屋敷に向かった。会合に出る二人以外の刑事は聞き込みや証拠調べなどに回っている。

鳴海に通じる山道の方向から、一台の車が走ってきた。鳴海のような田舎には珍しいイタ車の、フィアット５００。真っ白なボディが眩しい。

「おいおい。誰が乗ってるのかと思ったら、加納香里だぜ」

この時間に、この集落に、加納香里。さてはあの女も田村の寄り合いに顔を出すのか。なかなかの度胸じゃねえか。じじいから金を引き出すためにやって来たものか。

田村の屋敷の周辺には、この前からいる若い男が数人、雨の中をウロウロしている。

「連中はやっぱり工事関係者かな？　つーか、それ以外考えられないか。だったら田村の屋敷のどこかで雨が止むのを待ってりゃいいだろうに」

「大貫の組の連中でしょう。今晩の会合のことを聞きつけたのかもしれません」

屋敷の大門を潜ると、広い中庭には車が七台、駐まっていた。会合に来たジジババが乗ってきたのだろう。

友成もそれらの車に混じって駐車し、二人の刑事は囲炉裏端のある「二ノ宮」に入った。

いつもの場所には、昼間と同じ数のジジババが集まっていた。

顔を出しているのは、田村柳太郎の側近中の側近ともいえる香田、そして末長をはじめ、昼間の老人たちだ。部外者としては、遺産問題で揉めている鴨井竹子の息子と娘もいる。

「昼間、ここから帰った小杉が殺されたってのに、ビビッて家から出て来ないジジババは一人も居ない。すげえもんだな」

老人たちを茶化す佐脇に、友成は反論した。

「それは当然でしょう。自分の土地がカネになるかどうかっていう、いわば瀬戸際ですから。基本的にここのジジババは欲の皮が突っ張ってるんですから」

「命よりカネ、カネが無いのは首の無いのと同じってか」

柳太郎は、囲炉裏の前に座り込んでいる。完全に打ち萎れていて、震える手で盃（さかずき）を呷り、すぐに手酌で注いではまた飲み干している。

「怯えてるんでしょうか？」

友成が小声で佐脇に訊いた。

明らかに怯えているが、それは、次は自分が殺されるという恐怖なのか、それとも、小杉を殺害して警察に捕まる事への怯えなのか、判らない。

「そりゃ……もはや孤立無援だからな」

友成に囁いた佐脇の声が聞こえたのか、柳太郎が吠えた。

「このムラは、どうなってしまったんだ」

柳太郎は目を伏せてはいるが、明らかに佐脇に向かって怒鳴っている。

「警察は何の役にも立っとらんじゃないか！」

そういうと顔を上げて、今度は正面から佐脇を睨み付けた。

「上島の事件で五人死んだ。そしてここに来て、鴨井竹子が死に、柳一郎の骨が出てきて、小杉が殺された。みんな、あんたらがこのムラに出入りするようになってからだ。アンタら無能な警察が、犯罪を煽ってるんじゃないのか？　え？」

「私らは別に霊能者が霊を呼び寄せるみたいに殺人犯を呼び寄せてるわけじゃないですよ」

佐脇は負けずに言い返した。

「妙な小芝居はやめにしませんか、田村さん。何かが起こるたびにそうやって被害者みたいなフリをして、誤魔化せばなんとかなると思っているようだが」

「この無礼者が！　わしがやったとでも言いたいのか！」

その通りだと言ってやりたいが、佐脇さん、予断はダメですよ、と友成が隣で縋るような目で訴えている。

「無能な警察が、何をエラそうに」

柳太郎が吐き捨て、佐脇は反論した。

「我々はきっちり捜査しておりますよ。鈍器で後頭部を殴る手口は鴨井竹子さんの件と同じ。もっと言えば、こういう力任せの犯行は、上島芳春の事件とかなり似通ってます。まあしかし上島は拘置所だ。上島の手口を真似た模倣犯って可能性も……」

ここで佐脇は、今思いついた事を付け加えた。

「上島は、もう一人の誰かと一緒に犯行を重ねたのかもしれない。その『もう一人の誰か』はかなり頭がいいので上島の単独犯行に仕立てあげ、今のところ成功している」

「いやいや佐脇さん、それはおかしいですよ！」

身内の友成から反論の声が上がった。

「だったらどうして上島は取り調べや裁判の時に共犯者がいたと言わなかったんです？　調書や公判記録のどこにも、共犯者を匂わせる記述はありませんよ！」

「あくまで教唆（きょうさ）の範疇（はんちゅう）だったのかもしれないだろ？」

「しかし、その教唆についても、まったく供述がないんですよ？　普通、誰かに『やっちまいな』とけしかけられたり『こうすれば殺せる』とか犯行の助言を受けたりしたら、正直にゲロするでしょう？　少しでも罪を軽くしたいんだし」

「単純に犯行時の記憶が無いだけだろう。あるいは口止めされていたのかもしれない。しゃべったらお前の家族をただじゃおかないとか」

「それもおかしいです。上島に家族はいません。危害を加えられる身内はいないんですよ？」

友成は「ああ、そうだ！」と何か思い付いた。

「そんなに頭がよくて口が達者で誰かを丸め込めて上島と立場が似ている……と言ったら、小杉しかいないじゃないですか！　あの人はちょっと性格的に毒があったけど頭はいいし口も立ったし、このムラのシキタリとか古い人間関係に猛烈に反撥(はんぱつ)をしていた……決まりです。上島の共犯者は小杉ですよ！」

「お前なあ、人には予断はイカンと言っといて何だよそれは？」

佐脇は呆れて言った。

「おれたちは今、何の捜査をしてる？　当の小杉が殺されてるんだぞ。小杉が自分で自分を殺すか？　自殺を他殺に見せるような工作のあとは見つかってないぞ？」

それでも佐脇は、顎に手をやってしばし考えた。

「いや、お前の言うことにも一理あるかもな。上島の面会者。拘置所に会いに来た面会者のリストってすぐ判るか？　上島がそいつに入れ知恵をして復讐続行という線かもしれん」

佐脇に言われて、友成は勇(いさ)んで「確認します」とスマホを取り出した。

そこに、奥からお盆を捧げ持った弥生が現れた。

「みなさん、お夕飯はまだでしょう？　よかったら召し上がってください」

お盆には酒や肴(さかな)が満載されていて、みんなに配るのは雅彦も手伝った。

「で、御当主。昼間の件だが、説明はしていただけるんでしょうな？」

側近中の側近だったはずの香田が口火を切った。

「書類とか、揃えるものは揃ったんですかな？」

今それを思いだしたような顔をした柳太郎は、すぐに誤魔化そうとした。

「いや……その事だが……」

「どうしたんです？　話は簡単なんと違うんですか？　殺されてしもた小杉は、御当主、あんたが産廃の権利金を担保に、ヤクザから借金をしていると言ったんですぞ。その上、その金はもう返せない、御当主が使うてしもうたと。わしらは自分のご先祖代々の土地をあんたに盗られてしもうた、ということですけんど、どないなっとるの？　話は簡単やろ？　ウソかホントか。そのどっちかや！」

「書類がまだ探し終えていない……」

柳太郎は目を伏せたまま、そう言った。

「昼間の話では、ヤクザの世界では書類より実力者の口約束の方が意味があるということでしたな？　だったら、書類を探してるのは無駄ではないんですかな？」

「いやいや、そんなことはないんだ……」

「御当主、夜まで待てとおっしゃったが、昼間アンタが土下座した時と全然変わってないやないですか。また時間稼ぎして先延ばしするつもりだろ！」

香田に続いて、末長も声を上げた。

「昼間、だいたいのことは判ってしもうたんやから、もうこれ以上、逃げ隠れできませんぜ、御当主！」

追及されて返答に窮している祖父を、雅彦と弥生は固唾を呑んで見つめている。

「致し方ない……」

そう呟いた柳太郎はゆっくりと立ち上がった。

「とっておきのものを出してこよう……」

「そんなものがあるんなら、どうしてとっとと出さんのや！」

香田が怒鳴った。もはや忠実な側近ではない。

「そうや！　勿体つけるな！　出し惜しみするな！」

まあまあまあ、と手で制した柳太郎は、「ちょっと失礼」と言って、奥へ入っていった。

「おい！　どこに行くんだ！」

「逃げるな！」

罵声が飛んだが、佐脇はピンと来た。柳太郎の行くところは、アソコしかない。

佐脇と友成も続いて席を立った。他の面々も付いてこようとしたが、「私らが代表で見てきますから、ね」と、友成は残されたジジババを押し止めた。

柳太郎が行くのは、島津の言を信じるならば、おそらく一ノ宮の裏にある土蔵だ。

裏に面した勝手口に置いてある「突っかけ」を履いて、土蔵に回る。簡単な屋根つきの通路が設えてあって、雨が降っても濡れずに行ける。

土蔵の前には、案の定、柳太郎がいた。

土蔵の入口には大きくて古い錠前がかかっていて、柳太郎はそれに大きな鍵を差し込んで開けようとしているが、上手くいかず四苦八苦している。

その傍らに立っている女は、さきほど見かけた加納香里だ。自分の取り分が減るのではないかと、ぱっと見清楚、実は強欲なこの女は心配なのに違いない。

「なにしてるんですか？」

何をしているのか一目瞭然だが、佐脇はトボケて声をかけた。

「鍵を……開けようと」

「ところで、どうしてあんたがここにいるんだ？」

答えは判っているが、佐脇は香里にも訊いてみた。

「どうしてって……それは、心配だからよ」

柳太郎のカネが？　と佐脇はさすがに言わなかった。

「手伝いましょうか？」

「かまわんでくれ。あっちへ行ってくれんか」

柳太郎がなおも悪戦苦闘しているところに、大貫を先頭に、数日前からこの近辺で見かけるようになった若者たちがやってきた。外から回ってきたので、けっこう濡れている。

「ダンナ。何をしてるんで？」

大貫は横柄(おうへい)な態度で柳太郎を問いただした。

「何でも無い。用事があるなら明日にしてくれ」

「ああ」とか「うー」とか言いながら錠前を弄っているが、いっこうに開かない。

「いや、明日には出来ないな。ダンナ。ちょっとその鍵を貸してみな」

大貫が焦れて荒い声を出したが、それに佐脇がツッコミを入れた。

「大貫、お前こそ土蔵に何の用があるんだ？　だいたいお前は裏山の工事を請け負ってるだけの業者だし、産廃を造りたくて田村の御大にお願いしてる立場だろうが！」

「金も貸してるけどな！」

大貫は言い返した。

「それに、この中にはワシのモンも置いてあるんや！」

大貫は、「貸してみい！」と柳太郎を突き飛ばして錠前を確保すると、力まかせに鍵を回し、いとも簡単に開錠してしまった。

大貫は力まかせに土蔵の扉を引いた。

昔ながらの分厚くて重い扉は、ギギギと大きな音を立てて、ゆっくりと開いた。

土蔵の中央には弥生の言ったとおり、時代物の金庫が、あたかもご本尊のように鎮座している。

明治時代の物のような、古めかしくて古美術品のような金庫。観音開きで両側にレバーがある。ダイヤルが二つ。鍵穴が一つ。

この中に、柳太郎が言う重要書類が入っているのだろうか？　それとも借金の証文とか？

「おいお前ら、運び出さんかい！」

大貫が若者に命じた。見るからに重そうなこの金庫を、力任せに運び出そうと言うのだ。

「馬鹿者！　ウチの金庫を勝手に触るな！」

金庫を守ろうと、柳太郎が立ちはだかった。

「この金庫は田村家のものだ。触るな！」

「何ヌカしてんねん。金庫の中身はわしのもんやないけ！　退け、ジジイ！」

「いいや。絶対に退かん！　この金庫はわしのモノだ。絶対に渡さない！」

必死の形相で金庫を守ろうとしている柳太郎を、大貫は鼻先で嗤った。

「お前ら、そのクソジジイを退かしたれ。あんまり痛めつけるなよ」

若者たちは柳太郎の両手両脚を摑むと、いとも簡単に金庫から引き剝がした。

「誰が何と言おうと、その金庫はウチのものだ！　わしの屋敷の土蔵にある以上、これはわしのものだ！」

押しやられた柳太郎は佐脇と友成をカッと睨みつけ、怒鳴った。

「この役立たず！　今まさに私有財産が奪われようとしているのに、お前ら警察は黙って見てるのか！　犯罪を未然に防ごうとはしないのか！」

「いやいや、今の段階では民事ですからな」

　さんざん柳太郎にバカにされた佐脇は、意地悪く返事をした。

「それに、現在どういうことになっているのか、役立たずで頭の悪い田舎のおまわりには
まったく判らないので」

　佐脇は、柳太郎に罵られた以上の言葉を足して自虐した。

「おれから説明したる」

　大貫が金庫を指差した。

「たしかにこの金庫は、そこで目ぇ剝いとるジジイのもんや。しかし、中に入っとるもの
はわしらのモンや。それはジイサンも了解済みや。なのにこのジジイ、急にボケたか欲が
出たのか知らんが、言うことを変えよった。まったくタヌキジジイの典型やで」

　それを聞いた佐脇は、柳太郎を見た。

「そうなのか？」

「そんな昔のことは忘れた」

　老人はトボケた。

「ボギーのセリフは似合いませんぜ、御当主」

「ボギーて何や？　ゴルフのチョンボのことか？」

罵る大貫を無視して屈み込み、金庫の下を覗き込んだ佐脇は、いきなり笑い出した。

「大貫。お前ら馬鹿力で運び出そうと思ったんだろうが、それは無理だ。見てみろ。脚が床にボルトでがっちりと固定されている」

「ふん。それがどないした?」

大貫は負けてはいない。

「こっちには裏山を崩した重機があるんやで。金庫を床から引っぺがして運ぶくらい、お茶の子さいさいや」

「あの重機が、この土蔵の中に入ると思ってるのか?」

佐脇にそう言われた大貫は返事に詰まって、「あんたに関係ないやろ!」と怒鳴った。

「ともかくや、このジジイはなんか勘違いしとる。この金庫の中にはジジイのものは入っとらん。わしらの物があるだけや。で、わしらはちょっと必要があって、その中身を出しに来ただけのことや。それを、このジジイが妙な勘違いしやがって」

「勘違いやないぞ! 金庫がわしのものである以上、中身もわしのものだ! その証拠に、金庫の鍵もほら、ここにある」

柳太郎は首からさげた古めかしい鍵を自慢げに掲げてみせた。

「鍵があるから自分のモンって、ジイサン、あんた、遂にボケてもたか」

「なんとかしろ! お前ら警察だろう?」

柳太郎は佐脇たちに命令した。

「このヤクザを黙らせろ！」

「あー」と佐脇はマイクのテストみたいな声を出した。

「金庫の中身は、なんだ？　それによってハナシは違ってくるだろ？」

「それは個人情報や。警察には関係ない」

大貫は説明を拒否した。

と、その時。

母屋の方から悲鳴のような声があがったのが、聞こえてきた。

何が起きた？　と佐脇と友成が振り返ると、母屋から鴨井竹子の息子・秀俊がよろめきながら渡り廊下をこちらに近づいて来る。

「どうしたんだ？」

佐脇が訊くと同時に、秀俊はバタリと倒れ込んだ。

「ど、毒を、盛られた……」

「ええっ？」

佐脇は大貫と柳太郎を見たが、大貫は呆気にとられて目を丸くするばかりだ。

秀俊を追ってきたのか、雅彦と弥生も息せき切ってやってきた。

「毒なんか、盛ってません！　盛ってませんよ！」

弥生が叫んだ。

「おじいさまから、これを入れるようにと言われたんです」

彼女はそう言ってポケットから薬瓶を取り出したが、それには「リシン」と書かれたラベルが貼られていた。

「リシンって、今話題の、あの猛毒の?」

友成が反応した。

「だから、私は入れなかったんです。人殺しになりたくないから。なのにみんなが苦しみ出して」

それを聞いた雅彦が突然、狂ったように笑い始めた。

「ジイサンとお前、そんなことやってたのか! お前らとは別に、おれはジジババに毒を盛ってやったんだ。今日が最後の機会だと思ってな!」

そう言って、雅彦はポケットから薬瓶を出した。それには「Tl_2SO_4」と書いてある。

「硫酸タリウム。1ミリグラムが致死量だ。煮物に振りかけてやった」

「どれくらい入れた?」

「さあな。目分量だから」

雅彦はヘラヘラ笑いながら言った。

「なんでそんなことを」

「こんなムラ、消えてしまえばいい！　ジイサンも他のジジババも、みんな死に絶えてしまえばいいんだ！　こんなムラ、産廃になって沈んでしまえばいいんだ！」

雅彦はそう叫び、いきなり悪魔のような高笑いを始めた。

そんな雅彦を佐脇は興味深げに見つめている。

「あんた、何やってる？　おかしいだろ！」

そんな佐脇を大貫が責めた。

「警官なら、苦しんでいる連中をなんとかせい！　ここはおれらとここのじいさんとの間の問題だ。放っておいてくれ！」

「おれら、って誰だ？　お前のバックには誰が付いてる？」

「だから！　そんなことよりジジババを救う方が先だろ！」

「救急車を呼べ。ドクターヘリの方がいいかも。到着するまで、水を飲ませて吐かせろ。たぶん煮物だから薄まって致死量には達していないだろう。素人のおれたちに出来ることはそれくらいしかない」

佐脇は友成にそう言うと、背中を叩いて、「行け！」と命じた。

「お前が行かんかい、佐脇！」

大貫はそう言ったが、佐脇は動かない。

「おれもな、この件に関してはあいにく、こちらの雅彦サンと同意見だ。あのジジババ連中はロクなもんじゃない。多少死んだってかまやしない。都会に出た子供たちだって、あれじゃ帰省する気にもなれんだろう。どうせ老い先短いんだし……」

それも本心だが、佐脇としては、香里が欲の深そうな表情で柳太郎のそばに控えていることが猛烈に気になるのだ。

佐脇は、つかつかと柳太郎に近寄ると、いきなり老人の手首を掴んで、古めかしい金庫の鍵を奪い盗った。

「なっ何をする!」

佐脇は金庫の鍵を手に、そのまま土蔵から走り出した。

「田舎刑事がキレたぞ!」

大貫がすぐ後を追ったが、佐脇は鍵を持った右手を思いっきりふりかぶり、鍵を裏山の藪に向かって投擲した。

ナイスピッチ！と佐脇が自画自賛し、雨の中にもかかわらず鍵は大きく放物線を描き、落ちた場所が判らなくなってしまった。

「おれは高校時代、エースだったんだぜ。県大会ベスト十六止まりだったがな」

そう言って澄ましている佐脇の胸ぐらを大貫が掴んだ。

「何をする？　なんぼ警察かてやってエエことと悪いことがあるやろが！」

「知るかバカ。お前らのことだ。どうせロクなものは入っていないだろう。とりあえず金庫の中身は警察として確認する必要がある。これは現場を保全するための当然の措置だ」

佐脇は大貫の手を振り払った。

「判ったぞ！　金庫には大金が入ってるんだ！」

そう叫んだのは雅彦だ。

「どんな金なのかどうでもいい。とにかく、カネが入ってるんだ！　だから急に大金が入り用になったジイサンと、その女の目の色が変わってるんだ！」

雅彦はそう叫ぶと、雨の中、裏山めがけて走り出した。

それを追って、佐脇と弥生を除く全員が藪の中に我先に殺到した。

大貫の手下が、裏山の工事のために用意されていた二台の投光器のスイッチを入れた。

雨の夕方なので、ほとんど真っ暗だったのだ。

煌々と照らされた藪の中では、欲の皮が突っ張った魑魅魍魎が必死になって鍵を探している。

「あったわ！」

と、真っ先に鍵をかかげたのは香里だった。

それを聞いて、佐脇は思わず舌打ちした。時間稼ぎのつもりだったのに、見つかるのが早すぎた！

「これで金庫の中のお金はあたしのものよ！　あたしのパン屋さんの新規開店、誰にも邪魔させないからねっ！」

「黙れこのメス犬！」

そう絶叫したのは雅彦だった。

香里めがけて突進していきなり羽交い締めにし、その喉元に刃物を突きつけた。

「おれがあのクソジジイにどれだけ苦しめられてきたと思ってるんだ！　お袋が死んだのも全部ジジイのせいだ。あのジジイにおれとお袋は追い出されて苦労したあげく……」

「待て！」

刑事である以上、出ていかなければならない。

佐脇は、気は進まないが藪の中に入って雅彦と対峙した。

「お前の言いたいことはよく判る。しかし、だからと言ってその人のせいじゃないぞ！　その人は今、ジイサンからカネをせびり取ろうとしているだけだからな！」

「いーや、あのクソジジイは昔からそうだったんだ！　カネと、そして女だ。それしか考えていない。女とヤルためだけに生きてるんだ。おれのお袋にも手を出したし、女房にも」

それは弥生もかなりユルい女だからだ、とは思ったが、それは口に出来ない。

「オヤジが行方不明になったのも、ジジイに逆らったからだろう。たぶん産廃をどうするかでオヤジと意見が対立して……オヤジを殺したのは、実の親である、あのジジイだ！」

雅彦は藪の向こうにいる柳太郎を指差した。

「ジジイがオヤジを殺して、奴隷(どれい)がいなくなったんで、おれが連れ戻された。それからいろいろ耳に入ってくることを総合して、オヤジは裏山に埋まってるとおれは思うようになった。上島の件でムラに警察が出入りするようになったから、バラしてやるいいチャンスだと思ったんだよ！　それで、裏山の崖修理をやることにしたんだ」

「崖が崩れると見込んでのことか？」

「崩れればいいし、崩れなかったら、ジジイの運の方が強かったってことだ。オヤジの件は明るみに出たし、ついでにあのジジイがずっと隠してきたこともバレた。偉そうにしてきたが、偉そうにする裏付けのはずのカネがほとんどないって事も。愛人の、こんなメス犬にくれてやるカネすら工面(くめん)しなきゃならないほど困ってるんだ」

雅彦は、香里の喉元に突きつけた刃に力を込めた。

「おれと弥生が、毎日ジジイに這いつくばって言いなりになって奴隷奉公みたいに働いても、このクソジジイが残すのは借金だけで財産はゼロ。土地もなにも、もうなーんにもないんだ！　どうだ、悔しいか、このブス！」

香里の白い喉が少し切れ、紅い血がひとすじ流れるのが見えた。

「こんな女、殺してやる！」

「頼む！　香里を殺さんでくれ」

藪の向こうで柳太郎は雨に打たれながら哀願し、土下座した。

「なんだクソジジイ。今日は土下座の大安売りだな！」

大貫が佐脇を押しのけて前に出た。

「もうエエわい。出来の悪い孫の愚痴を聞くのはもうタイムアップや！」

かまわず雅彦に近づいて行く。

「金庫の鍵を寄越せ！　女はどうでもエエ」

大貫はそう怒鳴って雅彦に襲いかかろうとしたが、佐脇はそれを阻止しようと大柄のヤクザの顔面にパンチを入れた。

それが合図になって、大貫の手下たちが報復のために一斉に佐脇に襲いかかった。

「アニキに何ちゅうことをしくさるんや、このクソが！」

屈強な若者たちは手にした鉄パイプやシャベルのような得物を振り回し、容赦なく佐脇を襲ってくる。

佐脇は応戦したが武器はなく、打撃を避けるのが精一杯だ。

降り続く雨に不覚にも足を取られたのが大きな計算違いだった。手下どもの攻撃はなんとか躱して反撃に転じられると踏んでいたのだ。

しかし現実には手下の一人に羽交い締めにされ、二人がかりで顔といい腹といい、思う存分殴られる事態になってしまった。

　グッタリしたところで、手下は大貫に花を持たせようとした。

「アニキ、トドメをお願いします」

「おう」

　大貫はさっき佐脇に殴られた顎をさすりながらゆっくりと近づき、手下に「手を離せ」と命じた。

　羽交い締めを解かれて前のめりに倒れかけた佐脇の後頭部を、大貫は拳で力まかせに強打した。

　さすがの佐脇も一瞬気が遠くなってしまった。そこを狙われて足を掛けられて倒されると、今度は大貫に思いきり足で蹴り上げられた。

　動かなくなった佐脇を見下ろした大貫は、「お前ら、やってしまえや」と命じた。

　足蹴も加わり多勢に無勢で、佐脇は今や完全に袋だたき状態だ。

　なすがままの状態で、佐脇はサンドバッグのように蹴られて転がるしかない。

　が、突然、その攻撃が止んだ。

　ん？　と思った佐脇が防御のために瞑っていた目を開けると……。

　雨の中で激しく動く人影があった。目にもとまらぬ早業で、拳を一閃させて一人、蹴りが炸裂してまた一人、と大貫の手下が次々に倒されているではないか。

「おっさん、加勢してやるぜ。アンタも復活しろ！」

島津の声だ。そう言って、佐脇に鉄パイプを投げて寄越す。島津も奪い取った大型のシャベルを手にしている。

大貫の手下がまた一人、シャベルで額を割られて倒れた。続いてもう一人が太腿をジーンズごとシャベルで切られた。歩けなくなったところを脳天を激打されてひっくり返った。

「おっしゃ！」

勇気百倍、佐脇も立ち上がり反撃を開始しようとしたが、悲しいかな、全身の痛みに、身体がスムーズに動かない。

やっとこさ中腰になったところに、大貫が木の枝を振りかざし突進してきた。

「食らえ！」

低い位置から立ち上がりざまに鉄パイプを突き上げ、その先端が大貫の顎を直撃した。

脳震盪を起こして立ち往生した大貫を、佐脇はその場の勢いでめった打ちした。

完全に戦闘モードになっていた。アドレナリンが沸騰して、目の前の敵を殲滅することだけしかもはや頭にない。

既に手下は島津の手によって全員が倒されている。

ほとんど狂犬と化した佐脇は、痛みも完全に忘れて、自分がされたように大貫をめった打ちにした。

「おい、おっさん……そのへんにしとかないと、死ぬぞ」

島津に腕をつかまれるまで、夢中になって殴り続けていた。

佐脇が手を止めると、剣豪に真っ二つに斬られたように、大貫はどさっと崩れ落ちた。

内部監察に知られれば確実に問題となるレベルの暴力を、佐脇は振るってしまった。

「やっちまったな、おっさん」

島津は苦笑した。

「まあ、息はしてる。こっちもトドメは刺してねえから」

「それはそうと……雅彦とあの女はどこに行った？」

大貫とその一味の相手をしている隙に、雅彦と香里は姿を消してしまった。

雨はさらに激しく降ってきた。

裏山を見上げた佐脇の目に、斜面の上方を移動する小さな明かりが見えた。

携帯電話かスマホの画面を懐中電灯代わりにして、雅彦が裏山を逃げている！

この前の土砂崩れで、裏山の山腹はえぐれて地肌が見えているが、そのさらに上の山頂近くを、雅彦と香里が移動しているのだ。

「刑事さん！　あの娘を、香里を助けてやってくれ！　後生だ！」

藪の向こうで、柳太郎が地べたにうずくまって佐脇に祈るように手を合わせている。

胸くそはヒジョーに悪いが、雅彦は逮捕しなければならない。

「おっさん、こっちだ。ここに上へ登る道がある」

島津が佐脇の腕を引いた。なるほど、崩れた場所から少し回り込んだところに、裏山に登る道があった。登山道と言うにはお粗末だが、獣道にしては石段も整備されていてキチンとしている。

佐脇は石段を駆け上がった。全身の痛みが戻ってきた。肋骨が数本折れているかもしれない。

痛みに耐え、何度も滑りそうになりながら懸命に石段を登り先を急ぐと……香里を追い立てながら進む雅彦の姿があった。激しい雨の中、それでも投光器に照らされて、かろうじて視界が確保されている。

「止まれ！　そこまでだ！　あとは警察で全部話して貰うぞ！」

佐脇の声に、雅彦は香里を抱きかかえて振り返った。

「うるさい！　おれはもう、どうなってもええんや！　このムラが産廃になって、みんな死に絶えてしまえばええんや！」

「その女性は関係ないだろう！　離せ！」

と、自分で言ったが、関係ないはずがない。なけなしの田村柳太郎の財産を吸い取っているのがこの女なんだから。

「佐脇！　アンタだってこの女も荷担してるって事、知ってるんだろ！」

「知ってるが、加納香里が吸い取った分なんか可愛いもんだぜ。財産を食いつぶしたのは、ジイサンの見栄っ張りが最大の原因だろ。カネは湧いてくるもんだと思い込んでたジジイが悪いんだ」

「そんな耄碌(もうろく)ジジイにたかってた連中も悪い！　この女もその一員だ！」

それはそうだが、ここで言い争いをする気はない。

佐脇はずんずんと足を前に進めた。足元の状態は凄く悪い。滑りつつ、木の根っこに足を取られつつ、とにかく懸命に雅彦に迫ろうとした。

「来るな！　近づくな！　これ以上接近するな！」

雅彦は叫んだが、佐脇は完全に無視した。その結果、雅彦が香里を殺してもいいとさえ割り切っていた。刑事として、殺人犯である雅彦を捕らえられれば、それでいいのだ。

「来るなっ！」

雅彦の声は悲鳴に近かった。

「この女を突き落とすぞ！」

そうやって脅すヤツに限って、実行する度胸は無いものだ。

佐脇は無視してなおも前進した。

「聞こえないのか！」

「やれるモンならやってみろ！　このチキン野郎！」

佐脇の言葉にキレた雅彦は、香里の背中を思い切り押した。

「きゃあーっ！」

長い悲鳴が続き、香里の躰が宙に浮いたと思った次の瞬間、彼女は斜面を転がり落ちて行った。

あまりに短絡的な暴挙に、佐脇は驚いた。まさか本当にやるとは思わなかった。

しかし人質がいなくなったのだからこっちのものだ。

佐脇は一気に攻勢に出た。

雅彦は刃物を持っているが、それだけだ。簡単にはたき落とせる。

そう見極めた次の瞬間、佐脇はジャンプしていた。

贅肉（ぜいにく）がついてトシも取り、若い頃のように敏捷（びんしょう）には動けないが、まだまだ現役だ。体力の衰（おとろ）えは図々しさとハッタリでカバーする。

「田村雅彦！　これまでだ！」

右手首にチョップをカマした。これで刃物を取り落とすはず……だったが、雅彦は柄を握りしめたまま、逆に佐脇に向かってきた。

すかさず股間を蹴り、鳩尾にも容赦なく拳を入れる。それでも雅彦は無茶苦茶に刃物を振り回すので、タイミングを見て右腕を取って後ろに捩じ上げた。

思い切り捩じ上げたので、鈍い音がした。たぶん、関節が脱臼、いや、複雑骨折したはずだ。

「お前を逮捕する。言い分があれば警察で全部話せ。お前がキチンと話せば事件の全体がハッキリして、お前が憎んでいるあのジジイのこともきっちり罪に問えるはずだ。なんでこんな馬鹿なことをした？　こんな遣り方では、私憤すら完全に晴らせないぞ！」

佐脇は崖下を顎でしゃくった。

「お前が一番憎んで嫌っている爺さまは、下で這いつくばってる。だが這いつくばるだけなら誰でもできる。きっちり法廷で裁いて貰って、あのジイサンを刑務所に入れた方がよくないか？」

「そうは……そうは思わないね」

雅彦は顔を歪めた。

「世間も、法律も、ジイサンみたいな人間のためにあるんだ。出来の悪いおれは生まれてこの方、イヤというほどそれを思い知らされてきた。裁判になればどうせおれが……頭が悪くておかしな人間が逆上して暴れまくったことにされてしまう。どうせあんたら警察も、そういう筋書きにしてしまうんだろう？　ヤクザの大貫と、おれが共謀したことにして」

「いや。それはない。おれが調書を書いて、それを検察がそのまんま使うんだ。おれが書いた事を検察が書き換えるって事は、ない」

いったん手打ちにして仕切り直さねえか？」

「どうだかな」

その時、地面が少し動いた気がした。

「なあ、雨でずぶ濡れだし、泥だらけだ。このままだと凍死するぜ。いったん手打ちにして仕切り直さねえか？」

そう言った瞬間、佐脇の目の前から雅彦が消えた。

いや、正確には、佐脇が空間移動した。

次の瞬間に、何が起こったのか判った。

どどどどどと激しい音と震動がして、佐脇の足元が崩れたのだ。そのまま数十メートル落下したかと思ったら、土砂に乗ったまま、滑り台を滑り落ちるように一気に移動した。

それが、土砂崩れの第一波、いや、予兆だった。

続いて起きた第二波こそが本流で、はるかに広い山肌が崩落し、下に向かって、一斉になだれ落ちてきた。

すでに下に滑り落ちていた佐脇は、大量の土砂から逃げ出すのが精一杯だった。

必死の思いで走る佐脇の背後に不気味な轟音が迫った。裏山は大きく崩れて、それは一気に田村屋敷の、敷地のほとんどを飲み込んでしまった。

柳太郎は？　雅彦は？　弥生は？　香里は？　いやいや、友成は？　村民たちは？

そんなことを考えている佐脇の周りにも、圧倒的な量の土砂が襲いかかった。土の中にはかなり大きな岩石も大量に混じっていて、それが佐脇の顔面、そして全身に襲いかかり……やがて目の前が真っ暗になった。

真っ暗だった。

おれは死んだのか？　たぶん、これは死んだんだな。思えば詰まらねえ一生だった……。

佐脇がそう思った時、いきなり目の前が明るくなった。

「おいおっさん、大丈夫か？　生きてるか？」

そう訊かれた途端、急に息が苦しくなってきた。

どん、と背中を叩かれると、そのショックで息を吹き返した。

「おっさん、ざまぁねえな。顔面蒼白だぜ」

笑いながら泥の山から引き摺り出してくれたのは、島津だった。

「マウス・トゥ・マウスで人工呼吸しなきゃならねえかと思ってビビったぜ」

「まあ……その気持ちは判る」

やっとのことでそう言いながら、佐脇は激しく咳き込んだ。

口の中には泥が詰まっていた。

目の前では、重機が動いて救出活動が始まっているようだ。

「どうなってる？　つまり、あそこにいた関係者は……」

「まだ判らねえ。だけど、救助は始まってるから」

佐脇は、現場に這っていこうとした。

「おいおっさん。どうする気だ？」

「友成とか、田村のジイサンとか……」

「そういうのは、救助隊に任せとけ。おっさんも立派な被災者だぜ。病院に行こう！」

「いや、おれは……」

救援活動を手伝うつもりだった。だが、気持ちははやっても、身体が全然動かない。

「ほら。あんたは治療される側なんだよ。救急車を待っててもなかなか来ないから、車で連れてってやる！　ちょっと待ってな」

佐脇のそばを離れた島津は、すぐに車に乗って戻ってきた。

乗っていたのは、どこかで見た軽トラックだった。たしか……田村の家にあったやつだ。

「こんなときだから、ちょっと借りるんだよ」

荷台にはブルーシートがかけられ、下の隙間から太いワイヤーロープの端が少し外に出ている。何か積んであるのをそのまま拝借したのだろう。まあ、こういう非常時だ。

「乗んな。鳴海の病院まで運んでやるよ」

佐脇は半ば強引に助手席に乗せられて、軽トラは出発した。

鳴海に繋がる道の途中で、検問があった。

「大植地区で土砂崩れがあって、大変なことになっているんですよ」

島津は検問する警官に自分から話しかけた。

「ああ。通報があって救援隊が向かってるから」

「ここに乗せてる人もね、土砂に巻き込まれて……病院に行くところなんですよ」

検問中の警官は懐中電灯で佐脇の顔を照らした。

「佐脇さん！　大丈夫ですか？」

「ああ……捜査中に裏山に登ったところで、斜面が崩れたんだ」

島津が説明した。

「おれが掘り出して助けたんだ。救急車を待ってられないから、こうして自力で病院に向かってる。先行っていいか？」

「ハイ！　どうぞ！」

警官は道を空けた。

車に揺られるうちに、いつしか佐脇は泥のような睡魔に襲われて、眠り込んでしまい、その後、鳴海にある国見（くにみ）病院で意識不明のまま救急処置を受け、そのまま入院した。

エピローグ

「関係者、それも事件の鍵を握る人物が、田村柳太郎をはじめとして、ほぼ全員亡くなってしまったので、全容を摑むのはかなり難しそうですね」

病室に見舞いに来た鳴海署の皆川署長は凜とした美貌を曇らせた。

「田村弥生さんは若いので救出されて今は療養中ですが、田村邸に居たその他の高齢者たちは、みなさん、助け出された時には心肺停止状態で……大貫達夫も落ちてきた岩石に押し潰されて、死亡が確認されました。大貫の遺体は傷だらけで、それはもうひどい有様でした」

その傷の多くは、実は自分がつけたものだとは佐脇は言えない。

皆川署長は、淡々とした表情で、続けた。

「田村雅彦は友成巡査が逃走先で逮捕しましたが、供述の裏付けが取れません。なにしろ現場は土砂崩れで、田村家の家屋がほとんど破壊されて、押し流されてしまったので」

皆川署長が仕事のことばかり話すのが、ベッドに寝ている佐脇としては不満だ。

「あのね署長。一応ワタシ、入院してるんですが。署長がここに入ってきてから話すことと言ったら、事件のことだけですよね？」

桃の缶詰とか果物バスケットとか、そういう定番のモノはないのですか、と愚痴った。

「美人ってのは男にチヤホヤされるから気が利かないんでしょうが」

「あ、気がつきませんでした。考えてみれば、これは部下の見舞いなんですから、供応にはならないですよね。ちょっと買ってきましょうか」

「いいですよ、ほとんど冗談ですから」

ほとんど本気だった佐脇も、そう言うしかない。

「土砂崩れの現場から、土砂は除去されたんですけどね、田村家の屋敷は土台しか残ってません。さすがに土蔵はなんとか倒壊を免れましたが、傾いていて、建築物としては駄目ですね。土砂が入り込んだんでしょうか、入り口は見るも無惨に破壊されていて、中も同様に、押し寄せた岩石で滅茶苦茶でした」

「そうですか。なんだかもう、ワタシには、遠い昔の話のようですなあ」

佐脇には全てが見えているが、それを立証するには、ジグソーパズルのピースが失われすぎてしまった。

「鴨井竹子と小杉久之(ひさゆき)を殺害したのは、田村雅彦です。本人が自供しました。田村雅彦としては、上川町大植集落の、田村家にたかってくる連中に嫌気がさしていて、順に殺していくつもりだったと。その手初めが鴨井竹子で、どうして最初に殺したのか、特段の理由はないと供述してますね」

「まあ何と言っても、あのババアは筋金入りのクソババアでしたからなあ」

「小杉に関しては……」

皆川署長は、手にした書類をめくって該当箇所を探した。

「田村雅彦は、かねてより大植集落に激しい恨みを抱いており、『こんな村は産廃になって消えてしまえばいい』と願う一方で、インテリで独立独歩、村人による迫害にも屈することなく主張を貫いている小杉に、強い敬意と憧憬(どうけい)の念を抱いていたと。産廃についての考えは異なっていましたが……雅彦は推進、小杉は絶対反対、ですよね。そういう正反対の意見ではあったが、それはさて措いて、雅彦は小杉にひそかに接近し、産廃推進の田村サイドの情報も、積極的に流していたそうです」

だから小杉は、末長に言われたカゲロを何から何まで知っていたのか……。

「佐脇巡査長。聞いていますか？」

皆川署長は、思いに耽(ふけ)る佐脇が寝ているのではないかと怪しみ、顔を覗き込んだ。

署長のキレイな顔が至近距離にあるので、佐脇は思わずキスしたい衝動にかられたが、かろうじて思いとどまった。

「安心してください。起きてますよ」

佐脇はニヤリとした。

「ところが雅彦は、尊敬する小杉に裏切られた、と供述しています。小杉が自分のことを悪し様に罵っているのを聞いてしまったそうです」

その通りだ。あれは小杉が殺される前、柳一郎の白骨が出たあとのことだ。

『雅彦。アレがまた駄目でね。本当に駄目』

そう吐き捨てた小杉を佐脇は思い出していた。雅彦が自分を慕っていることは重々知っていただろうに、小杉はあっさりと雅彦を切って捨てたのだ。

「インテリのリベラルってのは冷たいものですな。バカにはとことん残酷だ」

「佐脇巡査長、何か？」

「いや、何でもありません。ただの独り言です」

「続けます。小杉に裏切られたと思った田村雅彦は破れかぶれになり、さらに産廃計画がいきなり進展する流れになったところで、小杉が現れ邪魔をしてやると宣言。雅彦は小杉への恨みと、集落全体に対する自分の復讐計画の邪魔になると思ったので、殺害を決意した、と供述しています」

なるほどねえ、と佐脇はタバコを取り出し、火をつけながら感心していた。

「まるで捜査会議に参加してるみたいですなあ」

「何言ってるんです。佐脇さんも捜査本部の一員でしょう。だから私はこうしてわざわざ、捜査の進展を報告してるんじゃないですか」

「署長から報告を受けるおれは、まるで県警本部長待遇ですな」

佐脇はそう言って、なおもタバコを吹かした。

皆川署長も、もはや佐脇に禁煙ですと怒りもしない。

「失礼。見舞いの缶詰も、プリンの一個もないもんで、なにか口寂しくてね」

「……話し始めたので最後まで喋ってしまいますね。田村雅彦が、殺しの手口を以前起きた大量殺人と同じにしたのは、捕まっているはずの上島と手口が同じなのはどうしてだ、次は自分たちの番では、という不安と恐怖を村民に与えたかったからだそうです。しかしこの点は失敗しましたね。せっかく同じ手口にしたのにイマイチ誰も注目しませんでした」

「雅彦は、上島芳春と接点があったんですかね？」

本来の捜査会議とは質疑の立場が逆転していることに、佐脇も皆川も気がついていない。

皆川署長は、その点は……と書類のページをくった。

「雅彦が何度か、拘置所にいる上島と面会した記録は残っています。今後の取り調べと、拘置所の上島芳春への再度の取り調べによって、二人の関係を徹底的に洗おうというのが捜査本部、そして検察の意向です」

「なあ、ミナちゃんよ」

佐脇はいきなり馴れ馴れしくなった。

「それこそが、追加捜査の本当の狙いだったんじゃないの？　地検はハナから田村雅彦と上島芳春の共謀を疑っていた。だが上島事件の捜査段階ではその証拠もないし、供述もまったく取れなかった。このまま公判に持ち込むには不安があるし、あとからそういう事実に出て来られても困る。特に弁護側から証拠として出されたら目も当てられない。だから……共謀か教唆かは別として……共犯者がいるなら、それを明らかにしておきたい。そういうことだったんじゃないの？　じゃあどうして追加捜査を依頼した時に、ハッキリそう言わなかったんだ、ってことになるけども」

「明確に指示すると、地検の捜査不徹底を自ら認めてしまうことになるから、でしょうか？　同じ捜査機関として、いわば武士の情けで、阿吽の呼吸で判って欲しいというか」

「いわゆる察してちゃんってヤツか。面倒な連中だ。そう思わない？　ねえ、ミナちゃん？」

佐脇はもはや完全に、飲み屋のオネエチャン相手に駄弁っている感覚だ。その目付きはお触りパブでお姉ちゃんを狙っているスケベオヤジに近くなっている。

「だけど、ホントはそうじゃないよね？　水野だってそこまでバカじゃない。あいつはもっと合理的に理詰めで考えるはずだ。つまりアレだろ？　おれの天の邪鬼さを利用してやろうってことじゃなかったのか？　追加捜査でこれとこれを調べてくださいと命じるとおれがバカにするなと反撥するから、おれが自分で答えを見つけて動くように仕向けたんじゃねえの？」

「県警がそこまで手間のかかることはしないと思いますけど」

皆川署長は小首を傾げた。その仕草はなかなか可愛い。

「私が思うに、弁護側が、検察の主張する上島単独犯行説を疑って、上島の握力・筋力の検査とか、上島の体力で犯行が遂行できるかどうかの再現実験を行うらしいという……」

「え、なにそれ」

佐脇は子供のように驚きの声を上げた。

「弁護側は、上島本人の言うことも信用しないで、弁護士が独自に考えた線で動こうとしてるって事か？」

「そうですね。で、その動きが地検を刺激したというか、今のままではマズい、曖昧にしたままの部分を突っ込まれたら無罪判決が出そうだ、と。しかしそれを正直に表明するのは地検の捜査不足を白状することになるので、避けたいと」

「どっちにしても面倒な連中だって事だ。担当検事が小曽根だと聞いて、こりゃダメだと思ったんだよ」

「地検は田村雅彦を逮捕して上島事件の共犯者として起訴する方針のようですから、これでウチの手からは離れます」

「小曽根だろ！　また何か言ってくるかもな！」

佐脇はタバコを吹かしていたが、また何か思い付いたように叫んだ。

「そうだ！　雅彦は小杉だけじゃなく上島にも、ジジババ連中が叩いているカゲロを逐一伝えて、煽りに煽っていたんだよ絶対。上島を焚きつけて、あわよくば上島が自分の代わりに村民を皆殺しにしてくれれば良いと。おれならそうするだろうなあ。共犯決定だね！」

「一理あるにしても想像が過ぎるのではありませんか？　今後の取り調べを待ちましょう」

皆川署長は、冷静に言った。

「けど、まだ判らないことがある。田村柳一郎の死に関してだけど。誰が殺した？　自殺？」

「自殺という線は状況的に薄いですね。父親の柳太郎が激昂して息子を殺害、大貫に死体を埋めさせたか、大貫に命じて殺させて埋めさせたか、あるいは大貫自身が柳一郎の存在が邪魔になり、勝手に殺害および死体遺棄を実行したか。柳太郎の怯え方からすると……まぁ、何かあったのは確かでしょうが。大貫も柳太郎も死亡したので、被疑者死亡のまま書類送検ということになるでしょう」

皆川署長は、佐脇に報告し終わって、「では」と腰を上げた。

「なんのお構いもせず相スイマセンねえ。普通なら友成がいろいろ働くのに」

とんでもない、と皆川は応じた。

「友成クンは忙しいんです。田村雅彦のほかに、加納香里からも事情聴取して調書を取っています。田村柳一郎の件の報告書を書いたり、土砂崩れで重要参考人も被疑者も、ほとんど死んでしまったので、その処理について県警の水野さんと協議したり」

それに、と署長は大事な事を付け加えた。

「小杉さんが持っていた音声データですが、USBメモリーは失われましたけど、中身は小杉さんが亡くなる前に、佐脇さん、あなたと特殊な関係にあるレポーターの磯部ひかるさんに渡っていました」

「うん。それは知ってる」

佐脇は頷いて、「で、それで?」と上司に対するものとは考えられない態度で顎をしゃくって先を促した。

「その声は鳴海市の市会議員だったので、彼女が突撃取材して全国ニュースで流れて、政界スキャンダルに発展しかけてます。その処理もあって、友成クンや水野クンは忙しいんです」

ああそうなの、と佐脇は鼻くそをほじりながら聞いていた。彼には、政界スキャンダルはまるで興味がないのだ。

「あ、そうだ。加納香里って、生きてるんですか」

崖から突き落とされたので、佐脇はてっきり死んだと思い込んでいたのだ。

「泥と化していた土砂の上に落ちたので、幸い、打撲と、足首の骨折程度です。意識はあるので取り調べには応じていますが……あくまで参考人聴取です。愛人がお金をせびっていたのであって、それを罰する法律はありませんから」

皆川はニコリともせず淡々と説明すると、そのまま病室を出て行った。

「しかし……署長にしとくには惜しいよなあ」

佐脇は、皆川署長のプリプリしたお尻を見送りながら呟いた。

数日後。

同じ国見病院に入院していた加納香里が退院するのを、佐脇は病室の窓から眺めていた。

彼女に付き添っているのは、島津だった。

彼は、ヤクザの組長クラスの仕立てのいいスーツを着て、ピカピカに磨いた靴を履いた晴れ姿だ。香里の退院を判りやすく祝福しているのだろう。

島津は駐車場に駐めてある濃紺のＢＭＷを病院のエントランスまで回し、香里にドアを開けてやってＶＩＰ待遇に扱うと、二人して走り去った。

「まるでプリンセスですね」

佐脇の横には友成と水野の、新旧バディが並んでいた。

「ヤツの羽振りの良さもさることながら……いつからああいう関係になったんだ？」

「香里が入院してから、島津は時々見舞いに来てましたね。一緒に病室で寝泊まりしたり」

友成が答えた。

「それは病院の風紀を乱したな」

佐脇としては、香里と島津の接近は釈然としない。しかし、釈然としなくても、黙って見送るしかない。

「だけど……なんか、しっくりこねえな。香里と島津だぜ？　この組み合わせ、なんかあるだろ？」

佐脇は窓からタバコの灰を落とした。

「二人を結ぶのは……カネ、しかないですよね」

水野の言葉に元上司は頷いた。

「まあ島津の側にもメリットはある。カタギの女がいるとヤクザには都合がいい。部屋を借りるにも口座を開くにも便利だ。しかし……そもそも、島津がどうして大植集落に出入りしてたのか、それが解せねえんだ。解せねえことはまだあるぞ。土蔵の中の金庫、あの金庫の中身はなんだったんだ？　あの金庫を大貫が運び出そうとしていて、柳太郎はこの金庫は自分のモノだから中身も自分のモノだと言い張ってたんだよなあ」

そこまで言った佐脇は、「ん？」と唸って、友成や水野を見た。

「そういや、その肝心の、金庫はどうなった？　土蔵の中はメチャクチャだとは聞いたが、金庫がどうなったか、何も聞いてねえぞ！」

「それは……土砂に押し出されて、そのまま」

友成が言い訳するように口籠った。

「見つかってない？」

二人の新旧バディは同時に頷いた。

「行くぞ！」

佐脇はそう言うと、入院着を脱ぎ捨ててジャージの上下に着替え始めた。

「行くって……どこへ？」

「決まってるだろ！　現場だよ！」

全身打撲と生き埋めのショックで入院していた佐脇は、一気に元気を取り戻していた。

田村の屋敷跡からは、一応、全部の土砂が取り除かれていた。三棟あった屋敷の土台、そして土蔵は残っているが、まさに遺跡の発掘現場のような状態だ。

「土蔵は、土砂や岩石を取り除いて水洗いした状態です」

友成が説明し、三人は土蔵の中に入った。

床を見ていた佐脇は、「おい」と声を上げた。

土蔵の戸口は破壊され、床には何かを引き摺ったような痕がある。そして、金庫があったはずの場所には、「ボルトで固定されていた何か」が無理やり剝ぎ取られたような痕跡が、クッキリと残っている。

「鑑識は、これをどう見たんだ？」

「土蔵の中には大小さまざまな岩石が入り込んでいたので、それらが動いた痕であろうと」

水野が代わって説明したが、佐脇は「いいや違うね」と言い切った。

「雅彦が香里を連れて裏山に逃げ、島津が登る道を教えてくれた。おれは雅彦の後を追ったが、島津は来なかった。その間、島津は何をしていた？　おそらく田村のジイサンをぶん殴るか何かして黙らせたあと、金庫にワイヤーを掛け、近くにあった重機で牽引して、土蔵から無理やり引き摺り出していたんだよ！」

最初は怒りのあまり顔色が変わっていた佐脇だが、突然、破顔一笑した。

その目まぐるしく変わる表情に、新旧バディは困惑してついて行けない。

「ところで友成クン。おれが鳴海署に帰任早々にふん捕まえた、特殊詐欺の連中、どうなった？　捜査は進展してるんだっけ？」

「ええと」

いきなりの質問に、友成は慌てた。

「あのグループは……上川町の不良が中心になっているようで」

「ケツ持ちは？」

「鳴龍会の残党がバックについて、金主を見つけたり、トラブルを処理したりと、いろいろ面倒をみているようですが、確証が得られていません。連中は証拠を残さないんです」

「その鳴龍会の残党に、大貫は含まれないのかな？」

友成は首を捻った。

「判りませんが……あるいは」

「これはおれの想像だが、金庫の中には、大貫たちが特殊詐欺グループに稼がせた大金が入ってたんだよ。安全な預け場所だと思ったんだろう。それを田村柳太郎は知っていて、怒った村人たちを納得させる見せ金にしようとしていた。当然、大貫が納得するはずはない。それが、あの大雨の夜のことだ。で、島津は……」

そこまで言った佐脇は突然、笑い出した。笑いすぎて涙ぐむほどひとしきり笑ったあと、佐脇はようやく言った。

「アイツは、島津は相当なタマだぜ！　大貫とは比較にならねえほどアタマがいいし、策士だ。大方、上川町の幼馴染みのワル仲間から聞き込んだんだろうが、大貫の裏のシノギが何か知っていたし、その上がりをそのまま横取りしてやろうと狙ってたんじゃないか？だからこのムラに出没していたし、加納香里がジイサンの愛人であることも、土蔵のことも詳しく知っていた。島津をとっ捕まえて吐かせることさえ出来れば、大貫や田村柳太郎がこの世にいなくても、事件の全貌は摑めるぜ」

「……それは、仮定とすれば、それなりに筋が通るハナシではありますが、しかし……」

友成は困惑している。

「そのためには裏山が崩れる前に、島津が金庫を引っ張り出して、どこかに運び去る必要がありますよね？　しかし島津は、佐脇さんを助けて大貫と乱闘して、しかも土砂崩れのあと、佐脇さんを助け出したんですよ？　そんな暇はなかったでしょう。しかもあの夜は、この集落に続く道の全てで検問をしていたので、金庫を運び出そうとしていれば、必ず発見されていたはずですし……」

それだよ……と佐脇は自分を落ち着かせるためにタバコに火をつけた。

「一番のドアホウは、このおれなんだよ」

ああ、おれはなんて馬鹿なんだ、と佐脇は土蔵の傾いた壁に拳を打ちつけ、何度も叩いては悔しがった。

「あいつの逃走に手を貸しちまったぜ。島津の野郎、おれを道具に使いやがったんだ！」

「は？」と新田二人のバディは目を丸くした。

「おれを病院に運んだ、あの軽トラだよ。あれに金庫が積んであったんだ。引き摺り出すのに使った重機のアームの先端にワイヤーを引っかけりゃ金庫は軽トラの荷台に載せられる。その上にシートをかけて脱出の機会を窺ってたんだヤツは。検問で、怪我人が乗っていて病院に急いでると島津が言い、その隣に泥だらけでヘロヘロなおれが蒼い顔していたら、そりゃ検問の警官も『ハイどうぞ』になるわな。そうだろ？」

あー、と水野が声を上げた。

「な？　そう考えれば、カネが大好きな加納香里が島津にくっついたのも道理だし、島津の野郎が妙に羽振りがよかったのも判る。大貫が稼いだカネを、ヤツはまんまと横取りしたんだよ！」

「では、佐脇さんのお考えでは、島津はすべてカネのため、大貫の特殊詐欺のカネを横取りするために、田村の愛人をそそのかして大金を使わせようとしたり、佐脇さんを利用して事態を引っ掻き回させるために接近してきたってことですか？」

友成は少し気の毒そうに上司を見た。

「まあ、アイツは、カネのためだけに動いたんじゃないだろうけどな。アイツは本気で大植地区を産廃にしたくなかった。それは本心だったと思うぜ。アイツは堀江のばあさんにはウソは付かないだろうしな」

「言わば、一石二鳥の企みをやってのけたってことですよね、島津は」

水野は感心したような声をあげた。

「しかも、証拠はもう残っていない……何ひとつ」

「鳴海港の底をサルベージすれば、金庫は出て来るかもしれませんけどね」

そう言った友成に、佐脇が「甘いな」と言った。

「この辺から、何故か今ごろ見つかるかもしれんぞ。土砂で押し流されてフタが開いて、中身は散逸したというテイでな」

島津はこの先、裏社会でのし上がっていくだろうと佐脇は思いつつ、その度胸と頭の冴え具合に、ある人物を重ね合わせていた。

かつての盟友だった伊草。現在も逃走中で、日本のどこかにいるはずの伊草が、佐脇の脳裡で苦笑していた。

参考文献

『週刊現代』二〇一三年九月七日号
『ギャングース・ファイル』鈴木大介／講談社文庫

この作品はフィクションであり、登場する人物および
団体は、すべて実在するものと一切関係ありません。

一〇〇字書評

強欲

切り取り線

購買動機（新聞、雑誌名を記入するか、あるいは○をつけてください）	
□（　　　　　　　　　　）の広告を見て	
□（　　　　　　　　　　）の書評を見て	
□ 知人のすすめで	□ タイトルに惹かれて
□ カバーが良かったから	□ 内容が面白そうだから
□ 好きな作家だから	□ 好きな分野の本だから

・最近、最も感銘を受けた作品名をお書き下さい

・あなたのお好きな作家名をお書き下さい

・その他、ご要望がありましたらお書き下さい

住所	〒				
氏名		職業		年齢	
Eメール	※携帯には配信できません	新刊情報等のメール配信を 希望する・しない			

この本の感想を、編集部までお寄せいただけたらありがたく存じます。今後の企画の参考にさせていただきます。Eメールでも結構です。

いただいた「一〇〇字書評」は、新聞・雑誌等に紹介させていただくことがあります。その場合はお礼として特製図書カードを差し上げます。

前ページの原稿用紙に書評をお書きの上、切り取り、左記までお送り下さい。宛先の住所は不要です。

なお、ご記入いただいたお名前、ご住所等は、書評紹介の事前了解、謝礼のお届けのためだけに利用し、そのほかの目的のために利用することはありません。

〒一〇一・八七〇一
祥伝社文庫編集長　坂口芳和
電話　〇三（三二六五）二〇八〇

祥伝社ホームページの「ブックレビュー」からも、書き込めます。
http://www.shodensha.co.jp/bookreview/

祥伝社文庫

強欲（ごうよく） 新（しん）・悪漢刑事（わるデカ）

平成28年2月20日　初版第1刷発行

著　者　安達（あだち）　瑶（よう）

発行者　辻　浩明

発行所　祥伝社（しょうでんしゃ）

東京都千代田区神田神保町3-3
〒101-8701
電話　03（3265）2081（販売部）
電話　03（3265）2080（編集部）
電話　03（3265）3622（業務部）
http://www.shodensha.co.jp/

印刷所　萩原印刷
製本所　積信堂
カバーフォーマットデザイン　芥 陽子

Printed in Japan ©2016, Yo Adachi ISBN978-4-396-34179-4 C0193